Sarah Schwartz

Blutseelen 2

Aurelius

Erotischer Vampirroman

Plaisir d'Amour Verlag

© 2010 Plaisir d'Amour Verlag, Lautertal
Plaisir d'Amour Verlag
Postfach 11 68
D-64684 Lautertal
www.plaisirdamourbooks.com
info@plaisirdamourbooks.com
Covergestaltung: Andrea Gunschera
© Coverfotos: Shutterstock - Sean Nel, Lev Dolgachov
© Illustration Seite 167: Lena Ulrich
Lektorat: Helena Hollerbach
Korrektorat: Irina Ditter
ISBN 978-3-938281-67-3

„Vereinsamt" von Friedrich Nietzsche wurde „Des Sommers letzte Rosen - Die
100 beliebtesten deutschen Gedichte", herausgegeben von Dirk Ippen, Verlag
C.H. Beck, München 2001, 9. Auflage, entnommen.
Sämtliche Personen in diesem Roman sind frei erfunden.

Die Krähen schrei'n
Und ziehen schwirren Flugs zur Stadt:
Bald wird es schnei'n –
Wohl dem, der jetzt noch – Heimat hat!

Nun stehst du starr,
Schaust rückwärts ach! wie lange schon!
Was bist du Narr
Vor Winters in die Welt – entflohn?

Die Welt – ein Tor
Zu tausend Wüsten stumm und kalt!
Wer das verlor,
Was du verlorst, macht nirgends Halt.

Nun stehst du bleich,
Zur Winter-Wanderschaft verflucht,
Dem Rauche gleich,
Der stets nach kältern Himmeln sucht.

Flieg', Vogel, schnarr'
Dein Lied im Wüsten-Vogel-Ton! –
Versteck', du Narr,
Dein blutend Herz in Eis und Hohn!

Die Krähen schrei'n
Und ziehen schwirren Flugs zur Stadt:
Bald wird es schnei'n
Weh dem, der keine Heimat hat!

Vereinsamt, Friedrich Nietzsche

Als er erwachte, erwachten auch die Schmerzen. Feuer brannte in seiner angeschossenen Schulter, wütete in seinem Fleisch, verzehrte Muskeln und Sehnen. Benommen öffnete er seine grüngoldenen Augen und starrte in einen milchig weißen Himmel. Schneeflocken rieselten herab, setzten sich auf seine Uniform und mischten sich mit Blut. Er hörte die Schreie Sterbender und das Grölen der Sieger. Irgendwo in seiner Nähe lallte ein betrunkener Soldat: „Santa Maria, oh Santa Maria, dein ist der Sieg."

Aurelius spürte die Kälte in seinen Armen und Beinen. Er fragte sich, ob er je einen Winter erlebt hatte, in dem er nicht fror. Es war, als habe die Kirche beider Konfessionen recht behalten, als wolle Gott seine verirrten Schäfchen strafen und ihnen den eisigen Atem einer zweiten Hölle senden, in der der Teufel auf einem Thron aus Eis saß. Vielleicht gerade deshalb, weil sie sich in Katholiken und Protestanten geteilt hatten und in seinem Namen Krieg führten.

Seine Gedanken schweiften ab . Er wusste, dass es am Blutverlust lag, an dem beständigen Strom, der aus ihm floss und ihn schwächte.

Vorsichtig drehte er den Kopf zu dem singenden Soldaten hin, der zwischen Leichen und Verwundeten spazierte und seine Gabelmuskete im Takt des Liedes schwang. Seine Kleidung war vom Schnee bedeckt. Er war der Sieger, und er tat, was Sieger taten: Er bückte sich und nahm den Gefallenen aus den Taschen, was er brauchen konnte. Eben beugte er sich über einen, der noch lebte und aufschrie, als die Gabelmuskete gegen seinen Kopf schlug.

Bedrich, erkannte Aurelius blinzelnd, ein Landsknecht aus seinem Haufen. Er hatte eine Frau und drei Kinder.

Weitere Sieger eilten herbei, packten den noch stöhnenden Bedrich und zerrten ihn auf die Füße. Sie schleppten ihn zu einem Baum, an dem sie alle überlebenden Verlierer in der Nähe aufhängten. Der Baum war gespickt mit Menschen. Wie übergroße Früchte hingen sie an Stricken in den Ästen, während der Schnee den Weißen Berg samt den toten Körpern mit einem Leichentuch zudeckte. Die Soldaten lachten, als Bedrich schrie, sich wehrte und schließlich doch seinen Platz am Baum fand und verstummte.

Aurelius unterdrückte ein Würgen.

Was Friedrich in diesem Augenblick wohl machte? War sein König auf der Flucht, weil sie den Berg trotz der guten strategischen Lage nicht hatten halten können? Sie waren in der Unterzahl gewesen, hatten Hunger gelitten und waren geschwankt, als die Kavallerie mit trommelnden Hufen den Tod brachte. Wut stieg in ihm auf und dämpfte die Schmerzen.

Was interessierte es ihn, was der böhmische König mit dessen blaublütigen Hinterteil anstellte? Sein Leben war in Gefahr, nicht das seines Herrn. Er musste fort.

Aber wie? Sobald er sich regte, würden die Soldaten der katholischen Liga auf ihn aufmerksam werden und ihn neben Bedrich an den Baum hängen. Wehren konnte er sich nicht. Seine Pike hatte er verloren, und der Dolch war nicht geeignet, sich den Weg freizukämpfen.

Er verhielt sich still und hoffte, zwischen den Leichen nicht aufzufallen. Wie hoch waren ihre Verluste? Viertausend Mann? Sechstausend? Würde auch er bald zu den Gefallenen zählen?

Die Soldaten, die Bedrich gehängt hatten, suchten nach weiteren Opfern. Sie kamen auf ihn zu. Einen erschreckenden Moment lang glaubte er, den Gedanken des Mannes erfassen zu können, der an seine Seite trat. Es war, als spüre er dessen unbändige Freude darüber, am Leben zu sein und dem großen Feldherrn und Grafen von Buquoy diesen Sieg zu schenken. Er zitterte. Wie konnte das sein? Menschen waren nicht in der Lage, Gedanken zu lesen oder fremde Gefühle zu spüren. Zumindest keine Menschen, die nicht mit dem Teufel im Bund waren.

Er hatte das schon früher erlebt, erinnerte er sich, und tief in ihm erklang eine zweite Stimme, die immer da war, wenn sein Leben bedroht wurde: *Ganz ruhig. Ich helfe dir. Halt still und lass alles über dich ergehen.*

Ein Schleier legte sich über seinen Verstand. Ihm war, als könne er die Szene auf dem Weißen Berg von oben betrachten, wie ein Falke, der unter den Wolken dahinglitt und auf die Flanke des Berges hinabsah: Da lag ein Soldat in der von Schnee weißen Gewandung mit der Binde der böhmischen Protestanten – er war es selbst, es war sein Körper –, und vier Soldaten der Liga traten auf ihn zu. Der Vorderste zerrte an seinen bernsteinfarbenen Haaren und trat ihm mit voller Wucht den bestiefelten Fuß in die Rippen, während er ein Volkslied pfiff. Aurelius schrie und bäumte sich auf, aber er tat es nur in seinen Gedanken. Eine schützende Kraft hatte von ihm Besitz ergriffen und verbot seinem Körper jeden Laut und jede Regung.

Ein zweiter Soldat beugte sich hinab und hieb den Knauf eines Dolches gegen die blutende Schulterwunde. „Der ist hinüber", sagte er zufrieden. „Durchsucht seine Taschen. Bestimmt hat er was, was er nich' mehr brauch'." Er lachte dreckig über seinen sarkastischen Scherz.

Aurelius wurde grob am Boden hin und her gestoßen, gierige Hände griffen sich, was zu greifen war. Sein Dolch und einige andere Habseligkeiten wechselten den Besitzer.

Die Soldaten gingen. Danach wurde es still. In der Ferne hallten Schreie, Stöhnen und raues Gelächter. Pferde schnaubten. Am Galgenbaum krächzte ein Rabe.

Sie hatten verloren. Aurelius hielt die Augen geschlossen, und doch war ihm, als könne er die Wolken über sich sehen, den stummen Himmel, dem sein Leid gleichgültig war. Sie hatten verloren, und nun würde Böhmen an die Katholiken fallen.

Er versuchte, sich an seine Familie zu erinnern, an Vater und Mutter, aber da war keine Erinnerung. Vor drei Jahren hatte er nach einem Raubüberfall eine schwere Verletzung erlitten. Eine adelige Frau hatte ihn damals gefunden und zu seiner Familie zurückgebracht. Zu diesem Zeitpunkt waren seine Eltern bereits tot gewesen. Nur sein Bruder Darion hatte noch gelebt. Sie waren zwei von sieben Geschwistern. Zwei hatte ihnen der Henker genommen, der sich Hunger nannte, drei seine Schwester, die Seuche.

Aurelius' Gedanken kreisten um sein Leben, während er darauf wartete, dass dieser von allen Engeln verfluchte Tag sich seinem Ende neigte und die Dunkelheit ihm Schutz gewähren würde. Im Mantel der Nacht würde er fliehen. Obwohl er viel Blut verloren hatte, glaubte er nicht, an der Wunde zu sterben, die ihm eine Muskete zugefügt hatte. Diese Wunde würde wie all die anderen verheilen, ohne eine Narbe zurückzulassen. Sein Körper war mit erstaunlichen Selbstheilungskräften gesegnet. Bis auf zwei Narben, die an der Seite seines Oberkörpers auf den Rippen ein Kreuz bildeten und vermutlich von dem Überfall stammten, war er makellos.

Die Sonne senkte sich. Es wurde eisig kalt, und er musste alle Muskeln immer wieder anspannen, um nicht am Boden festzufrieren. Schmerz fühlte er nicht mehr, nur dumpfe Taubheit.

Erst als die Dunkelheit die Gräuel der Sieger verdeckte und die Galgenbäume zu Schatten wurden, kroch er davon. Meter um Meter legte er zurück, immer darauf bedacht, sich wieder fallen zu lassen und tot zu stellen, wenn sich ein Feind näherte. Zwei Mal rettete ihm die Stimme in seinem Inneren das Leben, indem sie ihn vor herannahenden Feinden warnte. Schließlich hatte er genug

Abstand gewonnen und konnte aufstehen. Er rannte nicht, um keine Feinde auf sich aufmerksam zu machen. Am Rand des Schlachtfeldes nahm er einem toten Katholiken die Uniformjacke samt der Binde ab.

Es dauerte endlos, bis er den Platz der Niederlage verlassen hatte. Er sah nicht zurück. Sein Leben hatte sich an diesem Tag gewandelt wie das Schlachtglück, und wenn er überleben wollte, musste er Böhmen verlassen.

Er konnte nicht begründen, warum, aber er hatte keinen Augenblick lang Furcht, das kleine Dorf in der Nähe von Prag, in dem er, seine Frau Edita und Darion lebten, sei bereits geplündert und verwüstet worden. Ohne sich mit Anklopfen aufzuhalten, trat er ein. Edita flog ihm entgegen und klammerte sich an ihm fest.

„Du lebst", flüsterte sie erstickt und tastete immer wieder über seine langen Arme und Beine, als könne sie es nicht fassen. Er fuhr beruhigend durch ihre dunklen Haare. Er liebte sie nicht. Sie war Darion als Ehefrau ausgesucht worden, doch Darion hatte sie nicht gewollt. Um dem Wunsch seines toten Vaters zu entsprechen, der die Verbindung ihrer Familien angestrebt hatte, hatte Aurelius sie vor zwei Jahren geehelicht. Damit war allen Genüge getan, und sie war nicht die schlechteste Frau, wenn sie ihn auch nicht übermäßig ansprach.

Er schob sie von sich. „Die Schlacht am Weißen Berg ist verloren. Wir müssen Böhmen verlassen, ehe der Feind vor unserem Haus steht."

Sie schüttelte den Kopf. „Nein, wir bleiben. Wir sind die Kinder Jesu. Bůh je láska: Gott ist Liebe. Er wird uns beschützen."

„Wir waren Kinder Gottes. Jetzt sind wir Exulanten: Flüchtlinge! Also beweg dich und pack zusammen. Wir haben keine Zeit für Gebete." Er wusste, dass er grausam zu ihr war, aber er hatte Angst und wollte keine Zeit verlieren. Vor seinen Augen stiegen Bilder auf. Grauenvolle Bilder. Edita lag in der Wohnstube am Boden und wurde festgehalten von vier katholischen Marienverehrern, während der fünfte sie vergewaltigte. Sie hatten die Gesichter der fünf Soldaten, die ihn beinahe getötet hätten.

Er würde Edita vor diesem Schicksal schützen, egal was es kostete.

Ihre Augen weiteten sich. „Du kannst nicht so mit mir ..."

Er umklammerte sie hart an den Schultern und sah eindringlich in ihre erdbraunen Augen. „Das ist kein Spaß, mého poklada[1], das

---

[1] Tschechisch: mein Schatz, meine Liebste

ist das bittere Leben. Wenn wir bleiben, werden wir es verlieren. Also beeil dich und pack nur zusammen, was wir auch tragen können. Ich hole Darion." Er spürte, dass die Härte seiner Stimme endlich in ihr Bewusstsein drang. Böhmen hatte den Krieg verloren. Alles, was sie sich hart erarbeitet hatten, würde verloren gehen.

Tränen liefen aus ihren Augenwinkeln. Sie drehte sich schweigend um und begann zu packen.

FRANKFURT, GEGENWART

Winter. Ein kahler Baum. Der nackte Leib einer Frau im Schnee. Wie Fetzen tauchten die Bilder aus dem Nebel ihres Unterbewusstseins auf und verwoben sich zu einer surrealen Welt. Sie betrachtete das Traumbild: die nackte Frau mit der weißesten Haut, die sie je gesehen hatte. Gefrorene Wimpern glitzerten im Schein einer kraftlosen Sonne. Die Frau am Boden lag entspannt auf der weißen Fläche. Sie schien nicht zu frieren. Anmutig setzte sie sich auf, nackt, wie sie war, und lächelte ihr zu. „Jara, komm her, meine hübsche Priestersklavin."

Lange Finger winkten sie heran. Jara folgte der Bewegung der Hand. Sie war in dicke Wolfsfelle gehüllt, die sie vor der Kälte schützten. Die blonde Frau betrachtete sie gierig und wies auf die Felle. „Leg das ab."

Jara gehorchte. Angst kroch in ihr hoch und machte ihr mehr zu schaffen als die klirrende Kälte. Was würde N'ree von ihr verlangen? Würde sie dieses Mal ein Ende machen und sie umbringen, wie sie es oft angedroht hatte? Oder würde sie sich mit ihren üblichen Spielen begnügen, sie benutzen und sich an ihrer Hilflosigkeit ergötzen?

N'ree näherte sich ihrem zitternden Leib. Ihre Fingerspitzen legten sich auf Jaras Brüste und kniffen in die empfindlichen, dunklen Knospen. „Bereust du, mit mir aus Ägypten geflohen zu sein?"

Jara stand still und schüttelte stumm den Kopf. „Lügnerin. Ich sehe in dich hinein, Priesterin, vergiss das nicht. Aber noch ist deine Furcht unangebracht. Noch darfst du leben." Sie ließ Jaras Brüste los und wandte sich von ihr ab.

Langsam tauchte sie aus ihrem Traum auf und erinnerte sich: Sie war nicht Jara und keine Priesterin aus einer anderen Zeit. Ihr Name war Amalia, und sie war in einem Anwesen der Vampire, in das Aurelius sie gebracht hatte. Sie lag mit geschlossenen Augen auf einem reich verzierten Prunkbett in einem Gästezimmer. Die Decke unter ihr war weich und warm. Es roch nach frischen Rosen, die keine drei Meter entfernt in einer hüfthohen Ziervase auf dem Parkett standen. Das war nicht der einzige Duft. Ein schwacher Geruch nach Jasmin und Palisander ließ sie an einen Sonnenuntergang im Orient denken und weckte die Assoziation von flackernden Feuern und Tänzerinnen am Nil.

Sie blinzelte benommen und öffnete ihre graublauen Augen. Warum fühlte es sich noch immer an, als läge eine Hand auf ihrer nackten Brust? Ihr Traum war vorüber. Oder war sie etwa von einem Traum in den nächsten geglitten, wie es ihr oft geschah? Woher kam dieser intensiv-sinnliche Geruch? War auch er Teil ihres Traumes?

Ihr Blick fiel auf ihre Brust und auf die gebräunte Hand mit den bunt lackierten Nägeln, die wie selbstverständlich darauf lag. Ihre rosige Brustspitze stach zwischen zwei Fingern hervor.

„Was ..." Sie wollte die Hand fortschlagen, aber ihr Körper gehorchte ihr nicht. Mit angehaltenem Atem sah sie in das exotische Gesicht der jungen Asiatin, die ihre Brust umschlossen hielt. Mandelförmige Augen musterten sie mit ehrfurchtsvollem Blick. Schwarze Haarfransen standen frech vom Kopf ab, die längsten Strähnen berührten das Kinn.

„Sie sind schön", flüsterte die Fremde. „So hell wie Sahne und samtig weich. Ich könnte sie den ganzen Tag berühren."

Amalia stieß heftig den Atem aus. Statt Ärger spürte sie Verwirrung. Wie kam die Fremde dazu ihre Brüste zu berühren? „Lass mich los!"

Die Fremde zog ihre Hand langsam zurück und lächelte, als sei nichts Ungewöhnliches vorgefallen. „Schön, dass du wach bist. Ich bin Mai. Eine Anwärterin. Perry trug mir auf, mich um dich zu kümmern."

„Perry", wiederholte Amalia und versuchte sich zu sammeln. Sie zog die Spitzenbettdecke über ihre Blöße und setzte sich auf. Perry – Percival – kannte sie bereits. Sie hatte ihn in Leipzig gesehen, im Gohliser Schlösschen. Dort hatte er Interesse an ihr gezeigt. Offensichtlich bestand dieses Interesse immer noch. „Hat er dir auch aufgetragen, mich zu befummeln?"

Mai kicherte. Sie hielt dabei geziert die Hand vor den Mund, als müsse sie ihre weißen Zähne verbergen. „Es war so verlockend. Du lagst da wie Dornröschen in ihrem seligen Schlaf. Als müsstest du wachgeküsst werden."

„Und da hast du dir gedacht, du ziehst mich aus?" Amalia war eher ungläubig als wütend wegen des Übergriffs. Mai hatte ein Gesicht, auf das sie nicht böse sein konnte. Ihr Lächeln war entwaffnend, die großen dunklen Augen wirkten wie die Augen eines Rehs. Sie war schön, aber es war nicht die kalte Schönheit von Gracia, sondern eine warme, lebendige Schönheit. Amalias Blick streifte die zarten Brüste, die von weißer Spitze mehr entblößt als verhüllt wurden. Vor ihr saß kein Mensch auf dem Bett, sondern eine kindliche Fee, die jeden Ärger mit einem Streicheln ihrer Finger vertrieb.

„Bist du ...", Amalia schluckte, „bist du ein Vampir? Deine Hände sind ganz warm."

Mai legte ihre Handfläche auf Amalias nackten Arm, als wären diese Worte eine Einladung, sie zu berühren. Ihre Fingerkuppen wanderten den Arm hinauf zur Schulter. Sie waren leicht wie Federn und kitzelten angenehm. „Nein, ich bin kein Vampir. Ich sagte es dir doch schon: Ich bin eine Anwärterin."

Amalia überlegte, Mais Hand fortzuschieben. Die ungewohnte Berührung durch eine Frau erregte sie mehr, als sie sich eingestehen wollte, aber sie wollte Mai nicht einladen, über sie herzufallen. Als würde Mai ihre Bedenken spüren, verharrte ihre Hand auf dem Oberarm und verbreitete eine wohltuende Wärme. Amalia besann sich auf ihre letzten Worte.

„Was ist eine Anwärterin?"

„Ich bin Perrys Sklavin für zwei Jahre. Wenn ich ihm gut diene und mich als brauchbar für den Klan erweise, werde auch ich mit dem Virus infiziert. Meine Bluttests sind negativ. Ich werde die Infektion zu neunzig Prozent überleben."

„Gute Aussichten", sagte Amalia halbherzig. Sie fragte sich, ob sie bereit wäre, dieses Risiko auf sich zu nehmen. Wäre sie bereit, für eine Ewigkeit unter Vampiren ihr menschliches Leben aufzugeben?

Mai schien ihre Zweifel nicht zu hören. Ihr Blick ruhte auf Amalias Brüsten, die sich deutlich unter dem Stoff der Decke abzeichneten, und sorgte dafür, dass Amalia sich nackt fühlte. Mais Stimme wurde rau. In ihren Augen stand Verlangen. „Du hast noch ein wenig Zeit, bis du vor das Tribunal geführt wirst. Soll ich dir Entspannung verschaffen?" Sie zog die Decke zur Seite, und Amalia reagierte zu spät, um den Stoff festzuhalten. Ihre Hand griff ins Leere, während die Decke auf den Boden glitt.

Es war nur zu offensichtlich, welche Art von Entspannung Mai vorschwebte. Amalias Hals wurde eng. Sie blickte in die tiefbraunen Augen und sah sich selbst darin. Sie war nackt bis auf einen Slip. Das Objekt von Mais Begierde. Sollte sie sich wirklich einer Wildfremden hingeben?

„Ich ...“

Mai beugte sich vor und hauchte Amalia einen Kuss auf das Schlüsselbein. „Es gibt nichts, was entspannender ist als eine gute Massage. Eine Massage, die unter die Haut geht.“

Unsicher rückte Amalia von Mai fort. Sie durfte sich nicht bezirzen lassen. Ihr stand ein Tribunal von Vampiren bevor, und sie wusste so gut wie nichts über den Klan. Aber vielleicht konnte sie die Möglichkeit nutzen, mehr herauszufinden. Mai gehörte zu den Vampiren, und sie kannte deren Sitten und Bräuche.

Amalia lehnte sich vor und streifte wie zufällig Mais Arm. Ihre Worte waren ein verlockendes Flüstern. „Erzähl mir, wie man zu einer Anwärterin wird.“

Mai verzog das Gesicht, als habe sie Magenschmerzen. „Du möchtest Informationen?“ Sie legte ihre Hand auf Amalias Oberschenkel. Ihre Finger beschrieben kleine Kreise.

„Ja.“ Amalia musste die Atemlosigkeit nicht spielen. Mais Berührung schaffte es, ihren Widerstand schmelzen zu lassen.

„Ich gebe sie dir. Aber nur, wenn ich dich beim Reden massieren darf.“

„In Ordnung.“

Elegant erhob sich die Asiatin und schwang sich hinter ihr sitzendes Opfer. Vor Amalias innerem Auge erschien das Bild einer zufriedenen Spinne, die ihr Netz nach einem Streifzug voll vorfand.

Mai begann, Amalia mit beiden Händen Schultern und Nacken zu massieren. Gekonnt knetete sie die verhärteten Muskeln und drückte mit angenehm mäßigem Druck tief in sie hinein. Amalia konnte nicht anders, als sich sofort zu entspannen. Diese Art von Berührung war angenehm und weniger anzüglich. Gleichzeitig sorgte sie für ein erregendes Prickeln.

Mai schmiegte sich an sie und legte ihren Mund so dicht an Amalias Ohr, dass ihre Lippen das Ohrläppchen berührten. „Zu einer Anwärterin wird man, indem ein bereits aufgenommener Vampir des Klans den Aufnahmeritus mit einem vollzieht. Wenn der Vampir auf dich aufmerksam wurde – oder wie in meinem Fall, ich auf ihn – dann kannst du diese Chance erhalten. Perry hat mich vor einem Jahr erwählt, als wir uns kennenlernten. Seitdem darf ich im Anwesen in einem seiner Gemächer leben und stehe unter seinem Schutz. Kein anderer Vampir darf mich ohne seine

Zustimmung berühren, meine Gedanken lesen oder von mir trinken."

„Wie viele Vampire gibt es im Anwesen?"

Mais Hände glitten ihren Rücken hinab. Sie umfasste Amalias Haut und knetete sie in Wellenbewegungen von oben nach unten. Dabei rollte sie das Fleisch so geschmeidig in ihren Fingern, dass Amalia ein sehnsüchtiges Kribbeln überkam. Sie schloss die Augen und gab sich ganz dem Gefühl und dem sinnlichen Geruch von Mais Parfüm hin.

„Mit Anwärtern vielleicht fünfzig."

„Fünfzig?", stieß Amalia hervor und streckte sich dabei.

„Halt still, meine Hübsche. Ja, fünfzig. Das Anwesen ist größer, als es auf den ersten Blick wirkt. Es hat mehrere unterirdische Stockwerke. Perry sagte mir, es seien zehn, aber ich glaube, es sind mindestens dreizehn."

„Warum dreizehn?"

Mais Lippen berührten ihr Ohr erneut. Ihre Stimme war nur noch ein Hauch. „Für diese Information müsste ich wenigstens deine Brüste massieren dürfen."

Der warme Atem an Ohr und Hals ließ Amalia wohlig schaudern. „Du willst mich erpressen?"

„Du kommst in einer halben Stunde vor das Tribunal. Jede Information kann für dich wichtig sein, findest du nicht? Außerdem wirkt es nicht, als würden dir meine Künste missfallen."

Amalia musste leider zugeben, dass Mai in beiden Punkten recht hatte. Trotzdem wollte sie Mai ihren Körper nicht verkaufen. Sie musste darauf vertrauen, von Aurelius geschützt zu werden. Aber er verhielt sich kalt und unnahbar, seit er sie von Leipzig nach Frankfurt gebracht hatte. Er ging ihr regelrecht aus dem Weg und verweigerte ihr Antworten.

Mais Lippen berührten ihr Schulterblatt und holten Amalia aus ihrer Gedankenwelt zurück. Sie zuckte zusammen, als sie die feuchte Zunge fühlte, die in einer harten Geraden über ihre Haut glitt.

„Entspann dich. Sind dir meine Liebkosungen wirklich so zuwider?", hauchte Mai. „Oder geht es dir um Aurelius? Unter Vampiren verrätst du niemanden. Auch Aurelius nicht. Wenn du seine Anwärterin wärst, wäre das etwas anderes. Dann würdest du nur ihm gehören und müsstest mit einer Strafe rechnen, wenn du dich einem anderen ohne seinen ausdrücklichen Befehl oder seine Erlaubnis hingibst. So aber tust du Aurelius einen Gefallen."

„Einen Gefallen?", fragte sie ungläubig. Wie sollte ihre Untreue Aurelius dienen?

Mais Hände glitten unter ihren Armen hindurch, krochen ihre Brüste hinauf und umschlossen sie besitzergreifend.

Amalia erstarrte. Warum fühlte sich das so gut an? Die fremden Hände auf ihrer Haut weckten Lust auf mehr. Ihr Unterleib pochte, und ihr Atem wurde schneller. Sie spürte, wie ihre Brustspitzen hart wurden und gegen Mais Mittelfinger drängten.

Die schlanken Finger kneteten sie hingebungsvoll, und Amalia schaffte es nicht, sich dagegen zu wehren. Gebannt hörte sie Mais nächste Worte.

„Einen Gefallen, ganz genau. Weil er nicht mit dir zusammen sein darf. Beziehungen sind Vampiren verboten, wenn keine Anwärterschaft besteht. Sie gefährden den Klan. Lediglich ein sexueller Kontakt ist erlaubt. Wenn ein Vampir unter Verdacht steht, einen Menschen zu lieben, macht er sich strafbar. Im schlimmsten Fall droht die Verbannung."

Die Finger umschlossen ihre Brustspitzen und zwirbelten sie liebevoll. Mais Zunge leckte hart über ihr Schulterblatt. Warmer Atem strich über die feuchte Stelle.

Amalia erschauderte, als sie begriff: Aurelius war es verboten, sie zu lieben. Deshalb war er so abweisend und hielt sich von ihr fern. Sein Klan durfte nicht wissen, was er fühlte. Obwohl er seine Gefühle ihr gegenüber abgestritten hatte, glaubte sie ihm nicht. Er hatte Angst. Und Mai hatte ihr gerade verraten, vor was: vor der Verbannung.

„Ich kann dich eine ganze Nacht lang zum Wimmern und Betteln bringen", flüsterte Mai, „oder zum Schreien. Ich werde sein, was immer du willst. Deine Herrin oder deine Dienerin. Du würdest es genießen. Ich kann Sachen mit meinen Händen und mit meiner Zunge, die du sicher noch nie erleben durftest." Eine ihrer Hände löste sich und strich Amalias Bauch hinunter. Neugierige Finger fuhren unter den Spitzenstoff des Slips und machten Amalia sprachlos. Der Mittelfinger legte sich zielgenau auf ihre Klitoris und drückte sachte zu.

„Ich ..." Amalia suchte nach Worten und vor allem nach der Kraft, sich gegen Mais Künste zu wehren. Es war, als würde die Gegenwart der Asiatin ausreichen, sie willenlos zu machen. Als lähme das exotische Parfüm jeden Widerstand. Sie spürte instinktiv, dass Mai nicht bösartig war. Sie war kein sadistisches Geschöpf wie Gracia, sondern ein erwachsenes Kind, das spielen wollte und die Grenzen auslotete. Ihre Bewunderung und ihre Neugierde fühlten sich ehrlich an.

„Für diese Massage musst du mir mehr anbieten", brachte sie heiser hervor.

Mai lachte und zog ihre Hand zurück. „Du lernst schnell. Leider ist die Zeit zum Reden und Spielen um." Sie löste sich von Amalia und stand auf. Amalia fühlte eine plötzliche Leere und sehnte die warmen Finger zurück, die sie gekonnt verführt hatten. Gleichzeitig war sie froh, der Spinne im Netz entkommen zu sein. Egal, was Mai sagte: Hinterher hätte sie es bereut, Aurelius betrogen zu haben.

Mais Stimme wurde schlagartig sachlich. „Das Tribunal warten zu lassen kann tödlich enden. Ich habe dir eines meiner Kleider herausgesucht. Wir haben ungefähr die gleiche Größe." Sie wies auf den schweren Sessel neben dem Bett. „Zieh es an."

Amalia folgte der Aufforderung und nahm das schwarze Abendgewand in die Hände. Es war mit winzigen Pailletten besetzt und fühlte sich leicht wie Seide an. Der Ausschnitt war hochgeschlossen, die Ärmel bedeckten die Schultern. Dafür besaß es einen langen Schlitz, der nicht an der Seite, sondern genau in der Mitte verlief, und bis zu ihrem Schambein reichte.

„Hübsch", murmelte sie und spürte, wie ihre Wangen heiß wurden. Das sollte sie tragen?

Mai half ihr beim Hineinsteigen und schloss den langen Reißverschluss am Rücken. Anschließend schob sie Amalia sanft, aber nachdrücklich vor den Spiegel, um sich ihren Haaren und dem Gesicht zu widmen.

„Du hast wundervolle Haare. So lang und kräftig", sagte sie anerkennend, während sie mit geschickten Händen eine Hochsteckfrisur zauberte.

Amalia sah nervös in den Spiegel. Was würde sie erwarten, wenn sie vor das Tribunal trat? Während Mai sie frisierte und schminkte, überdachte sie alles, was sie inzwischen wusste. Sie besaß eine seltene Gabe, die nur an Frauen ihrer Familie weitervererbt wurde. Sie konnte nicht nur ihre eigenen Erinnerungen abrufen, sondern auch einen Großteil der Erinnerungen ihrer Vorfahrinnen. Ihr Gehirn konnte Daten speichern wie ein modernes Aufzeichnungsgerät und sie über die Vererbung weitergeben. Während es den Männern der Erblinie meistens nicht gelang, sich zu erinnern, kamen die Erinnerungen durch die stärkere Vernetzung beider Hirnhälften bei Frauen wie von allein. Aber wenn sie nicht trainiert wurden, waren sie wie Flashbacks, die sich in Träume schlichen oder bei Tag hervorbrachen. Sie würde lernen müssen, mit diesen Erinnerungen umzugehen und sie gezielt abzurufen, wenn sie überleben wollte, denn die Vampire brauchten von ihr eine ganz bestimmte Erinnerung. Sie trug das Wissen von Lairas letzter Ruhestätte in sich. Sie war eine Nachfahrin der Priesterin, die an dem Beerdigungszeremoniell teilgenommen hatte und den geheimen Ort von Lairas Grabmal kannte. So viel hatte Aurelius ihr bereits erzählt, und sie hatte auch erst vor wenigen Stunden versucht, sich an Ägypten und die Beerdigung zu erinnern. Es gelang ihr nicht. Das Geheimnis um die Urvampirin lag tief in ihr verborgen.

Leider war Hekae tot. Die Vampirin hatte die große Gabe gehabt, Erinnerungen bewusst hervorzurufen und einen Menschen anzuleiten, punktgenau in einen Moment zu springen – ganz gleich, wie weit er zurücklag. Würde das Tribunal einen anderen Vampir an ihre Seite stellen, um diese wichtige Erinnerung zu bergen?

Sie hoffte, dass Aurelius selbst sich ihrer annehmen würde. Soweit sie wusste, gehörte er ebenfalls zu den ältesten Vampiren des Klans.

Wenn es nur nicht Gracia war. Jeder andere war besser als diese selbstgefällige Schlange.

„Nach oben schauen", ordnete Mai an, die Amalias Augenbereich schminkte und ihre Wimpern mit goldener Farbe tuschte. Mai beendete ihr Werk, trat zurück und klatschte in die Hände. „Perfekt!"

Amalia erkannte sich im Spiegel kaum wieder. Ihre Haut glänzte golden und auch um die Augen war sie in Gold geschminkt wie eine ägyptische Königin. Es sah warm und edel aus. Die langen, rotbraunen Haare waren in geflochtenen Zöpfen kunstvoll aufgetürmt und ineinander verschlungen. Sie blinzelte. „Warum machst du das? Bin ich ein Appetithäppchen, das herausgeputzt werden muss?"

Mai kicherte. „Nein, Süße, das bist du nicht. Aber du solltest dich vor Gracia auch nicht verstecken müssen. Du bist mindestens so schön wie sie, und ich weiß doch, dass du Aurelius gefallen willst. Er kommt gerade."

Ehe Amalia eine Entgegnung einfiel, öffnete sich die hohe Tür des Raumes, und Aurelius trat ein.

Mai wich von Amalia zurück. Ihre Stimme klang verschwörerisch. „Viel Glück." Sie ging schnell an Aurelius vorbei und ließ sie allein. Die Tür schloss sich leise hinter ihr.

Amalia griff nach den Stilettos, die vor dem Sessel lagen, und zog sie an. Ihr Magen fühlte sich flau an, wenn sie an die bevorstehenden Minuten dachte. „Wird es schlimm werden?", fragte sie leise.

„Dir wird nichts geschehen." Obwohl seine Worte tröstlich waren, war seine Stimme gefühllos.

Sie richtete sich auf und musterte ihn. Das spöttische Lächeln war aus seinem Gesicht verschwunden. Er wirkte bleich und ernst, die Bernsteinhaare waren zurückgebunden und ließen sein Gesicht streng aussehen. Im Gegensatz zu ihr trug er keine Abendgarderobe, sondern eine schwarze Stoffhose und ein schlichtes schwarzes Hemd. Bis auf einen schweren Siegelring, der das Symbol seines Klans zeigte, trug er keinen Schmuck. Trotzdem wirkte er herrschaftlich. Er schaffte es, allein mit seinem Eintreten den Eindruck zu vermitteln, der Raum mit allem darin – sie eingeschlossen – würde ihm gehören.

Sie trat auf ihn zu. „Ich weiß, warum du so kalt zu mir bist. Willst du deine Maske nicht endlich fallen lassen?"

Er hob eine Augenbraue. „Welche Maske?"

„Du weißt genau, wovon ich rede. Du hast Furcht, aus dem Klan verbannt zu werden, wenn du zeigst, was ich dir bedeute."

„Du fantasierst."

Obwohl sie seine Worte nicht glaubte, taten sie weh. Sie hob das Kinn und sah in seine goldgrünen Augen. Ihre Lippen kamen seinen näher. „Gib es zu. Du fühlst dasselbe wie ich." Sie küsste ihn und spürte, wie er sich versteifte. Es wäre ihm ein Leichtes gewesen, sie mit seiner übermenschlichen Kraft von sich zu schieben, aber er tat es nicht. Er stand still und atmete ein. Seine Hände legten sich auf ihre Hüften. Durch den dünnen Stoff des Kleides fühlte sie den kalten Metallring an seinem Finger.

„Ich begehre dich", sagte er leise. „Mehr aber auch nicht. Alles, was ich getan habe, habe ich für meinen Klan getan."

Sie legte ihre Arme um seinen Hals. „Es war also ein Opfer, mit mir zu schlafen?"

„Es war notwendig."

„Und in diesem Moment? Ist es auch notwendig?" Ihre Lippen berührten seinen Hals. Er war so aufregend nah bei ihr, roch nach dieser einzigartigen Mischung, die sie nie zuvor gerochen hatte, ehe sie ihm begegnet war. Nach Walderde, feuchtem Gras und süßer Bitterkeit. Der Duft erinnerte sie an eine Frühlingswiese nach einem Sturm. Sie wünschte sich, ihn zu spüren, ganz von ihm in Besitz genommen zu werden, aber er schob sie von sich. Seine Stimme zeigte kein Gefühl.

„Wir müssen gehen."

Sie versuchte, sich die Enttäuschung nicht anmerken zu lassen. Vielleicht wurde dieses Zimmer überwacht, oder Aurelius fürchtete, belauscht zu werden. Einige der Vampire hatten ein ausgezeichnetes Gehör und konnten vermutlich auch im Nebenraum jedes Wort verstehen.

Ein Stich durchfuhr sie und machte ihr das Atmen schwer. Und wenn es doch die Wahrheit war? Wenn er ihr seine Gefühle in Leipzig nur vorgespielt hatte? Sie presste die Lippen aufeinander und verdrängte die aufkommenden Zweifel. Nein, er liebte sie. Es gab ein unsichtbares Band zwischen ihnen, das stärker war als eine Kette aus Stahl. Sie hatte dieses Band bereits gespürt, als sie einander zum ersten Mal begegnet waren. Er war der Mann aus ihren Träumen, und sie erinnerte sich im Schlaf nicht umsonst an ihn. Keines seiner Worte, keine Geste, konnte sie von dem Glauben abbringen, dass eine Verbindung existierte. Aber wie sollte sie ihn dazu bringen, sich zu ihr zu bekennen? Sie sehnte sich nach seiner Zuneigung. Nach der Gewissheit, keine Fantastin zu sein, die sich in ein schönes Trugbild verrannt hatte. Sie schluckte.

Zuerst musste sie das Tribunal hinter sich bringen. Danach konnte sie weitersehen.

Amalia blinzelte, als sie das zweite Stockwerk der Villa betrat. Sie hatte einen mondän ausgestatteten Raum erwartet und wurde nicht enttäuscht. Teure Hölzer zierten den Boden und die Wände. Zwei mannshohe Jugendstilstanduhren aus verschlungenem Eisen standen einander gegenüber und zeigten exakt dieselbe Zeit an. Das Parkett sah aus, als sei es frisch gebohnert worden, und glänzte im Licht der einfallenden Sonne. Mehrere Kronleuchter aus geschliffenem Kristall hingen an der Kassettendecke, und an den mit schwarz-weißem Samt bespannten Wänden befanden sich die Bilder von über zwanzig Personen, die alle einen stechenden Blick und einen arroganten Gesichtsausdruck hatten. Ob sie alle Vampire waren? Sie hätte sich die Bilder gerne länger angeschaut, doch die um mehrere Zentimeter erhöhte Bühne in der Mitte des Raumes lenkte ihre gesamte Aufmerksamkeit auf sich.

Um einen viereckigen Mahagonitisch saßen sieben Vampire wie ein regloses Standbild unter dem größten Kronleuchter des Saales. Alle waren unterschiedlich gekleidet, hatten aber eine bestechende

Eleganz gemein. Einen Bruch in dieser stillen Harmonie stellten einzig die Stühle dar, auf denen sie saßen. Jeder von ihnen hatte wohl seinen privaten Lieblingssitz. Gracia saß auf einem reich verzierten kleineren Thron am Kopfende der Tafel. Die Rückenlehne ragte hoch über ihren Kopf und zeigte einen Greif und eine Rose, das Wappen des Klans. Sie trug ein schlichtes, aber elegantes, bordeauxrotes Abendkleid und eine Kette aus glitzernden Steinen um den Hals. Zu ihrer Rechten hatte sich Darion niedergelassen – auf einer Art Klappstuhl aus Plastik. Amalia unterdrückte ein Lächeln, als sie das sah. Darion hatte Sinn für Humor. Sein Campingstuhl passte weder zur Inneneinrichtung noch zu seiner Kleidung, die aus einer engen Lederhose, einem Hemd und einem Anzugjackett im Stil der Jahrhundertwende bestand. Auf dem Boden zu seinen Füßen lag ein schwarzer Pelz. Amalia fiel auf, dass er wie alle Männer im Raum den Siegelring trug, den auch Aurelius besaß. Neben ihm saß eine blonde Schönheit in einem wuchtigen Sessel.

Amalias Herz schlug ihr bis zum Hals, als sie neben Aurelius auf das erhöhte Raumelement zuging. Sie betrachtete die vier Vampire, die auf der anderen Seite von Gracia an der Tafel saßen, und spürte dabei den eindringlichen Blick der Vampirin auf sich. Links von Gracia saß auf einem erstaunlich schlichten Stuhl Perry, der mit einer maßgeschneiderten, modernen Hose und einem weichen Pulli bekleidet war. Der weibliche und der männliche Vampir daneben waren ihr fremd. Die dunkelhaarige Frau trug ein violettes Satinkleid mit Reifrock, der Mann einen Anzug. Während sie auf einem englischen Stuhl aus dem achtzehnten Jahrhundert saß, gehörte zu ihm ein moderner Bürosessel.

Was für eine illustre Runde. Amalia schüttelte kaum merklich den Kopf, als Aurelius am Kopfende der Tafel einen einfachen Stuhl zurückzog und ihr mit einer Geste bedeutete, Platz zu nehmen. Er setzte sich auf die Tischseite von Darion, neben die bildschöne Vampirin mit den langen blonden Locken. Sie trug einen silberweißen Hosenanzug und wirkte wie eine Mischung aus Mannequin und Karrierefrau.

Gracia lächelte in die Runde, während sie Amalia immer noch eindringlich ansah. „Ich hoffe, du hattest bisher einen angenehmen Aufenthalt."

Amalia spürte einen faustgroßen Klumpen aus Eis, der in ihrem Magen saß. Dieses Lächeln war genauso falsch wie Gracias freundliche Worte. Sie warf einen Blick auf Perry.

„Mai hat mich gut behandelt", antwortete sie mit belegter Stimme und wünschte sich, das Tribunal sei bereits vorüber und sie weit fort von den sieben Augenpaaren, von denen jedes auf seine Art durchdringend starrte. Sie war den Blicken der Vampire ausgeliefert, und einmal mehr wurde ihr bewusst, wo sie sich befand: auf einem Anwesen, für dessen Bewohner sie nicht mehr war als ein Snack für zwischendurch. Sie war die Nahrung, und nur ihre Gabe, vererbte Erinnerungen zu besitzen, bewahrte sie vor einem unschönen Tod.

Darion grinste und lehnte sich auf seinem Plastikstuhl vor. „Wir haben nicht vor, dich aufzufressen. Entspann dich."

Sie legte ihre Hände unter dem Tisch ineinander und wünschte sich, man würde ihr die Angst nicht überdeutlich ansehen. Vermutlich rochen die Vampire die winzigen Schweißperlen, die aus ihrer Haut traten.

„Warum bin ich vor das Tribunal bestellt worden?"

Die Frau im violetten Kleid ergriff das Wort. Ihre Stimme war lieblich. Obwohl sie leise sprach, verstand Amalia jedes Wort, als würde die Fremde in ihr Ohr flüstern. „Ich bin Madlene. Eine Nachfolgerin von Tatjena, die Aurelius fand. Und du, Amalia, bist vor das Tribunal geladen, damit du siehst, dass wir nicht ohne dich über dein Schicksal entscheiden und du mehr bist als ein Objekt unserer Lust." Sie warf Gracia einen scharfen Blick zu. „Wir sind an deiner Mitarbeit interessiert, denn nur gemeinsam mit dir kann es einem von uns gelingen, Lairas letzte Ruhestätte in deinen Erinnerungen zu finden. Leider ist Hekae tot und kann das nicht mehr übernehmen. Deshalb haben ich, Sybell, Darion und Tartus bestimmt, dass Gracia diese Aufgabe übernehmen wird."

Die anderen Vampire nickten zustimmend – alle, bis auf Aurelius. Amalia krampfte ihre Finger in ihrem Schoß zusammen und versuchte, ruhig zu atmen. Der Eisklumpen in ihrem Magen breitete sich aus und hüllte sich wie eine zweite frostige Haut über Brust und Rücken. Es fühlte sich an, als müsse ihr Herz in einer zusammengepressten Faust schlagen.

„Warum ausgerechnet Gracia?", fragte sie rau und sah dabei das kleine, triumphierende Lächeln, das sich in Gracias Gesicht abzeichnete. Der Vampirfürstin schien die bevorstehende Aufgabe zu gefallen. Sicher freute sie sich vor allem auf die Demütigungen, mit denen sie Amalia ohne Zweifel überschütten würde.

Der Vampir, den Madlene Tartus genannt hatte, lehnte sich vor. „Gracia gehört zu den ältesten Vampiren in diesem Klan. Sie kann Gedanken meisterhaft manipulieren und hat die größte Erfahrung.

Du wirst mit ihr zusammenarbeiten, bis wir das Geheimnis gelüftet haben."

In Gedanken sah Amalia Gracia, wie sie vor Jahrhunderten Mägde gequält und gefoltert hatte. Mit Gracia „zusammenarbeiten" bedeutete, Gracias Lustspielzeug zu sein und auf Abruf bereitzustehen, wenn die Vampirfürstin das Verlangen überkam. Dazu kam ihre Gabe, Menschen geistig zu beeinflussen. Amalia würde keinen eigenen Willen mehr haben. Der Gedanke lähmte sie. Sie wollte Gracia nicht dienen und die perversen Lüste dieses Monsters erfüllen, das schön wie ein Engel war. Aber was sollte sie dagegen tun? Den sieben ranghöchsten Vampiren des Klans widersprechen? Das war aussichtslos.

Einen Hoffnungsschimmer gab es noch. Sie atmete tief ein und suchte in sich nach der Kraft, Gracia zu begegnen. Ihr Blick traf den der Vampirfürstin.

„Das wird leider nicht gehen."

Alle sieben Augenpaare verengten sich. Gracia legte den Kopf schief. Ihre Stimme war ein höhnisches Zischen. „Was soll das heißen?"

„Wie Madlene angedeutet hat, bin ich für dich, Gracia, nur ein Lustspielzeug. Du kannst nicht mit mir zusammenarbeiten und die Hände von mir lassen. Das aber ist ein Verstoß gegen die Klanregeln, weil ich Aurelius' Anwärterin bin."

Es wurde totenstill im Raum. Einzig das Geräusch ihres eigenen Atems und das Ticken der beiden Standuhren waren zu hören. Gracia presste ihre Lippen aufeinander. Es schien sie unendliche Kraft zu kosten, den Mund zu öffnen. „Ist das so?" Ihr Blick durchbohrte Amalia. „Und wo habt ihr das erste Ritual vollzogen?"

„Auf der Fahrt von Leipzig nach Frankfurt", sagte Amalia ohne Zögern. Sie betete, dass keiner im Raum ihre Gedanken lesen konnte. Die Vorstellung, sich Gracia hingeben zu müssen, war ihr unerträglich, und jede Lüge erschien gnadenreich, wenn sie diesem Schicksal entkam. Sie warf einen Blick zu Aurelius. Würde er das Spiel mitspielen? Oder würde er ihr jetzt beweisen, dass er sie nicht liebte und seine Treue einzig seinem Klan galt? Sie konzentrierte sich auf das Band zwischen ihnen. Auf das tiefe Gefühl von Zugehörigkeit, das durch alle Zeiten reichte.

„Es war auf einem Parkplatz", sagte Aurelius gelassen. „Es war unbedacht."

Erneut wurde es still. Gracias Blick war tödlich beleidigt. In ihrem Gesicht zeigte sich Zorn. Die vollen Lippen zuckten.

Tartus und Sybell tauschten Blicke, und Madlene richtete sich in ihrem Sitz auf.

„Den Regeln des Klans muss entsprochen werden. Amalia darf nur einen Herrn haben. Somit muss Aurelius die Erinnerungen bergen."

Gracia lächelte schmallippig. „Ich gebe euch zwei Wochen. Wenn Aurelius es bis dahin nicht geschafft hat, werde ich die Anwärterschaft in Ungnade auflösen und mir holen, was ich brauche." Sie sah Aurelius an. „Und nun schicke deine Sklavin fort, ich habe mit dir zu reden."

Aurelius' Stimme war ausdruckslos. „Du hast es gehört, Amalia. Geh hinaus. Mai wird sich um dich kümmern."

Sie hätte gern widersprochen, aber Sklavinnen – oder Anwärterinnen – gehorchten vermutlich, und sie durfte ihre Lüge nicht durch unbedachtes Handeln unglaubwürdig machen.

Hatte sie Aurelius mit ihrer Verzweiflungstat Ärger eingehandelt? Sie hatte ihm nicht schaden wollen. Schweigend stand sie auf und verließ die Runde. Der Eisklumpen in ihrer Brust war verschwunden, die Haut aus Frost geschmolzen, und langsam kehrte ihre Hoffnung zurück. Sie würde nicht Gracias Spielzeug sein. Aurelius hatte zu ihr gehalten. Sie hatte sich das alles nicht eingebildet, und sie würde zwei Wochen Zeit haben, sich mit Aurelius auszusprechen. Amalia verbarg ein erleichtertes Lächeln, als sie den Prunksaal des Tribunals verließ.

Aurelius wusste, dass Gracias geistiger Angriff kommen würde, und dass er härter sein würde als alle zuvor.

„Verräter", zischte die oberste Vampirin des Klans, während ihre geistige Kraft vorschnellte und seine mentale Schutzmauer einzureißen versuchte.

Ihm trat vor Anstrengung Schweiß auf die Stirn, und er fühlte die kleinen Tropfen, die über seine Haut rannen. Sein Körper glühte in Gracias wütendem Feuer, aber er hielt stand und wahrte Amalias Geheimnis.

Warum hatte er sich überhaupt darauf eingelassen? Narr. Aber im Gegensatz zu allen anderen Vampiren im Raum konnte er einige Gedanken Amalias lesen und wusste, wie verzweifelt sie gewesen war, als sie erfahren hatte, dass ausgerechnet Gracia mit ihr arbeiten sollte. In Leipzig hatte Gracia Amalia mental gezwungen, ihr zu dienen. Auch wenn sie sich nicht daran erinnerte, wusste Amalia genug über die Vampirin, um sie zu verabscheuen und die richtigen Schlüsse zu ziehen.

Sie verabscheute sie nicht nur, sie hasste sie. Und das zu Recht. Im Grunde war er dankbar für die Gelegenheit, die Amalia ihm geboten hatte. Sie hatte einen eleganten Weg gefunden, sich der Willkür der Fürstin zu entziehen.

Gracias Stimme durchschnitt den Raum. „Warum hast du das getan?"

Er ließ sich die Schmerzen nicht anmerken, die ihr Geist ihm zufügte. „Ich war unbedacht. Es ist ihr Duft. Sie riecht süßer als jede Blüte. Ich musste von ihr trinken. Du selbst hast mir ihr Blut in Leipzig angeboten. Was soll ich sagen? Ich bin auf den Geschmack gekommen und habe mir genommen, was ich wollte. Ist das nicht die Stärke, die du immer predigst?"

Gracia stand auf und trat unter den Blicken der anderen um den Tisch. „Du. Ausgerechnet du. Seit Editas Tod sagt man dir nach, die Beherrschung in Person zu sein. Ich sehe keine Beherrschung, sondern nur Fehltritte. Wenn ich erfahren sollte, dass du mich hintergehst, werde ich selbst es sein, die dir das Haupt mit einem Schwert vom Rumpf schlägt und deinen Körper zerstückelt."

„Ich bedaure mein Tun." Aurelius sah Gracia unverwandt in die Augen. Er wehrte ihren geistigen Angriff ab und stieß die Finger von sich, die mental nach ihm griffen. Seine Gedanken gehörten nur ihm.

Gracia wich zurück und richtete ihre Aufmerksamkeit auf die anderen. „Ich möchte, dass alle bis auf Darion und Aurelius den Raum verlassen. Wir beraten uns zum Thema Amalia in zwei Wochen wieder, falls Aurelius nicht erfolgreich war."

Die anderen Vampire verließen den Raum. Aurelius spürte beim Hinausgehen ihre Gefühle – Bedauern, Neugierde, Gehässigkeit. Besonders Tartus musste es gefallen, dass der große Krieger Aurelius in der Gunst der Fürstin fiel.

Als die Tür sich hinter ihnen geschlossen hatte, glitt Gracia auf ihren Thron zurück und lächelte, als sei nichts weiter vorgefallen. „Und nun reden wir über den Verräter. Denn auch wenn ich sehr zornig auf dich bin, Aurelius, weiß ich, dass du es nicht bist. Aber einer, der eben noch in diesem Raum war, hat uns verraten."

Darion spielte mit dem schweren Siegelring an seinem Ringfinger. „Wie kommst du darauf?"

Gracia hob stolz den Kopf. „Als ich Aurelius aussandte, um nach der Linie des Seelenblutes zu forschen, wusste niemand davon. Erst als er erfolgreich war und Amalias Großvater in Straßburg ausfindig machte, setzte ich die anderen der Oberen in Kenntnis. Aber nur sie. Trotzdem hat Rene von Amalia erfahren und ihre Wölfe nach Leipzig geschickt. Rene wusste also, dass wir dem Seelenblut auf der Spur waren, und von wem sollte sie es erfahren haben, wenn nicht von einem der unseren?"

„Was hast du vor?", fragte Aurelius.

„Ich will, dass ihr beide die anderen beobachtet. Achtet auf jedes Wort, jede Geste und vor allem: Wisst immer, wo sie sind und was sie tun. Früher oder später wird uns der Verräter auffallen."

Aurelius nickte zustimmend. Er war froh, dass Gracia das Thema „Anwärterin" so schnell fallen gelassen hatte. Es gab Tage, da war sie wesentlich nachtragender. Ob sie seiner Lüge glaubte und ihn tatsächlich für unbeherrscht hielt? Oder wahrte sie lediglich einen Waffenstillstand, bis das Geheimnis um Laira gelüftet war?

„Und noch etwas, ehe ihr geht." Gracia sah von Darion zu Aurelius. „Amalia ist unser Garant, an Lairas Blut zu kommen, an den Heiligen Gral. Ich übertrage euch beiden die Verantwortung für ihr Leben und vor allem für ihren Schutz. Rene wird versuchen, Amalia zu entführen. Behaltet alle Anwärter und Neuzugänge im Auge und bewacht sie gut. Sie darf Rene um keinen Preis in die Hände fallen."

Wieder nickte Aurelius. Er würde Amalia beschützen. Nicht, weil Gracia es verlangte, sondern weil es sein innigster Wunsch war.

BERLIN, EINE VILLA AM STADTRAND

Die beiden Wölfe knieten in Menschengestalt am Mosaikboden. Kamira hielt den Kopf gesenkt und wich dem Blick von Rene aus. Ihre rötlichen Augen betrachteten die Darstellungen von Blutopfern auf dem Boden des Saales. Kamira fühlte sich Rene schon lange nicht mehr zugehörig. Sie wusste, dass sie frei und niemandes Dienerin war, aber sie spielte das Spiel mit, um ihr Leben nicht zu gefährden. Rene verlangte bedingungslosen Gehorsam.

Marut dagegen verehrte Rene und unterwarf sich freiwillig.

Die Vampirin lächelte. Ihre weißblonden Haare waren so kurz rasiert, dass nur Stoppeln zu sehen waren. In ihrem Gesicht strahlten die blausten Augen, die Kamira kannte. Nur Tatjena hatte ähnliche Augen gehabt, allerdings waren sie vom Farbton her dunkler gewesen und hatten dem azurblauen Himmel geglichen. Die Augen von Rene waren bläuliches Eis.

„Wir müssen die Sache neu angehen", sagte Rene mit glockenheller Stimme. Sie strich eine Falte ihres mönchsartigen Kuttengewandes glatt, das aus hauchfeinen Schleiern bestand und den Klerus auf diese Art verspottete. Ihre Brüste zeichneten sich deutlich ab. Schuhe trug sie keine. Um ihre Fußgelenke lagen goldene Reife, wie sie vor mehreren Jahrhunderten in Ägypten die Mode der Prinzessinnen und Fürstenfrauen gewesen waren.

Rene ging in kleinen Schritten durch den Raum. Man sah dem zierlichen Körper nicht an, welche Kraft in ihm steckte.

Der Raum, den sie durchwanderte, glich einem Altarraum. An den Wänden hingen Bilder, die Rene in der goldblauen Gewandung der Muttergottes zeigten. Der ganze Raum war ein Affront gegen den christlichen Glauben, von den schwarzen Kerzen bis zu den gestohlenen Reliquien einer englischen Kirche, den Knochen eines Heiligen, die in einer silbernen Truhe unter dem Altar standen.

Kamira erinnerte sich, dass Rene Anfang des sechzehnten Jahrhunderts fast ihr Ende gefunden hätte, da die Kirche sie wegen des „Abscheulichen Lasters der Zauberei" für schuldig befunden und zur Wahrheitsfindung gefoltert hatte. Sie hatten Rene zu einem Zeitpunkt aufgegriffen, als sie von einem Kampf gegen einen russischen Klan geschwächt war. Erst nachdem man die weißblonde Vampirin in einem Fass zu ihrem Hinrichtungsort gebracht hatte, hatte sie sich befreien können. Seitdem hasste und verachtete sie alles, was mit der Kirche und dem Glauben zu tun hatte.

Rene beendete ihren Rundgang und lehnte sich lässig gegen den Altar aus weißem Marmor.

„Amalia ist uns entkommen." Sie sah strafend auf ihre Untergebenen. „Ihr habt versagt. Aurelius ist es gelungen, sie aus Leipzig fortzuschaffen und nach Frankfurt zu bringen. Also brauchen wir einen neuen Plan. Wir müssen das Seelenblut zurückgewinnen und zwar schnell, ehe es sich erinnert und Gracia zum Heiligen Gral führt."

Marut hob den bulligen Kopf. Sein Gesicht zwischen den grauen Haarsträhnen war von Narben übersät, die an einigen Stellen abstrakte Muster bildeten. Die Narben waren das Werk von Renes Fingernägeln, und seit dem Versagen der Wölfe in Leipzig waren zehn weitere hinzugekommen.

„Herrin, es ist unmöglich, Amalia aus dem Anwesen in Frankfurt zu entführen. Sie wird sicher streng bewacht. Gracia wird sich diesen Schatz nicht rauben lassen, ganz gleich, wie viel Gewalt wir anwenden."

Rene schüttelte den Kopf, während ihre langen Nägel über den weißen Marmor der Tischplatte fuhren. Vielleicht erinnerte sie sich an den letzten Menschen, den sie an diesem Ort leer getrunken hatte.

„Gewalt", sagte sie in einem melodischen Singsang. „Wieder einmal enttäuschst du mich, Marut. Mit Gewalt werden wir nichts erreichen. Es gibt Hilfe in Frankfurt. Früher oder später wird Amalia zu uns kommen. Gewalt ist hierfür nicht notwendig."

„Wie soll das gehen?", fragte Marut nach.

Kamira wünschte sich, Rene würde endlich reden. Es widerte sie an, auf dem Boden zu knien und die Untergebene zu spielen. Warum war sie überhaupt noch hier? War es Verzweiflung? Einsamkeit? Seit dem Tod Gabriels hatte Rache sie angetrieben. Sie hatte geglaubt, Aurelius – den Mörder ihres Geliebten – am ehesten im Gefolge von Rene zu stellen, denn der Klan der Vampirin billigte die Tötung von fremden Klanmitgliedern inoffiziell. Aber seit Jahrhunderten war es ihr nicht gelungen, Aurelius zu vernichten. Auch im letzten Kampf gegen ihn war sie die Unterlegene gewesen. Vielleicht war es an der Zeit ... ja, was? Aufzugeben? Der Gedanke war erschreckend und stürzte sie in eine geistige Leere.

Rene sprang leichtfüßig auf den Altar, setzte sich mit wippenden Beinen und klatschte in die Hände. Eine Nebentür wurde geöffnet, und heraus trat eine junge Frau mit leeren Augen. Ihr Kopf war rasiert und trug eine Tätowierung in Form einer Orchidee.

Eine menschliche Sklavin, erkannte Kamira verwirrt. Brauchte Rene eine Stärkung? Worauf wollte sie hinaus?

„Darf ich vorstellen?" Rene lächelte zufrieden. „Das ist Kim. Sie hätte eigentlich mit Amalia in Leipzig sein sollen. Die beiden sind gute Freundinnen. Oder sie waren es zumindest." Renes Gesichtsausdruck wurde hart. „Aber das hat sich geändert. Kim gehört mir. Sie wird der Köder sein, der Amalia zu uns lockt. Nicht wahr, Kim?"

„Ja, Herrin", sagte die junge Frau tonlos. In ihrer Stimme klang keine Seele mit. Ihr Charakter war gebrochen worden. Ihr Körper war ein leeres Gefäß, in das Rene ihren Willen legen konnte.

Kamira schauderte. Sie zweifelte nicht daran, dass Kim alles tun würde, was Rene befahl.

Amalia folgte Aurelius, als er sie abholte und zu einem Fahrstuhl brachte. Sein Blick war düster, er stand von ihr abgewandt und ignorierte sie. Großartig. Ob er sehr wütend über ihre Lüge war? Sie musterte ihn. Wie stolz und unbeugsam er wirkte. Am liebsten hätte sie ihn zu sich gezogen und ihn geküsst, aber sie wagte es nicht. Wie ein Schatten eilte sie ihm nach, als sie im zehnten Untergeschoss ausstiegen und einen endlos erscheinenden Flur entlanggingen. Weinrote Teppiche lagen auf dem Boden. Die Bilder an den Wänden wirkten im Neonlicht kalt.

„Wie nah liegt Frankfurt?", fragte Amalia, um das ungemütliche Schweigen zu brechen. Sie hatte bei der Anfahrt gesehen, dass sie ein gutes Stück von der Innenstadt entfernt waren.

„Etwa zehn Kilometer."

„Warum verschlägt es eine Horde blutdurstiger Vampire ausgerechnet in den Taunus?"

Aurelius blieb stehen. In seine Augen trat ein Ausdruck, den Amalia nicht deuten konnte – es war, als schaue er in eine andere Welt oder ... eine andere Zeit?

„Es gab viele Schlachten, von denen niemand mehr weiß. Jeder Ort birgt seine Geheimnisse, und dieses Gelände ist lange im Besitz einer Vampirin gewesen, ehe es der Hauptsitz des Klans wurde."

„In Gracias Besitz?", vermutete Amalia.

Er schüttelte den Kopf. „Tatjena. Sie hieß Tatjena. Das ist ihr Erbe."

„Wo ist sie?"

„Sie ist tot." Aurelius sagte es unbeteiligt, dennoch erkannte Amalia die Trauer in seinem Gesicht. „Sie starb in Frankreich durch mehrere Wölfe, ehe es zu einem Pakt zwischen Wölfen und Vampiren kam."

Sie blieben vor einer schlichten Metalltür stehen, die wenig einladend aussah. Aurelius legte seine Hand auf einen Scanner neben der Tür und hielt sein Gesicht vor einen Zweiten. Ein leises Klacken ertönte, und die Tür glitt wie von Geisterhand zur Seite und in die Wand. Licht flammte auf und fiel auf einen polierten schwarzen Marmorboden. Fast gleichzeitig schalteten sich mehrere Lautsprecher ein und gossen leise Klaviermusik in den Raum.

„Wow!" Amalia starrte fassungslos in das unterirdische Appartement. Sie hatte weder die hohe Decke noch den verschwenderischen Luxus erwartet. Keine zwei Meter vor ihr erstreckte sich mitten im Marmor ein Schwimmbecken. Die Leuchten des Raumes waren an den Seiten angebracht und zum Teil in die Decke eingelassen. Auch im Wasser erzeugten mehrere Strahler eine mystische Stimmung. Der Raum bestach durch einfache Schwarz-Weiß-Kontraste. An den Wänden hingen riesige Leinwände, die wie Fotografien aussahen. Amalia trat näher und erkannte, dass es Ölgemälde waren. Eines davon zeigte Darion. Obwohl es ein Ölbild war, stimmte jedes Detail mit dem Original überein. Sie wandte sich zu Aurelius um.

„Hast du das gemalt?"

Er nickte. Seine Stimme klang ironisch. „Wenn man relativ unsterblich ist, hat man jede Menge Zeit, Fernlehrgänge zu belegen."

„Das ist unglaublich." Sie streifte an der Wand und den dort angebrachten Gemälden entlang. Das erste zeigte Darion, die anderen drei zwei Frauen und ein Selbstporträt von Aurelius mit kurzen Haaren. Er trug eine Soldatenuniform.

Wenn sie gewusst hätte, dass er so gut zeichnen und malen konnte, hätte sie vielleicht Bedenken gehabt, ihn in Leipzig zu zeichnen. Gleichzeitig freute sie sich, eine weitere Gemeinsamkeit zwischen ihnen gefunden zu haben.

„Wer sind die Frauen?"

„Edita und Tatjena." Er schien nicht mehr sagen zu wollen, und Amalia wollte nicht weiter nachbohren.

Am Ende des Raumes kam sie an eine Tür, die sich automatisch öffnete, als sie die Hand ausstreckte. Ein Bewegungsmelder hatte reagiert. Neugierig sah sie ins nächste Zimmer – einen großen Wohnraum, der ebenfalls in einfachen Schwarz-Weiß-Kontrasten gehalten und mit weiteren Bildern ausgestattet war. Die Gemälde zeigten Landschaften in Grautönen, und Amalia war plötzlich sicher, dass es wie im Vorraum Bilder waren, die Aurelius gemalt hatte und die ihm persönlich viel bedeuteten.

An einer Wand hingen Waffen. Eine Pike, zwei Langschwerter, ein gebogener Säbel und mehrere Dolche und Messer. In der Mitte der Wand befanden sich zwei weitere Halterungen, aber keine Klingen.

„Was bedeutet die leere Stelle? Sind die Waffen in Gebrauch?" Es sollte ein Scherz sein, aber sie hörte, wie dünn ihre Stimme klang. Sie hatte Aurelius immer für einen Krieger gehalten, aber das, was sie in diesem Zimmer sah, zeigte ihr, dass er einer war. Wie oft hatte an den sorgfältig gepflegten Waffen Blut geklebt?

„Ich habe den Platz freigelassen für die beiden Klingen, die mich tödlich verletzt und zum Vampir gemacht haben."

Amalia zog die Augenbrauen zusammen. Wie lange war das her? Aurelius existierte seit Jahrhunderten. „Glaubst du denn, die Waffen nach all den Jahren noch zu finden?"

Er schwieg. Sein Blick zeigte eine grimmige Entschlossenheit, und Amalia erkannte, dass er das tatsächlich tat. Als er nichts sagte, sah sie sich weiter im Wohnraum um. Die weiße Ledercouch sah einladend aus. Niedrige Sideboards und ein Kristalltisch wirkten zurückhaltend modern. In einer Vitrine standen Kunstgegenstände aus der ganzen Welt, geschliffene Figuren aus Elfenbein und Perlmutt, Jade-Buddhas, Klangschalen und Truhen aus Holz. Alles wirkte aufgeräumt und gepflegt, fast wie in einem Museum. Zwei weitere Türen gingen vom Wohnzimmer ab.

„Du hast keine Schränke. Wo sind deine ganzen Sachen?"

„Es gibt einen Raum neben dem Schlafzimmer, in dem meine Kleider liegen. Deine übrigens auch, zumindest alle, die ich bislang von dir habe. Ich war in deiner Wohnung in Mainz."

„Du warst ... Wann?"

„Gestern. Ich brauche wenig Schlaf. Ich habe mir auch erlaubt, in deinem Namen eine Kündigung für deinen Vermieter aufzusetzen."

Amalia schwindelte. „Das heißt, ich kann nicht mehr zurück." Sie wusste es. Aurelius hatte es ihr gesagt. Selbst wenn sie das Abenteuer bei den Vampiren in Frankfurt gut überstand, würde sie nicht mehr in ihr altes Leben zurück können. Sie würde eine neue Heimat brauchen, vermutlich eine, die nicht einmal in Deutschland lag und die keinem der Vampire bekannt war. Rene galt als nachtragend, und sie musste sich vor ihr in Sicherheit bringen.

„Ich muss meinen Auftraggeber anrufen."

„Das werde ich für dich tun. Du darfst nicht telefonieren."

„Ich bin also eine Gefangene", sagte sie leise.

„Mehr als das." Er setzte sich auf die weiße Ledercouch. „Du bist meine Anwärterin. Du hast dich selbst dazu gemacht und damit dein Leben von Grund auf verändert."

„Ich wollte nicht ..."

„Ich kenne deine Ängste." Seine Stimme war noch immer beherrscht. Sie wünschte sich, er würde sie anschreien oder sonst ein Zeichen geben, dass er betroffen oder verletzt war, weil sie sich ohne Absprache eine solche Lüge ausgedacht hatte. Sie stand unschlüssig im Raum und fühlte sich wie ein Schulmädchen, das zum Direktor bestellt worden war. Die Tatsache, dass er saß und sie stand, verstärkte diesen Eindruck noch. Nervös verschränkte sie hinter dem Rücken ihre Finger ineinander.

„Warum hast du Gracia nicht gesagt, dass ich lüge?"

„Vielleicht war die Vorstellung zu verlockend, dass die Lüge Wahrheit wird."

Sie spürte, wie ihr Herzschlag sich beschleunigte. „Du liebst mich."

Er schloss die Augen und öffnete sie wieder. Sein Blick hielt den ihren fest, während er langsam aufstand und zu ihr trat. Er packte sie an den Schultern und sprach betont eindringlich. „Hör mir gut zu. Was in diesen Räumen gesagt wird, kann nicht abgehört werden. Alles in den oberen Räumen hingegen schon. Nur an diesem Ort sind wir unter uns."

Ein warmes Gefühl breitete sich in ihr aus. „Dann sind meine Vermutungen wahr. Du warst nur so kalt und abweisend, weil du deine Gefühle nicht zugeben konntest."

„Ja, ich spüre das Band zwischen uns. Aber du überschätzt das."

Obwohl seinen Worten sofort ein „aber" gefolgt war, spürte Amalia ein glückliches Lächeln auf ihrem Gesicht. Aurelius' Gesichtszüge verhärteten sich. Offensichtlich gefiel ihm dieses Lächeln nicht. Sein Tonfall war unnachgiebig.

„Ich bin meinem Klan verpflichtet. Immer. Die Interessen des Klans stehen über meinen eigenen. Meine Liebe zu dir steht in der Priorität weit unterhalb meiner Loyalität. Je eher du das einsiehst, desto besser. Für dich mag Liebe der Motor aller Handlung und heilig sein. Für mich hat sie nicht diesen Stellenwert."

„Mir genügt es zu wissen, dass du mich liebst." Sie schlang ihre Arme um seinen Hals. „Danke, dass du mich vor Gracia gerettet hast."

Seine Augen waren unergründlich. „Danke? Du scheinst nicht zu ahnen, was dir bevorsteht. Du hast eine Lüge von großer Tragweite erfunden, und wir werden sie nur aufrecht erhalten können, wenn sie keine Lüge bleibt."

Angst kroch in ihre Brust. „Du meinst ..."

„Ich werde deine Lüge zur Wahrheit machen. Du wirst meine Anwärterin und meine Sklavin sein. Das erste der insgesamt drei Rituale vollziehen wir sofort."

Ihr blieb die Luft weg.

„Ich ..." Was sollte sie sagen? Sie hatte keine Vorstellung, was auf sie zukam. „Du möchtest mich tatsächlich zu deiner *Sklavin* machen?"

„Es gibt keinen anderen Weg. Vampire können besser wahrnehmen als Menschen. Wenn sie mein Blut nicht an und in dir riechen, werden sie wissen, dass wir gelogen haben."

„Ich muss dein Blut trinken?"

„Es wird nicht so viel sein, dass es dich gefährdet."

„Warum bist du nur so kalt? Eben noch hast du gesagt, dass du mich liebst."

„Ich bin wütend auf dich." Er grinste. Da war es wieder, dieses spöttische Gesicht, das schön und beängstigend zugleich war. „Aber mir fällt mit Sicherheit etwas ein, um weniger wütend zu sein. Zieh dich aus. Ich kann dir die Abläufe des Rituals ebenso gut erklären, wenn du nackt bist, und vielleicht hebt der Anblick meine Laune."

„Was bildest du dir überhaupt ein?"

„Tut mir leid, aber Nacktheit gehört zum Ritual. Ich habe es nicht erfunden. Falls es dich tröstet: Für männliche Anwärter ist es kein Stück besser."

Es tröstete sie nicht. Ihre Hände krampften sich nervös ineinander. „Worin besteht das Ritual?"

Er trat von ihr fort und setzte sich auf die Ledercouch. Noch immer lag das spöttische Grinsen in seinem Gesicht. „Sex, Blut, das Übliche. Was erwartest du von Vampiren? Mag sein, dass wir unser eigenes Klischee sind, aber sieh es auch von der anderen Seite: Es gibt kaum etwas, das zwei Lebewesen derart miteinander verbindet wie Sexualität und der Austausch von Blut. Schon Christus gab sein Blut seinen Jüngern, um sie zu stärken. Und ich werde von deinem trinken. Genug, dass zwischen uns eine Bindung entsteht. Danach wirst du meine Dienerin sein und mir und dem Klan deine Loyalität beweisen. Erst wenn wir uns dieser sicher sind, wirst du gewandelt werden. Zu Anfang gibt es zwei Rituale der Bindung. Erst das dritte und letzte macht dich zum Vampir."

„Willst du mich tatsächlich zum Vampir machen?"

„Nein. Wir spielen dieses Spiel nur so lange, wie es nötig ist. Zum Vampir mache ich dich nicht, selbst wenn dein Organismus geeignet sein sollte."

„Warum nicht?"

Er schloss die Augen, atmete tief ein und öffnete sie wieder. „Du bist nun einige Stunden in diesem Anwesen und inzwischen mehreren Vampiren begegnet. Vielleicht ist dir aufgefallen, dass keiner von ihnen – ich eingeschlossen – normal ist."

„Was meinst du damit?"

„Weißt du, was ein Trauma ist?"

„Ich hatte viele Verletzungen in meinem Leben. Meine Mutter meinte immer, ich sei zu geistesabwesend. Als ob ich mich gedanklich mit fernen Dingen beschäftigen würde." Sie schwieg kurz, als ihr etwas einfiel. „Aber vielleicht habe ich das ja. Vielleicht haben die verborgenen Erinnerungen in mir dafür gesorgt, dass ich mich oft nicht genug konzentrieren konnte, und deshalb hatte ich öfter Unfälle und habe mir die Knochen gebrochen."

„Ich rede nicht von einem körperlichen Trauma, sondern von einem seelischen. Ein Vampir erlebt unendlich mehr Grausamkeiten als ein Mensch, je länger er lebt. Jedes Zeitalter schlägt seine Krallen in seine Seele und sorgt dafür, dass sie so zerklüftet wird wie der Mond. Die wenigsten verkraften das. Sie werden grausam, depressiv oder wahnsinnig."

„Wie Rene und Gracia?"

„Wie Rene und Gracia. Auch du könntest so werden."

„Du bist anders."

Er lächelte schwach. „Ich bin ein guter Schauspieler, mehr nicht."

Sie schüttelte den Kopf. „Das glaube ich nicht. Es gibt etwas, das du vergessen hast. Jeder Mensch ist anders, und manche Menschen können mit gefährlichen Situationen und Traumata besser umgehen als andere."

„Und du glaubst, du gehörst zu diesen Menschen?"

Sie suchte in sich nach der Wahrheit. Was fühlte sie wirklich? Langsam nickte sie. „Ja. Ja, ich glaube, dass ich das tue. Ich war schon immer so. In der Schule gab es Mitschülerinnen, die mich gehasst haben, weil ich stark war. Weil es mir nichts ausgemacht hat, wenn eine Lehrerin schimpfte oder ein anderer mich beleidigte. Natürlich war mir das nicht egal. Aber ich konnte besser damit umgehen als sie. Auch mit meinen Unfällen."

„Oder damit, in einem Anwesen voller Vampire gefangen zu sein." Er nickte nachdenklich. „Offen gestanden warte ich noch immer auf deinen Zusammenbruch."

Sie hob das Kinn. „Da kannst du lange warten."

Er stand auf und kam näher. Sein Duft machte sie sprachlos. Seine Nähe war alles, was sie wollte. Er sollte bei ihr bleiben und nie wieder gehen.

„Du bist stark", flüsterte er. „Aber vielleicht nicht stark genug. Ich bedaure, in was du hineingeraten bist und dass ich es war, der deine Blutlinie ausfindig machte."

Sie nahm sein Gesicht in beide Hände. „Ich bedaure es nicht. Ich bin lieber an diesem Ort, gefangen mit fünfzig Vampiren und fernab von meinem normalen Leben, als ohne dich zu sein."

Endlich fiel die Maske, die er so lange aufrecht erhalten hatte. Amalia sah in seinem Blick die Wahrheit seiner Worte. Er bereute sein Tun, und er hatte Angst, dass sie der Aufgabe nicht gewachsen war oder ihr etwas zustieß. Seine Angst war der Spiegel seiner Liebe. Seine Stimme war weich.

„Du vertraust mir?"

„Ja."

Seine Finger glitten zu ihrem Rücken, fanden den Reißverschluss des schwarzen Kleides und zogen ihn bis zur Hüfte hinab. „Dann tu, was du selbst in Gang gesetzt hast. Zieh dich aus und lass uns das Ritual beginnen." Er trat einen Schritt zurück und sah sie auffordernd an.

Langsam zog und schob sie an dem mit Pailletten besetzen Stoff. Das Kleid fiel zu Boden.

Er lächelte. „In diesem Ritual wirst nicht nur du nackt sein. Und vor allem wirst du nicht nur körperlich nackt sein."

„Wie meinst du das?"

„Wenn wir dieses Mal miteinander schlafen, werde ich mich dir öffnen, weiter als je zuvor. Du wirst meinen größten Wunsch erkennen und ich deinen. Und vielleicht wird sogar mehr als das passieren, aber das kann ich nicht mit Sicherheit sagen."

Amalia schüttelte leicht den Kopf. Sie konnte sich nicht vorstellen, wie das funktionieren sollte.

„Lass dich fallen. Du wirst es verstehen, wenn es so weit ist." Seine Blicke glitten wie Finger über ihren Körper. „Zieh dich ganz aus."

Sie streifte den Slip ab und sah ihn herausfordernd an. „Und was jetzt? Was möchtest du?"

„Deine Worte gehen in die richtige Richtung, aber dein Tonfall lässt zu wünschen übrig." Er grinste. „Komm her und steh still."

Sie trat zu ihm und erstarrte, als seine Hände seinen Blicken folgten. Er berührte ihre Haut und entfachte Lust, wohin er griff. Seine Finger strichen über jede Erhebung und Senke ihres Körpers. Obwohl sie kühl waren, fühlte es sich an, als würden ihnen glimmende Funken folgen. Sie wollte sich an ihn schmiegen, ihr Becken an seinem reiben, aber er hatte gesagt, sie solle still stehen. Wie schwer ihr das fiel. Es war wie eine Prüfung, die nicht zu bestehen war. Mit geschlossenen Augen spürte sie die

Liebkosungen auf der Haut und musste sich zusammenreißen, nicht die Arme nach ihm auszustrecken und ihn zu sich zu ziehen.

Er hatte Zauberhände. Magie strömte aus ihnen und nahm ihr jede Angst.

Seine Worte erklangen dicht an ihrem Ohr. „Jeder Vampir mag eine andere Vorstellung haben, was eine Anwärterschaft und den Begriff Sklavin betrifft. Ich habe nicht vor, dir deinen Willen zu nehmen. Aber ich erwarte, dass du mir gehorchst, ganz gleich, was ich dir befehle – besonders oben im Anwesen. Jeder öffentliche Widerspruch zieht eine öffentliche Strafe nach sich. Ein Anwärter hat kaum Rechte, nur Pflichten. Deine Pflicht ist es, mir zu dienen und mein Ansehen im Klan zu erhalten oder zu verbessern."

Amalia schauderte – einerseits wegen seiner ruhelosen Hände, die ihren Körper erkundeten und entflammten, andererseits wegen seiner Worte. „Was ist eine öffentliche Strafe?"

„Die gute alte Schule sieht traditionell das Auspeitschen vor, es gibt aber auch andere Methoden. Besser ist es, du erlebst sie nicht." Er ließ sie los und trat einen Schritt zurück. „Wir sollten das testen. Du bist es nicht gewohnt, zu gehorchen, und das kann heikel für dich werden. Knie dich hin."

„Ich soll ..."

„Fünf Peitschenhiebe. Eine Sklavin zögert nicht, und sie fragt auch nicht nach."

Sie sah ihn erschrocken an. „Du wirst doch nicht ..."

Er schüttelte leicht den Kopf. „Nicht hier. Aber da oben werde ich. Andernfalls würde ich mein Gesicht und meine Glaubwürdigkeit verlieren. Also gewöhn dir lieber gleich an, zu gehorchen. Ich werde mir Mühe geben, dich nicht zu quälen. Glaub mir, es macht mir keinen Spaß, wenn es dir keinen macht."

„Warum macht diese Art von Sexualität überhaupt jemandem Spaß?", murmelte sie. Dabei spürte sie, wie ihre Klitoris pulsierte. Ihr war, als könne sie seine Finger fühlen, die sich daraufgelegt hatten und süßen Schmerz androhten.

Er zog sie an sich. „Du belügst dich selbst. Erinnere dich daran, wie du in Leipzig auf meinem Schoß lagst und ich Macht über dich hatte. Du magst das Gefühl. Macht haben und machtlos sein. Es ist ein Spiel, und wenn es dich nicht erregt", er griff zwischen ihre Schenkel und verharrte dort, „warum wirst du dann feucht, wenn du nur an diese Nacht zurückdenkst?"

Hatte er in ihren Gedanken gelesen, oder war ihr die Geilheit so deutlich anzusehen? Sie schwieg, ihre Wangen brannten. Ihre Schamlippen waren feucht, und seine Hand dazwischen glühte.

Sie wollte sich an ihn pressen und sehnte sich danach, dass seine Finger in sie tauchten. Stattdessen drückte er zärtlich zu, was sie zusammenfahren ließ. Der leichte Schmerz wandelte sich in Lust.

„Halt still", flüsterte er. „Und gehorche."

Er zog die Hand zurück, und sie sank langsam auf die Knie. Erregende Wellen pulsten durch ihren Unterleib. „Ich gehorche, Herr."

„Küss meine Füße."

Sie zögerte nur kurz, dann beugte sie sich hinunter und tat, was er verlangte. Eine Mischung aus Scham und Lust brannte in ihr. Sie schärfte sich ein, dass es nur ein Spiel war. Ein Spiel mit Regeln. Dabei wusste sie, dass sie sich belog. In Aurelius' Gemächern war es ein Spiel, aber oben im Anwesen war es das nicht. Dort war sie ihm auf Gedeih und Verderb ausgeliefert.

Sie wollte nicht daran denken. Es zählten nur sie und er und die Leidenschaft, die er in ihr weckte.

Aurelius bückte sich und hob sie auf die Füße. Endlich zog er sie an sich und küsste sie. Sie ertrank in diesem Kuss, verlor sich in ihm. Immer wieder umspielten ihre Zungen einander. Sie schmiegte sich an ihn und versuchte so viel von seinem Körper wie möglich an ihrem zu spüren. Sie wollte ihn ganz.

„Du musst dich auch gegenüber den anderen respektvoll verhalten", sagte er zwischen zwei Küssen. „Besonders gegenüber dem Tribunal. Ich werde Mai anweisen, sich darum zu kümmern, dass du alle Regeln und Gewohnheiten kennst. Als Anwärterin musst du aufpassen, was du sagst."

„Dieses ganze Anwesen ist verrückt", murmelte sie zwischen weiteren Küssen. „Trotzdem kann ich mir keinen schöneren Ort vorstellen, solange du da bist." Sie öffnete ihre Schenkel und legte seine Hand erneut zwischen ihre Beine.

Er dirigierte sie zur breiten Couch und drückte sie mit sanfter Gewalt hinab. Seine Hand stützte ihren Rücken, damit sie nicht stürzte. Unter ihm liegend sah sie in diese grüngoldenen Augen, von denen sie träumte, seit sie zurückdenken konnte.

„Du wirst meine Anwärterin sein", flüsterte er über ihr. Seine langen Haare fielen auf ihre Arme und kitzelten ihre Haut. „Du wirst mir dienen und dem Klan nutzen. Dafür schwöre ich, dich zu schützen und zu fördern, damit du den Klan bestmöglich unterstützen kannst."

Sie hätte gerne geantwortet, wie idiotisch sie diese ganzen Klanregeln fand, zumal sie ihr aufgesetzt vorkamen. Der Klan schien ihr keine große Familie zu sein, sondern eine Zweckgemeinschaft ohne tiefer gehende Gefühle. Aber sie unterdrückte die Worte und sah in seine Augen. Es würde sich alles von selbst lösen und den richtigen Weg gehen, darauf musste sie vertrauen.

Er streichelte sie, und einen Moment kam Ruhe in ihr Liebesspiel. Sie atmete tief durch.

„Ich nehme an, Gracia und andere sind lange nicht so gut zu ihren Anwärtern wie du?"

Seine Stimme war leise. „Nein."

„Es macht ihnen Spaß, andere zu quälen." Ihr Blick verdunkelte sich. Sie dachte an Marie, die Dienerin, die Gracia und Aurelius in Frankreich gehabt hatten. Gracia hatte Marie gern mit allerlei Verboten erniedrigt, die nicht auszuhalten waren, und von vornherein so gedacht waren, dass Marie sie nicht erfüllen konnte. Sie hatte Marie das Sprechen samt jedem anderen Laut verboten, und ihr anschließend einen Höhepunkt nach dem nächsten beschert. Jedes Stöhnen war hart bestraft worden.

„Es fasziniert dich", flüsterte er. „Ich sehe es an deinem Blick. Du wirst eine gute Sklavin sein."

„Ich bevorzuge das Wort Anwärterin."

„Lass diese Gedanken los. Das Ritual ist eingeleitet. Verlass dich ganz auf deine Gefühle." Er beugte sich zu ihrer rechten Brust und nahm die Spitze in den Mund. Seine Zunge glitt kreisförmig darüber, während seine Hände zielsicher ihre erregbarsten Körperstellen fanden und sie zum Prickeln brachten. Der Druck seiner Finger war an der Grenze zum Schmerz. Aufreizend langsam glitt seine Zunge über ihren Busen, hin zur linken Spitze. Seine Zähne bissen spielerisch zu.

Sie stöhnte leise auf und ging ins Hohlkreuz, als wolle sie seinen Händen entkommen, die zugleich quälendes Verlangen und ersehnte Berührung brachten. Ihre Brustknospen kribbelten und fühlten sich hart an.

„Sieh mich an!" Seine Stimme war hypnotisch.

Amalia öffnete die Augen und sah in seine grüngolden gesprenkelte Iris, die von innen heraus zu glühen schien. Seine Pupillen waren winzig und so klein, wie es die Pupillen eines Menschen nicht sein konnten. Fasziniert starrte sie ihn an und berührte das kantige Kinn und die weichen Lippen. „Wer hat dich erschaffen, dass du so schön bist?"

Er sagte nichts, starrte sie nur an und allmählich spürte sie die Bindung, die sich zwischen ihnen aufbaute. Ihr Herzschlag verlangsamte sich, und in ihrer Brust breitete sich ein fremdartiges Gefühl aus. Es war weder Glück noch Furcht. Sie dachte nach, wie sie es benennen konnte. Vielleicht war es – Schicksal? Ein Gefühl jenseits der Zeit. Es erfüllte sie und zog sie ganz in Aurelius' Bann.

Plötzlich weiteten sich seine Pupillen, wurden übernatürlich groß und waren ein Spiegel, in dem sie sich selbst sah. Der Raum, in dem sie sich eben noch befunden hatte, war verschwunden. Stattdessen lag sie auf einer steinernen Treppe, die sich hart unter ihr anfühlte. Aurelius kauerte über ihr. Wo war sie?

„Nimm es hin", flüsterte er. „Es ist eine gemeinsame Vision, in die sich vieles hineinmischt. Es ist nicht real und doch realer als manches andere."

Als wolle die fremde Umgebung seine Worte bekräftigen, flatterte ein Schwarm violetter Schmetterlinge um sie. Amalia richtete sich halb auf und folgte mit dem Blick der Flugrichtung der Tiere. Sie flogen zu einem breiten Wasserbassin, das sich in einem exotischen Garten befand. Orchideen, Malven und rote und weiße Hibiskusblüten zierten die Beete. Die gesamte Anlage war von Maulbeer-Feigen mit weiten Baumkronen umgeben. Sie sah zurück und entdeckte den Tempel, auf dessen Stufen sie lag. Orientalische Rundbögen luden ins kühle Innere ein.

„Ägypten", flüsterte sie.

„Nur ein Ort unserer Fantasie." Er beugte sich über sie und berührte ihren Körper mit Lippen und Zunge. Irgendwo rief ein Vogel. Ein süßer Geruch lag in der Luft, und Amalia erschauerte, weil alles an diesem Ort schön und erregend war wie Aurelius, der sie vergessen ließ, dass unter ihnen Stein und Staub war. In dieser Welt gab es keinen Schmerz, nur Sehnsucht und Lust.

Sie berührte seine kühle Haut, die sich glatt und geschmeidig anfühlte. Ihre Finger verloren sich im Entdecken von immer neuen Millimetern dieses Wunderwerkes. Sie küsste seine Narben, wollte ihm die Lust zurückgeben, die er ihr schenkte, und genoss es, als er sich ihr entgegenstreckte und sie ganz in Harmonie waren. Sein kühles, unnahbares Verhalten der letzten Tage war vergessen. An diesem Ort, unter den Bäumen des Tempelhains, öffnete er sich ihr. Sie ertrank im verlangenden Blick seiner Augen und wusste, sie würde tun, was immer er von ihr verlangte.

Seine Zunge wanderte tiefer, zog Linien und Kreise, bis sie ihre Schamlippen erreichte und teilte. Mit einer Hand folgte er nach und ließ zwei seiner Finger gierig in sie gleiten, als könne er es nicht erwarten, dass sie ihm ganz gehörte. Sie hob ihr Becken und schloss die Augen. Lust fuhr wie Wellen aus heißem Wasser durch ihren Körper, während seine Zunge ihre geschwollene Klitoris umkreiste. Sie spürte, wie ihr Schoß pulsierte. Eine seiner Hände stützte sie, während der immer fordernder werdende Druck seiner Zungenspitze sie zucken ließ.

Er ließ von ihr ab, zog sie zu sich und legte sich auf den Rücken. Sie setzte sich auf ihn, fühlte ihren Herzschlag, seine Haut an ihrer und roch seinen Duft, der sich mit den Düften der Blüten mischte. Sie brauchten keine Worte und glitten ineinander, als wären sie ein Wesen. Mit geschlossenen Augen bewegte sie sich auf ihm und fühlte, wie er immer tiefer in sie drang und sie ausfüllte. Mit sanften Stößen brachte er sie mehr und mehr ihrem Höhepunkt entgegen.

Plötzlich schob sich ein Schatten vor die Sonne und ihr war, als würde eine kalte Klinge in ihr Herz stoßen. Sie griff sich an die Brust und keuchte auf.

„Was ist das?"

„Dein größter Wunsch." Seine Bewegungen rissen nicht ab. Sie waren Wellen, die ihren Weg kannten. „Du musst ihn offenbaren. Hab keine Angst."

Wieder sah sie in diese unbeschreiblichen Augen und ließ zu, dass etwas aus ihr herausströmte und verloren ging. Oder ging es gar nicht verloren? Nahm Aurelius es in sich auf?

Gleichzeitig spürte sie, wie etwas Fremdes zu ihr kam. Ein neuer Gedanke, der nicht ihrer war. Er brauchte Zeit, sich zu entfalten. Wie eine Blüte am Morgen öffnete er Blatt um Blatt, während Aurelius und sie eins waren und die Lust größer wurde. Es war, als würde mit dem Öffnen der geheimen Blüte das Verlangen in ihr wachsen. Ihr Schoß pulsierte, und sie sehnte sich nach einem Höhepunkt. Längst war ihr Körper feucht von Schweiß. Ihre Schenkel zuckten, die Sehnsucht nach Erfüllung wuchs mit jeder Bewegung und brachte ihre Haut zum Brennen. Seine Stöße wurden heftiger, Haut schlug an Haut. Das leise Klatschen war das einzige Geräusch neben ihrem Atem.

„Aurelius", flüsterte sie und ließ zu, dass der Garten und der Tempel vor ihren Augen verschwammen. „Ich spüre dich." Sie sagte es so leise, dass es kaum zu hören war, aber sie wusste, dass er sie verstand.

„Nosce te ipsum", flüsterte er.

Als sie glaubte, die Lust nicht mehr ertragen zu können, öffnete sich die Blüte ganz. Mit Amalias Höhepunkt kam die Erkenntnis, die wie eine Welle über sie hereinbrach und sie in eine Welt der Glückseligkeit trug. Sie kannte Aurelius' wahren Wunsch, das größte Geheimnis seiner Seele.

„Du willst ein Mensch sein", flüsterte sie.

„Und du willst ewig mit mir leben." Er lächelte traurig. Während ihr Gesicht sich feucht anfühlte, schwitzte er nicht. Sie saß auf ihm und versuchte, ruhig zu atmen.

„Was hast du da eben gesagt?"

Er wirkte verwirrt. „Wann?"

„Na, gerade eben."

Aurelius richtete sich auf die Ellbogen auf und legte den Kopf schief. Sein Gesicht zeigte Ahnungslosigkeit. Er schien sich tatsächlich nicht an seine Worte zu erinnern.

Sie versuchte, sich an den Wortlaut zu erinnern. „Du sagtest lateinische Worte. Ich weiß nicht, was sie bedeuten."

Er runzelte die Stirn. „Ich habe schon sehr lange nicht mehr Latein gesprochen." Ein Lächeln erhellte sein Gesicht. „Du solltest dem nicht zu viel Bedeutung geben." Seine Augen funkelten vergnügt. „Sei lieber froh, den ersten Teil des Rituals gut überstanden zu haben. Ich habe schon von schlimmeren Visionen bei Anwärtern gehört als ägyptischen Tempeln, Blüten und Wasser."

„Und Schmetterlingen." Amalia sah sich um. Der Schatten vor der Sonne war verschwunden. Sie lagen allein auf der breiten Treppenstufe, die Schmetterlinge waren fortgeflogen.

Er schob sie von sich und zog sich dabei aus ihr zurück. „Gehen wir uns waschen, und danach zeige ich dir den Tempelinnenraum."

Seine Stimme war voller Vorfreude. Sie sah ihn an. „Du willst noch mal ..."

„Du nicht?"

Sie grinste. „Ich könnte den ganzen Tag über nichts anderes tun. Gehört das zum Ritual?"

„Muss es zum Ritual gehören?"

Lachend schüttelte sie den Kopf.

Er trug sie zum kühlen Wasser und wusch sie zärtlich, während sie seinen Körper mit Wasser benetzte und es auf der glatten Haut verrieb. Ihre Berührungen wurden ein Vorspiel und zeigten Amalia, dass noch immer Lust in ihr war.

Nebeneinander stiegen sie die Tempelstufen empor. Aurelius' Hand lag auf ihrem Po und ließ sie nie vergessen, wie nah er an ihrer Seite war. Seine Finger gruben sich in die Haut der Pobacken.

Sie traten zwischen schlanken Säulen in einen schattigen Innenraum. Mehrere schmale Oberlichter spendeten diffuse Helligkeit.

Amalia blieb im Eingangsbereich wie erstarrt stehen. Sie hatte angenommen, dass der Tempel leer war. Stattdessen befanden sich darin Männer und Frauen. Auf einem steinernen Thron saß eine wunderschöne blond gelockte Vampirin.

„Sybell?", fragte Aurelius erheitert. „Und Mai ist auch da. Da muss ich mir ja direkt Sorgen machen."

Sie sah ihn an und verstand ihn nicht. „Was meinst du damit?"

„In meinem Appartement sind wir beide bereits auf der Couch zusammengebrochen, die für uns in dieser Welt die Treppenstufe war. Das Ritual ist beendet, und du hast dich mir geöffnet. Was ich in diesem Tempel sehe, ist ein Teil deiner sexuellen Fantasie." Aurelius sah interessiert zu zwei dunkelhaarigen Frauen, die sich hingebungsvoll miteinander beschäftigten. „Du zeigst mir deine Wünsche."

„Das ist nicht wahr." Sie spürte, wie heiß ihr Gesicht war. Konnten seine Worte stimmen? Der Anblick der dunkelhaarigen Frauen war seltsam vertraut.

Er grinste. „Mir gefällt, was ich sehe." Er zog sie in Richtung Thron. „Lass uns Sybell Guten Tag sagen."

Die blond gelockte Frau war nackt. Sie brauchte keine Dessous und keinen Schmuck. Ihr Körper war ein perfektes Kunstwerk, so vollkommen, dass es unnahbar wirkte. Sie hob den Kopf, als sie Aurelius und Amalia näherkommen sah. Ihr Blick heftete sich auf Amalia.

„Tritt vor!", befahl sie kühl, aber nicht unfreundlich.

Hinter ihnen erklang das heisere Stöhnen der beiden Frauen. Sie lagen jeweils mit dem Gesicht im Schoß der anderen und schienen großen Gefallen an ihrem Spiel zu finden. Auch andere Männer und Frauen gaben sich einander hin. Amalia entdeckte aus den Augenwinkeln einen Mann, der von zwei Frauen verwöhnt wurde. War das Perry? Sie hatte doch um Himmels willen nicht Perry in ihren sexuellen Fantasien?

Sie trat vor Sybell und sank auf die Knie, ohne dass die Frau es hätte befehlen müssen. „Ich bin da."

Sybell nickte wissend. „Du bist auf dem Weg zu dir selbst, und du bist dir näher als Aurelius sich ist. Nosce te ipsum. Erkenne dich selbst. Wenn du dir noch näher kommen möchtest, dann sage mir nun, was in deinem Leben dein intensivstes sexuelles Erlebnis war."

Das bedeuteten also die Worte, die Aurelius gesagt hatte. Aber warum ging es wirklich?

„Nun?", fragte Sybell harsch.

Amalia fühlte zu ihrer Schande, wie sie erneut rot wurde. Die Vampirin starrte sie durchdringend an. Sie überlegte. Was war ihr intensivstes sexuelles Erlebnis gewesen? Sie zögerte. „Also ... in diesem Leben oder in einer Erinnerung?"

„Das ist gleich."

Sie schloss die Augen. „Ich träume manchmal von einem Tempel. Ich weiß nicht, wo er liegt." Sie sah, dass Aurelius neben ihr aufmerksam zuhörte. „Ich werde von meiner Familie hingebracht, in einen Raum wie diesen. Dort muss ich warten. Jede Frau muss an diesen Ort, um ein einziges Mal dem Tempel zu dienen, ehe sie vergeben werden darf. Sie muss sich einem Fremden hingeben, der vorbeikommt und sie aus der Schar der Wartenden erlöst. Aber ich werde nicht erlöst. Einer der Priester will, dass ich zur Dienerin des Tempels werde. Wenn innerhalb von fünf Tagen keiner mit mir geschlafen hat, gehöre ich dem Tempel und muss dort meinen Dienst verrichten. So wollen es die Götter."

Sybell hob das Kinn. „Und warum wirst du nicht erlöst?"

„Weil ein Priester es nicht zulässt." Amalia fühlte sich wie in Trance. Sie glaubte, den Priester zu sehen, der ihr verbot, sich einem Fremden hinzugeben, und der sie jede Nacht nahm, sobald die Tore des Tempels geschlossen waren. „Er vertreibt jeden, der mich will."

„Du bist in diesem Tempel, und Aurelius wird der Priester sein. Lebe, was in dir ist, damit du dich erkennen kannst."

Aurelius nahm sie am Arm. „Ich führe dich zum Warteplatz, und wenn es dunkel wird, komme ich zurück. Dann haben wir die gesamte Nacht Zeit, zu tun, was immer wir wollen." Er grinste schief, ihm schien Amalias Fantasie Spaß zu machen. „Oder besser, wir machen, was ich will. Bist du sicher, dass nicht ein ganz kleines bisschen von einer Sklavin oder Masochistin in dir steckt?"

Sie sah ihn zornig an. Seine Worte trafen die Wahrheit zu gut. Ergeben ließ sie sich von Aurelius zu einem Platz im Tempel führen, an dem bereits acht Männer standen und die dort sitzenden jungen Frauen anstarrten. Einer hatte eine Brünette ins Gespräch verwickelt, und es sah ganz danach aus, als würden sie jeden Augenblick in eine der mit Vorhängen abgetrennten Kammern gehen, aus denen bereits an mehreren Stellen ein lautes Stöhnen drang.

Mai war auch bei den Frauen und lächelte ihr aufmunternd zu.

Amalia setzte sich und fühlte die Blicke der Männer, die prüften und verglichen. Sie hatten die Wahl, welche der Frauen sie nehmen wollten. Es war heiß. Die noch wartenden Frauen erhielten eine Schale Wasser, die sie sich teilten. Sie tranken schweigend. Zu reden war verboten, solange sie nicht angesprochen wurden.

Gleich drei Männer fanden Gefallen an Amalia, betrachteten sie ausgiebig und sahen einander abwägend an. Einer trat vor, doch Aurelius schenkte ihm nur einen Blick und der Fremde wich erschrocken zurück. Auch die anderen Männer suchten sich tunlichst eine andere Frau aus. Der Fremde, der sich zuerst getraut hatte, nahm Mai mit. Mai schenkte Amalia ein fröhliches Lächeln und tänzelte mit ihm davon.

Die Szene wiederholte sich in ähnlicher Form zwei Mal, bis es dunkel wurde und sich keine Besucher mehr im Tempel aufhielten. Außer Amalia saßen noch zwei andere Frauen neben der leeren Wasserschale, die restlichen waren bereits gegangen. Aurelius trat aus den Schatten und legte seine Hand besitzergreifend auf ihren Arm.

„Was soll das alles?", flüsterte sie.

„Sag du es mir." Er zog sie von ihrem Warteplatz. „Du bist die mit den Erinnerungen an tausend Leben. Warum machst du das?"

„Ich?" Amalia war verwirrt und spürte gleichzeitig, dass er recht hatte. Diese Szene, diese Erinnerung war wichtig. Aber warum?

„Vermutlich ist es eine Nebenwirkung unserer ersten Bindung. Mir kann es egal sein." Seine Stimme war rau. „Ich habe lange genug gewartet." Er zog sie zu einem der Vorhänge, hinter dem sich eine kleine Kammer verbarg. Sie roch nach duftenden Ölen und enthielt keine Möbel außer einem großen Sockel aus Stein, auf dem ein riesiger Strohsack lag.

Aurelius' Gesichtsausdruck veränderte sich. Es war, als würde er geistig wegtreten.

„Prefer et obdura. Vollbringe und halte aus." Seine Stimme klang fremd. Er richtete seine Aufmerksamkeit auf sie. „Ich werde dich keinem anderen gönnen. Du wirst im Tempel dienen und mir jede Nacht gefällig sein."

„Das kannst du nicht verlangen."

„Ich bin der Sohn einer Göttin. Natürlich kann ich das." Er packte sie und stieß sie auf das Lager. „Du wirst die Wonnen erleben, die ich dir geben kann."

„Ich werde schreien."

Er legte sich auf sie und drückte sie hinab „Das wirst du nicht. Weil du mich liebst. Im Grunde deines Ziegenhirtinnenherzens bist du dankbar für meine Hilfe. Du willst Priesterin werden, Jara. Also diene den Göttern, indem du mir Lust schenkst."

Amalia – Jara – schwieg. Sie wollte ihn. Diesen sinnlichen Körper, der sie ekstatisch werden lassen konnte. Dieses Gesicht, das nur einem Halbgott gehören konnte. Er war alles, was sie wollte, aber er war nicht er selbst. Das Gift wütete in ihm. Ihr Gift. Trotzdem wollte sie ihn. Sie spürte sein Gewicht auf sich und öffnete ihre Beine. „Nimm mich."

„Das werde ich." Er drang in sie ein und stieß heftig vor. Ihr Körper verriet sie und bäumte sich ihm erwartungsfroh entgegen. Sie genoss das Pulsieren in ihrem Unterleib und die Brutalität, mit der er sie nahm. Endlich. Sie würde ihr Ziel erreichen. Sie würde ihn befreien. Und bis dahin würde sie genießen, was er ihr Nacht für Nacht gab. Bald schon stöhnte sie lauter und hingebungsvoller, als alle anderen Frauen an diesem Tag gestöhnt hatten.

Er erwachte in seinem Appartement und hörte das Schlagen ihres Herzens an seiner Seite. „Amalia?"

Sie blinzelte. „Ja?" Ihre Stimme klang weit fort, im Reich der Träume und Visionen. Vielleicht war das eine Gnade. Vorsichtig hob er sie auf und trug sie ins Schlafzimmer. Sie regte sich, als er sie ablegte.

„Was tust du?"

„Das könnte wehtun." Er öffnete den Mund.

„Bist du Arzt gewor...?" Sie verstummte, ihre Augen weiteten sich beim Anblick seines verzerrten Gesichtes.

Seine Zähne gruben sich in ihren Hals. Die Spitzen bohrten sich Schicht um Schicht in die Haut, behutsam, wie feine Nadeln.

Amalia keuchte auf und versuchte, sich zu wehren. Er hielt sie umklammert und presste ihre Arme an ihren Körper. Mit geschlossenen Augen schmeckte er den ersten Tropfen des süßen Blutes. Ob er je genug davon bekommen konnte? Es stärkte, stillte den Hunger und schmeckte köstlicher als jede Speise.

Sie wimmerte. Er ließ sie los und spürte, wie Lust und Blutdurst ihn durchpeitschten. Ehe er erneut in Versuchung geraten konnte zu trinken, ritzte er sich mit einem Eckzahn ein Stück Haut am Handrücken auf und presste ihn gegen Amalias Lippen. Sie wehrte sich und drehte den Kopf zur Seite. Seine Hand blieb an ihren Lippen und zwang sie, das Blut in den Mund zu nehmen.

„Es muss sein, meine hübsche Sklavin", flüsterte er. „Du bist ich, und ich bin du."

Ihr Kopf hielt still. Sie sah ihn an und schluckte widerwillig. Er konnte sehen, wie ihre Pupillen sich schlagartig weiteten. Sie krampfte und hustete. Er zog die Hand von ihrem Gesicht und trat zurück. Der folgende Part war für sie vielleicht der Unangenehmste, aber auch er gehörte dazu.

Amalia versuchte zu verstehen, was das schwere, kalte Gefühl an ihren Arm- und Fußgelenken zu bedeuten hatte. Auch ihr Hals wurde von Kälte umschlossen. Metall klirrte.

„Was tust du?"

„Ich bringe das Ritual zu Ende. Du wirst deine Visionen allein aushalten müssen."

„Visionen?" Die Angst brachte sie ganz zu Bewusstsein. „Welche Visionen?" Hatte sie nicht schon genug ausgestanden?

Er griff nach einem dunklen Tuch und schlang es um ihren Kopf. Amalia versuchte aufzustehen und konnte es nicht. Ihre Hände und Füße waren aneinandergekettet. Sie war verschnürt wie ein Paket.

Er verknotete das Tuch. Seine Stimme schwebte über ihr.

„Du magst keine Dunkelheit. Und du magst es nicht, gefangen zu sein. Aber auch das ist Teil des Rituals. Du wirst allein und im Dunkeln liegen, bis ich dich ans Licht zurückführe."

„Aurelius!"

Er ging von ihr fort. Sie hörte seine Schritte auf dem Marmorboden. „Warte!"

Sie hörte, wie er am Eingang kurz verharrte – aber nicht, weil sie nach ihm gerufen hatte, sondern nur, bis die Tür sich öffnete. Dann verklangen seine Schritte.

Sklavin, hallte es in ihrem Kopf.

„Großartig", murmelte sie und wand sich in den Ketten. Bilder stiegen vor ihrem inneren Auge auf. Sie hatte den Geschmack von Aurelius' Blut auf den Lippen und begriff, dass es dieses Mal nicht ihre Erinnerungen waren. Vor ihr stand Aurelius. Sein Gesicht wirkte müde und eingefallen.

„Tatjena", flüsterte er hingebungsvoll.

Amalia wurde mitgerissen, als seien die Bilder ein Strudel, der sie in die Tiefen der Geschichte zog. Sie tauchte hinab in eine andere Zeit und vergaß ihre Ketten und den Schmerz der Erniedrigung.

Nebel zog über die Felder, als wolle er die verbrannte, geplünderte Erde verbergen. Aurelius stand an Darions Seite und blickte in die Ferne. Die Unruhe im Lager war auf ihn übergesprungen und ließ ihn keinen Schlaf finden. „Was denkst du, wann geht es los?"

„Vermutlich morgen, spätestens übermorgen. Mal sehen, wann die Herrschaften da oben sich bequemen. Angeblich kundschaften noch welche aus. So wie es aussieht, wird die Stadt noch belagert."

Aurelius sah zum fernen Wald, hinter dem sich viele Kilometer entfernt die Festungsstadt Hanau verbarg. Vor Jahren wäre er mit Edita und Darion gern nach Hanau geflohen, da die Stadt mit dem Winterkönig und somit ihrer ehemaligen Heimat verbündet war. Zu ihrem Glück hatte das Schicksal sie andere Wege gehen lassen. Verarmt hatten Darion und Aurelius keinen besseren Rat gewusst, als sich als Söldner zu verdingen. Obwohl sie mehrere Schlachten überstanden hatten, war ihr Leben – derzeit als Fußvolk des Landgrafen Wilhelm V. von Hessen-Kassel, den man auch „den Beständigen" nannte – besser als das Leben in der angeblich seit vielen Jahren „freien" Stadt Hanau. Obwohl Hanau erst seit einem knappen Jahr von den Römisch-Katholischen besetzt war, hatte das Leid der Stadt viel früher begonnen: als sie an die Schweden übergeben worden war.

Sicher, ohne die Schweden wäre alles verloren gewesen, und auch Aurelius' Entsatzheer unterstand ihnen. Doch was die angeblich Verbündeten mit der Stadt und ihrer Umgebung angefangen hatten, stand einer Besatzung durch einen Feind kaum nach. Der Umkreis war verwüstet worden, und in der Stadt selbst herrschte tiefes Elend.

Nun lag ihr Entsatzheer bereit, und bald würden sie aufbrechen, die Römisch-Katholischen unter General von Lamboy zu besiegen und die Stadt zu befreien oder zu sterben. Ihr Herr, der Beständige, hatte Familienbande, die ihn Hanau gegenüber verpflichteten, und obwohl er selbst in Bedrängnis war, wollte er die Stadt befreien. Damit würden sie auch die Schweden befreien, und ob dann tatsächlich bessere Zeiten für Hanau kommen würden, stand in den Sternen.

Vermutlich würde es besser sein, nach der Schlacht weiterzuziehen. Wenn sie überlebten.

„Ich frage mich, wann dieser neue Anführer endlich auftaucht." Er schwieg und dachte an den letzten Kommandanten, den er gehabt hatte. Fortuna war ihm nicht gewogen gewesen. Sein Schiff war auf dem Main auf ein zweites aufgefahren, und beide Schiffe waren untergegangen. Der Hauptmann gehörte zu den Unglücklichen, die ersoffen waren.

Darion spuckte aus. „Ist mir egal. Die sind alle gleich. Hauptsache, er zahlt."

Aurelius nickte. Es war widerwärtig, dass er sich als Söldner verdingen musste. Aber Edita hungerte. Wie sollte er sich und sie ernähren? Er brauchte den kärglichen Sold, mit dem er an die Front getrieben wurde. Er brauchte die relative Sicherheit der soldatischen Lager, in denen Frauen und Kinder zurückblieben, wenn die Männer in die Schlacht zogen. Schon lange kämpfte er nicht mehr, weil er gläubig war. Seinen Glauben hatte er ebenso verloren wie seine Hoffnung auf bessere Zeiten. In diesen Tagen kämpfte jeder gegen jeden. Die Religion war nur ein Vorwand. Es ging um Macht, um Länderpolitik. Zumindest weiter oben. Für ihn ging es um den Kanten Brot, den er an einem Tag hatte oder nicht hatte, und um das Fleisch, das ihm als Soldat zustand.

Wäre es besser gewesen, wenn sie nicht nach Hessen geflohen wären? Er schüttelte den Kopf. Kriege herrschten überall. Sie waren wie Feuer, die sich nicht löschen ließen. Es gab keinen Frieden mehr auf dem Erdenball. An allen Orten wurde gekämpft und gestorben.

Darion reichte ihm einen Trinkbeutel mit scharfem Brand darin. „Auf unseren Sieg. Treten wir Goldlöckchen in den Arsch und dem schottischen Rammler gleich mit."

Aurelius grinste. „Schottischer Rammler" war Darions Spitzname für Jakob von Ramsay, den schottischen Befehlshaber der Schweden, und „Goldlöckchen" bezeichnete den Besetzer der Stadt, den französischen General von Lamboy, der mit einem üppigen Haarwuchs gesegnet war. Aurelius nahm den Beutel und trank in tiefen Schlucken.

Darion wechselte das Thema. „Wie geht's Edita? Trauert sie noch immer, weil ihr keine Kinder habt?"

„Ich glaube, sie hat sich damit abgefunden. Ihre Freundin Magrete hat vor zwei Monaten das sechste Kind verloren. Ich bin froh, dass uns das erspart bleibt."

„Deine Bälger wären bestimmt zäher. Unkraut vergeht nicht."

Aurelius schwieg. Obwohl Kinder starben wie Fliegen – und die Mütter oft genug gleich mit – hatte er sich ein Kind gewünscht, auf das er stolz sein konnte und das ihn überlebte. Er berührte seine glatte Stirn. Auch wenn er noch immer jung aussah und sich kaum verändert hatte, spürte er sein Alter. Er würde keinen Erben haben. Er war froh, dass in diesem Moment Tumult am Tor ausbrach und er nichts mehr zu dem Thema sagen musste.

Schreie und Rufe drangen zu ihnen herüber.

„Was ist da los?" Noch während er fragte, machte Darion sich auf den Weg und rannte zum Haupttor des Lagers. Sechs Pferde standen da. Eines war ohne Reiter. Trotzdem stand das Tier still und machte keinerlei Anstalten, davonzustürmen.

„Was hast du gesagt?", fragte eine helle, schneidende Stimme, die einen schwedischen Einschlag hatte. „Wiederhole das, Gefreiter Dengels."

Der Soldat am Tor sah trotzig zu seinen beiden Kameraden, dann starrte er zurück auf die Neuankömmlinge. Er hob stolz das Kinn. „Ich hab' gesagt, dass de erst mal en Bart bekommen sollst, bevor de meinst, uns in de Schlacht führen zu können, Herr Hauptmann."

Darion schüttelte den Kopf. „Es ist so weit. Das ist Peters letzter Tag. Mal ehrlich, wo hat dieser Sohn eines Milchbauern sein Gehirn?"

Aurelius antwortete nicht. Er starrte auf den zierlichen Hauptmann in der schlichten Kleidung, dem breiten Kragen und dem gefiederten Hut. Das war eine halbe Portion, ein adeliger Junge, der nicht mal im Stimmbruch gewesen zu sein schien. Er konnte Peter verstehen, auch wenn er derselben Meinung wie Darion war. Dieses Mal würde der Gefreite bluten. Respekt gegenüber einem Vorgesetzten war oberste Pflicht im Lager.

Der fremde Hauptmann bewegte sich mit einer Geschwindigkeit, die Aurelius blinzeln ließ. Er packte den Gefreiten mit einer Hand, riss ihn am Hals hoch und schleuderte den überrascht aufschreienden Mann zu Boden. Der befiederte Hut segelte davon, als er wie ein Raubtier über den Unglücklichen herfiel, sich auf ihn setzte und ihm die Faust ins Gesicht hämmerte. Es krachte vernehmlich. Blut spritzte. Der überraschte Aufschrei wurde zu einem lauten Brüllen.

Der fremde Hauptmann stand auf und bückte sich nach seinem Hut. Er zupfte sich am Kragen, als müsse er ihn glätten. Aurelius kam nicht umhin, ihn anzustarren. Die kurzen, goldblonden Haare schimmerten im Licht. Der Mann hatte die blausten Augen, die Aurelius je gesehen hatte. Sie spiegelten einen azurblauen Himmel. Aber diese Einzelheiten waren es nicht, die ihn derart gefangen nahmen. Es war das Wissen, den Fremden zu kennen. Doch woher? Im Lager hatte er ihn ganz sicher noch nie gesehen.

Der Hauptmann lächelte und kam direkt auf Aurelius und Darion zu. „Mein Name ist Tatjen Mardorff. Würdet ihr bitte die Freundlichkeit besitzen, mich ins Lager zu führen, oder habt ihr ergänzende Anmerkungen zu den Zweifeln eures Kameraden?"

Aurelius straffte die Schultern. „Nein, Herr Hauptmann. Wir führen euch ins Lager. Folgt mir."

Sie brachten den Hauptmann zum Generalszelt und redeten noch lange über den Vorfall.

Als Aurelius am Nachmittag zu Edita kam, war ihr Blick vorwurfsvoll. „Wo warst du so lange? Hattest du mit dem Neuen zu tun? Diesem Mardorff?"

Überrascht bemerkte er, wie eifersüchtig sie klang. Er lächelte. „Hast du Bedenken, ich könne mich in einen *Mann* verlieben?"

Ihr Blick war verärgert. „Dieser Mann ist so knabenhaft, dass er eine Frau sein könnte."

„Aber er ist keine. Du wirst albern, Edita."

Sie wandte sich von ihm ab. „Vielleicht. Er ist schön. Und ich werde alt. Ich verstehe nicht, warum du dich nicht veränderst. Warum alterst du nicht, Aurelius?"

„Auch ich habe mich verändert."

Sie schüttelte den Kopf. „Dein Gesicht sieht noch genauso aus wie vor zwei Jahrzehnten. Man könnte meinen, es seien übernatürliche Kräfte am Werk. Im Lager verspotten sie uns. Sie verstehen nicht, wie sich ein so junger Mann eine alte Vettel wie mich nehmen kann."

Er ging zu ihr und schloss sie in die Arme. „Du bist keine alte Vettel, mého poklada. Du bist schön." Er küsste sie und spürte, wie sie sich augenblicklich entspannte und an ihn schmiegte. Seine Hände schlossen sich um ihre Brüste. „Es wird bald in die Schlacht gehen. Zum Befreiungsschlag. Willst du da wirklich mit mir streiten?"

Sie presste den Kopf an seine Brust. „Ich will nicht streiten, Gott bewahre. Aber ich verstehe es nicht. Es gibt Tage, da bist du mir fremd wie in der ersten Stunde. Als wärst du ein Stern am Himmelszelt, unendlich fern und nie zu erreichen."

Aurelius hielt sie fest in seinen Armen. Er spürte, dass ein Geheimnis ihn umgab. Seit Jahren spürte er es. Einmal hatte der Schuss einer Muskete seinen Oberkörper durchschlagen – eine Wunde, die zum Tod hätte führen müssen. Aber er war nicht gestorben. Die Narben verblassten bereits und würden bald nicht mehr zu sehen sein. Er konnte Edita nicht erklären, warum es so war, denn er verstand es selbst nicht.

In dieser Nacht fand er keinen Schlaf. Er erschauerte vor einem Wissen, das in ihm verborgen lag, und das durch Tatjen an die Oberfläche drängte.

Noch vor Sonnenaufgang machten sie sich in Brustharnischen und Helmen auf den Weg. Aurelius marschierte die meiste Zeit schweigend und hing seinen Gedanken nach. Der letzte Streckenabschnitt lag vor ihnen, ein dichter Wald mit üppigem Grün, der sich in einiger Entfernung lichtete und auf ein von Baumgürteln umgebenes Gelände führte. Gerüchten zufolge ergriffen die Gegner bereits die Flucht. Es würde zu keiner schweren Schlacht kommen. Aber vielleicht waren das auch gezielt gestreute Täuschungen ihres Feindes.

Aurelius lief dicht hinter dem Pferd von Tatjen, der den Zug anführte. Er konnte den neuen Hauptmann nicht aus den Augen lassen und war sicher, ihm bereits begegnet zu sein. Wo das gewesen sein konnte, wusste er nicht.

Tatjen saß stolz auf einem weißen Hengst. Er trug eine eigens für ihn gefertigte Rüstung und einen Helm, der das androgyne Gesicht verdeckte. Vielleicht war es besser so. Obwohl sich der Hauptmann am Tor des Lagers Respekt verschafft hatte, wollte kaum einer der Soldaten – ganz gleich, ob deutsch oder schwedisch – einem halben Kind dienen.

„Edita hat recht", scherzte Darion an seiner Seite. „Du bist dem guten Tatjen verfallen und brennst darauf, ihm deinen Allerwertesten anzubieten."

„Still", zischte Aurelius. „Er hat ein ausgezeichnetes Gehör." Tatsächlich glaubte er zu sehen, wie sich der behelmte Kopf Tatjens bei Darions Worten leicht in seine Richtung drehte. Ein Zufall?

„Er ist ein Zauberer", schnaufte der feiste Stefan hinter ihnen mit gedämpftem Bass. „Ich sage euch, der hört und sieht Dinge, die sieht man nur, wenn man sich dem Teufel hingegeben hat."

Darion verdrehte die Augen. „Ich hab den Teufel weder im Bett noch hab ich ihn je morgens an meiner Bettstatt stehen sehen, und trotzdem weiß auch ich ne ganze Menge über das Lager. Dafür brauchst du nur Informanten."

Stefan bekreuzigte sich bei diesen frevlerischen Worten und ließ sich eine Reihe zurückfallen, um nicht weiter neben Darion laufen zu müssen.

Darion grinste. „Diese verdammte Frömmigkeit geht mir gehörig auf den Sack. Wenn der Pfaffe das Gerede mitbekommt, gibt's am Ende noch Verhöre."

Aurelius hob unschlüssig die Schultern. Er hatte keine Lust das Gesprächsthema zu vertiefen. Seitdem er seinen Glauben verloren hatte – irgendwo in den Kämpfen zwischen Prag und Hanau – wollte er so wenig wie möglich mit dem Thema zu tun haben.

„Hörst du das?", fragte er leise.

„Das Schnaufen von Stefan?"

„Diese Ruhe. Außer uns regt sich nichts in diesem Wald. Es ist als ..."

Ein lauter Donner zerriss das Gesagte. Mehrere Dinge passierten gleichzeitig.

„Artillerie!", schrie irgendwo neben Aurelius eine Stimme, während die Granate keine zwanzig Meter entfernt explodierte und der weiße Hengst Tatjens sich aufbäumte. Tatjen zwang das Tier zur Ruhe.

„Geschütze vor!", brüllte er mit seiner hellen Stimme. „Die Stellung wir gehalten! Musketiere, worauf wartet ihr?!"

Geschäftiges Durcheinander brach aus, während weitere Granaten und schwere Eisenkugeln dicht vor ihnen einschlugen. Die verbesserte Artillerie, die König Adolf in den Krieg gebracht hatte, wurde inzwischen auch von den Feinden imitiert. Nun richteten sie einige der Besatzungswaffen gegen die Angreifer. Die Kugeln kamen mehrere hundert Meter vor dem Regiment auf, schlugen ein Loch in den Boden und sprangen weiter, wie flache Steine übers Wasser hüpften. Schreie wurden laut, als drei Männer getroffen wurden.

Dreipfünder aus Stockholm wurden ausgerichtet.

Nebel zog auf, und immer wieder donnerte es in der Ferne. Offensichtlich war ihre Einheit nicht die Einzige, die angegriffen wurde.

Aurelius sah grimmig in den Wald. „Wir sind in der Überzahl. Lange können sie uns nicht begegnen."

„Pikeniere!" Tatjens Stimme klang deutlich durch den Lärm. „Aufstellung beziehen! Ausrichtung dreißig Grad links!"

„Das hatte ich mir einfacher erhofft", flüsterte Darion. Aurelius wollte ihm beipflichten, als der Donner erneut erklang und genau vor ihnen die Welt explodierte. Schreie wurden laut. Die Pikeniere wurden auseinandergerissen. Eine Titanenfaust hämmerte auf seinen metallenen Helm ein. Etwas bohrte sich in seine Stirn. Der Gestank nach Pulver war das Letzte, das Aurelius roch. Der

Himmel verschwamm über ihm, und er spürte warmes, feuchtes Blut an seinem Kopf hinunterlaufen. Die Sprenggranate war keine zehn Schritte entfernt explodiert. Die Welt wurde dunkel und still.

Als er wieder zu Sinnen kam, war der Nebel so dicht geworden, dass er alle Geräusche dämpfte. Leichen lagen um ihn herum. Jede Faser seines Körpers schmerzte.

„Darion?" Er setzte sich mühsam auf und versuchte, sich zu orientieren. „Darion!" Keine Antwort.

Aurelius kam auf die Knie. Er stützte sich dabei versehentlich auf dem Brustkorb vom toten Stefan ab, der ein Loch im Gesicht hatte. Blut bedeckte den Brustharnisch, auf dem Aurelius' Hand lag. Es roch metallen und erdig. Sein Magen zog sich bei dem Geruch zusammen, gleichzeitig peitschte das Adrenalin durch seinen Körper.

Er kam auf die Füße, wankte und versuchte, die Nebelschwaden mit seinen Blicken zu durchdringen. Pferde schnaubten, aber sie waren ein gutes Stück entfernt. Vermutlich befanden sie sich auf der bereits gesichteten Lichtung. Noch immer grollten Geschütze. Einige ganz in der Nähe. Es musste die Artillerie seines eigenen Heeres sein. Der Kampfplatz hatte sich verlagert. Aurelius sah sich nach seiner Pike um, aber sie war nicht mehr da. Irgendein anderer hatte sie mitgenommen.

„Darion!" Wo war sein Bruder? Er rückte seinen Helm zurecht und lief in den Nebel hinein. Die Bäume umstanden ihn wie stumme Wächter. Wie lange hatte er auf dem Boden gelegen? Minuten? Stunden?

Einen Moment erschien es ihm, als gebe es nur Tote um ihn her, dann sah er die ersten Schemen. Sie kämpften weiter vorn, am Rand seines Sichtfeldes. Er taumelte vor und zog den Dolch aus der Halterung an seinem Gürtel.

„Aurelius!", brüllte Darions Stimme rechts von ihm. „Pass auf!"

Instinktiv wandte sich Aurelius um und sah einen vierbeinigen Schatten, der auf ihn zusprang. Der Schatten war der eines Tieres. Ein Wolf? Er riss den Dolch nach oben und wich gleichzeitig aus. Was zum Teufel hatte ein Wolf in dieser Schlacht verloren?

Der Dolch fuhr vor und schnitt über die zuschnappende Schnauze. Das Raubtier hatte die Größe eines jungen Bären. Sein weißes Fell war zottig, die roten Augen bohrten ihren Blick in seinen.

„Vampir", hörte Aurelius eine zornige Stimme in seinem Kopf. Gleichzeitig roch er den Lupus. Es war ein alter, unangenehm vertrauter Geruch, der Hass in ihm auslöste. Verwirrt wich er zurück. Was passierte mit ihm? In seinem Kopf hörte er die Stimme, die er seit Monaten nicht mehr gehört hatte. Sie klang kompromisslos: „Zeit zu töten."

Der Wolf setzte elegant zur Seite und kauerte sich zum nächsten Sprung zusammen.

Aurelius riss den Dolch hoch und sah aus den Augenwinkeln Darion, der auf ihn zurannte, die meterlange Pike in beiden Händen. Darion schrie und stürmte auf die Bestie zu.

Sie wich dem Angriff mit einem weiten Satz aus und sprang fast übergangslos an seine Kehle.

„Nein!" Aurelius stieß mit dem Dolch zu und rammte ihn tief in die Seite der Bestie, wo er zwischen den Rippen stecken blieb.

Darion röchelte. An seinem Hals klaffte eine stark blutende Wunde.

Die Wut in Aurelius explodierte bei diesem Anblick. Er packte den Wolf an den Hinterbeinen und schleuderte ihn zwei Meter durch die Luft gegen einen Baum. Es knackte hässlich, das Tier jaulte auf und verstummte.

Er nahm sich nicht die Zeit, sich weiter um das Raubtier zu kümmern. Seine Augen waren feucht, als er sich neben Darion kniete und mit seinen Händen die Wunde zu verschließen versuchte. Blut quoll über seine behandschuhten Finger.

„Bruder", flüsterte er. „Halt durch."

Darions Gesicht war bleich. Seine Lider flatterten und aus seinem Mund lief eine rote Blutspur. Offensichtlich waren Luft- und Speiseröhre verletzt. Aurelius hatte sich nie zuvor so hilflos gefühlt.

„Bitte nicht", keuchte er.

„Es ist zu spät", sagte eine helle Stimme neben ihm. Azurblaue Augen sahen ihn an. Es war Tatjen, der sich zu ihm hockte. „Aber ich kann ihn retten."

„Du ..." Aurelius wusste nicht, was er sagen sollte.

„Geh zur Seite, Aurelius." Die Stimme des Hauptmanns war einfühlsam, als spräche er mit einem kleinen Jungen. „Was ich einst dir schenkte, will ich nun auch deinem Bruder geben."

Wie in Trance wich Aurelius zurück und gab den Hals von Darion frei. Was meinte Tatjen mit seinen Worten?

Der Hauptmann hatte einen gierigen Glanz in den Augen. Er beugte sich hinab und legte die Lippen auf die blutende Wunde. Geräuschvoll schluckte er.

In Aurelius stieg Ekel auf. „Was tust du?" Das war wider die Natur. Er wollte auf den Hauptmann einschlagen und ihn von

Darion fortzerren, aber er konnte es nicht. Wie gelähmt sah er auf den Mann vor sich.

Tatjen hob den Kopf. Sein Gesicht war gesprenkelt von Darions Blut, die Augen glühten unnatürlich und die Zähne waren spitzer als zuvor. „Erinnere dich", flüsterte er. „Ich weiß, dass du es nicht willst, aber es muss nun sein. Erinnere dich, und erkenne, was du bist."

Ein Bild tauchte vor Aurelius auf. Der Überfall vor knapp zwanzig Jahren. Die Räuber, die ihm in einem Wald aufgelauert hatten. Ein Kampf. Blut überall, und dann diese Augen, diese dunkelblauen Augen und der Schmerz an seinem Hals. Die dunkelblauen Augen einer Frau.

„Nein", flüsterte er. Die Erkenntnis traf ihn wie der Einschlag eines Blitzes und raubte ihm die Kraft. Er stürzte ins Moos. Die Geräusche und Gerüche verblassten. Erneut verschwand die Welt.

Als er dieses Mal erwachte, war es Nacht. Er lag in feuchtem Moos, den Helm und den Brustharnisch trug er nicht mehr. Tatjen kauerte über ihm. Der Hauptmann war nackt. Im schwachen Licht unter den Bäumen erkannte er den weiblichen Körper.

„Tatjena", flüsterte er.

„Das ist mein Name", hauchte sie über ihm.

Er spürte einen stechenden Schmerz am Hals. Seine Hand tastete Hals und Gesicht ab. Sie hatte von ihm getrunken und ihm das Blut aus dem Gesicht geleckt.

„Du bist ..."

„Ich bin die Adelige, die dich damals rettete. Seit Jahren verfolge ich deinen Weg und sehe hin und wieder nach dir. Es ist kein Zufall, dass wir uns erneut begegnet sind."

„Du bist ein Wesen des Teufels", beendete er den Satz.

Sie lachte leise und ließ sich noch tiefer sinken. Er spürte ihre nackten Schenkel um seine Hüfte. Ihr Schoß sank auf sein hartes Glied unter dem Stoff seiner Hose. Er schauderte leicht und schämte sich für die Reaktion seines Körpers. Wie konnte er Lust empfinden, wenn der Teufel auf ihm kauerte?

„Was hast du mit Darion gemacht?"

„Er ist in Sicherheit. Ich habe ihm eine relative Unsterblichkeit geschenkt." Sie lächelte. „Er ist nun, was ich bin und – was du bist."

„Ich?"

Sie beugte sich hinab und blies ihm warme Luft ins Gesicht. Er konnte sie riechen und schmecken, obwohl seine Zunge nicht auf ihrer Haut lag. Eine frisch gepflückte Rose gemischt mit dem leicht bitteren Geschmack von Mandeln. Plötzlich überfiel ihn das unbändige Verlangen, über ihre Haut zu lecken und herauszufinden, ob sie wirklich so schmeckte, wie er es sich vorstellte. Er stöhnte auf und versuchte, sich wieder auf das Wesentliche zu konzentrieren. Was hatte Tatjena gesagt? Er war wie sie?

„Du hast einen ausgewachsenen Wolf mehrere Meter von dir geschleudert. Kann ein Mensch das?"

Er schwieg. Das Mondlicht fiel auf ihre Schultern und machte sie zu einer Göttin. Das musste ein Traum sein, entrückt und wunderschön. Er war noch immer bewusstlos oder vielleicht sogar schon tot. Jeder Mensch hatte das Anrecht auf sein eigenes Paradies und seine eigene Hölle, und das hier war beides in einem. Blaue Schatten spielten auf Tatjenas Körper und lockten ihn, sie zu berühren.

„Das ist nicht real."

Sie riss sein Wams auf, beugte sich zu seiner Brust und küsste eine der zusammengezogenen Spitzen. Ihre Zunge leckte in einer harten Linie quer darüber. Er schauderte unter ihren Liebkosungen. Nie hatte eine Frau ihn derart erregt.

„Was machst du mit mir?", fragte er heiser.

„Ich träume mit dir", flüsterte sie. „Fühlt es sich nicht herrlich an?" Ihre Augen leuchteten auf, wie es die Augen von Menschen nicht konnten. Sie glitt halb von ihm, fasste in seine Hose, ergriff sein hartes Glied und begann, es zu massieren.

„Edita", stieß er schuldbewusst hervor.

„Vergiss sie. Sie ist ein Mensch. Darion konnte ich umwandeln, das habe ich gerochen. Aber Edita wird niemals ein Vampir werden. Die Umwandlung wird sie töten. Verlass sie, und komm mit mir. Ich habe eine gute Freundin in Frankreich. Eine Spanierin. Wir werden sie besuchen und eine neue Ära einläuten. Ich habe große Pläne. Du wirst ein Teil des ersten Klans in diesen Landen sein. Ein Krieger."

Er verstand nicht, was sie meinte. Sein Körper verriet ihn und stand in Flammen, während ihre geübten Finger ihn umschlossen und kneteten. Der Druck weckte Lust auf mehr. Er wollte ihren Körper ganz in Besitz nehmen und tief in sie hineingleiten. In diese kühle, samtige Haut, die die Antwort auf alle Gebete zu sein schien. Sein Blick lag auf ihren harten Brustknospen. Sie waren ungewöhnlich hell und weißer als die Haut, die sie umgab. Ihre

Zunge leckte über sein Gesicht, bis er sich verleiten ließ, ihr seine Zunge entgegenzustrecken. Ihr Kuss war hemmungslos. Sie schien mehr Tier als Mensch zu sein. Er vergaß Edita. Er vergaß auch Darion und was sie über Vampire gesagt hatte. Ihr Geruch benebelte seine Sinne wie ein Rauschkraut. Es gab nur noch sie und ihn und den nächtlichen Wald.

Sie zog ihm die Hose aus, und er ließ es geschehen. Weitere Kleidungsstücke folgten. Eng umschlungen sanken sie in das Moos. Sie stützte sich auf den Unterarmen ab, hob die Beine, presste ihre Waden gegen seine Brust und ließ ihn tief in sich ein. Ihr Kopf war zurückgeworfen, und sie lachte leise, als er sie erst bedächtig, dann immer fester stieß.

„Du fickst wie ein Mensch, Aurelius."

Er wollte nicht begreifen, was sie damit meinte. Er war kein Vampir, kein Wesen der Dunkelheit. Und doch reizten ihre Worte ihn, härter und schneller zu werden. Tief in ihm lag die Wahrheit, vor der er sich fürchtete.

Sie drängte sich ihm entgegen, zwang ihn, weiter zu gehen. Endlose Minuten war er Lust und Angst, sonst nichts. Er spürte, wie es ihm kam, wie er sich in ihr verströmte und wie sich Befriedigung ausbreitete. Es war wie eine Katharsis nach diesem verrückten, quälenden Tag.

Sie lagen eine Weile schweigend nebeneinander, ehe Tatjena das Wort ergriff.

„Wirst du mit mir nach Frankreich gehen?"

„Nur, wenn Edita uns begleitet."

„Dein Pflichtbewusstsein ist rührend. Du scheinst tatsächlich mehr Mensch als Vampir zu sein, sonst würdest du dich nicht mit einer Unwürdigen aufhalten."

Seine Augen verengten sich. „Edita wird mit uns gehen. Ich lasse sie nicht zurück. Andernfalls werde ich nicht mit dir kommen."

Sie lächelte. „Wie du willst. Früher oder später wirst du erkennen, dass es besser ist, Edita zurückzulassen. Ich gebe dir die Zeit, die du brauchst."

Aurelius sagte nichts dazu, um sich nicht mit ihr zu streiten. Er glaubte nicht daran, dass er Edita jemals zurücklassen würde.

FRANKFURT

Amalia erwachte auf der Seite liegend auf dem Marmorboden. Ihr Körper war verschnürt wie ein Paket, die Handgelenke mit einer dünnen Kette an die Fußgelenke gekettet. Jeder einzelne Muskel schien zu schmerzen. Sie stöhnte auf und bewegte sich vorsichtig. Ihre Arme und Beine waren steif, die linke Hand taub. Nur langsam kam die Erinnerung zurück. Sie wollte aufstehen, aber ein Widerstand hinderte sie. Blinzelnd versuchte sie zu begreifen, was gerade geschah: Eine Hand presste sie auf den Boden. Es war nicht Aurelius' Hand, dafür waren die Finger zu schlank.

Eisige Furcht durchbohrte sie wie ein Speer. War das Gracia? Hatte sie von ihrer Lüge erfahren und einen Weg gefunden, Rache zu üben?

„An deiner Stelle würde ich das lassen", erklang eine helle Stimme.

Amalia atmete vor Erleichterung heftig aus. „Mai. Was machst du bei mir?" Sie wollte sich zur Seite rollen. Auch das ließ Mai nicht zu.

„Ich weiß, dass deine Lage alles andere als bequem ist, aber glaub mir, mit jeder größeren Bewegung machst du es noch schlimmer. Die Fesseln werden sich enger ziehen und dann wird dir der gesamte Körper absterben."

Scham und Verzweiflung stiegen in Amalias Brust auf. Sie lag nackt und gefesselt vor Mai. Sie wollte so nicht gesehen werden. Von niemandem.

„Geh weg."

Mais Stimme wurde zärtlich. „Ich weiß, was du fühlst." Sie strich über ihren Rücken. Amalia biss die Zähne aufeinander. Sie wollte nicht angefasst werden. Nicht in dieser Lage.

„Du benutzt mich", brachte sie hervor. „Du willst die günstige Gelegenheit nicht vergehen lassen, und mich in Besitz nehmen." Der Gedanke ließ sie schwindeln. Sie war Mai ausgeliefert, und die Asiatin hatte nur zu deutlich gesagt, wie sehr ihr gefiel, was sie anfasste.

Mais Hand wanderte auf ihren Nacken. Lange Nägel kratzten spielerisch über ihre Haut.

„Schuldig", gestand sie leise. „Ich wünschte wirklich, ich könnte über dich herfallen und mit dir machen, was ich will." Ihre Hand verharrte, und sie seufzte theatralisch. „Leider habe ich etwas, was die meisten Vampire abgeschafft haben." Sie zog ihre Hand zurück. „Ein Gewissen." Sie stand hörbar auf. Ihre Stimme schwebte nach oben. „Ich hole dir etwas zu trinken. Bisher schlägst du dich gut."

Ihre Schritte entfernten sich, und Amalia fand Zeit, durchzuatmen. Die Bilder verblassten allmählich. Der Wald und die Frau, die sie von einem Bild in Aurelius' Wohnraum kannte: Tatjena.

„Ich verstehe das alles nicht."

Mai kam zurück, ihre Stimme war plötzlich neben ihrem Ohr. „Ich habe dir ein Wasserglas und einen Strohhalm geholt. Trink langsam. Leider darf ich dich nicht von deinen Fesseln erlösen, das darf nur Aurelius."

„Warum?"

„Du weißt nichts über das Ritual, oder?"

„Nein", sagte Amalia schwach.

Mai hob ihren Kopf an und steckte ihr den Strohhalm in den Mund.

Amalia saugte vorsichtig. Kaltes Wasser füllte ihren Mund. Es fühlte sich herrlich wohltuend an.

„Normalerweise sollte Aurelius dir bereits alles erklärt haben."

„Ich hab wohl nicht gut aufgepasst." In Amalia stieg Furcht auf. Mai sollte nicht wissen, dass dies das erste Ritual war und sie Gracia und die obersten Vampire des Klans belogen hatte.

Mai streichelte über ihr Haar. „In deinem Gesicht sehe ich Angst. Du brauchst sie nicht zu haben. Ich schulde Aurelius etwas, und ich werde ihn nicht verraten. Ohne ihn wäre ich vielleicht schon tot. Er hat mich vor zwei Jahren in Paris gerettet, als zwei Männer mich überfallen wollten. Es gab zu dieser Zeit zwei Tote, die auf das Konto der Mistkerle gingen. Vielleicht wäre ich die Dritte gewesen. Als Aurelius Perry bat, dass ich mich um dich kümmere, habe ich Perry gedrängt, mich gehen zu lassen."

Amalia versuchte, diese Neuigkeiten einzuordnen. Ihre Gedanken flossen zäh wie Sirup. Obwohl das Wasser sie belebte, fühlte sie sich benommen. Sie beschloss, Mais Worten Glauben zu schenken. Aurelius würde Mai sicher nicht in diesem Zustand in sein Appartement lassen, wenn er ihr nicht vertrauen würde.

„Was ist mit mir geschehen? Warum konnte ich Bilder von Aurelius sehen? Ich ... ich war ..."

„Du warst er", flüsterte Mai andächtig. „Ich hatte das auch, als ich Perrys Blut trank. Für dich muss es noch viel intensiver sein, durch deine Gabe. Was hast du gesehen?"

„Krieg. Einen Wolf. Eine Frau. Und Darion war auch dort."

„Du weißt, dass Darion und Aurelius Brüder sind?"

Sie nickte schwach.

„Das, was du gesehen hast, war der erste Schritt des Rituals, ab jetzt wird es besser werden. Dein Körper wird schwächer, und das soll auch so sein. Aber dein Geist wird sich weiten und die neuen Eindrücke leichter aufnehmen."

„Ich verstehe dich nicht. Was meinst du?"

„Du hast Aurelius gesehen, als du zum ersten Mal von ihm getrunken hast. Eigentlich hast du kaum getrunken, nur deine Schleimhäute benetzt. Du hast einen Abschnitt seines Lebens gesehen, der sehr wichtig für ihn ist. Aber beim zweiten Mal wird es weiter gehen. Du wirst von ihm trinken, und du wirst ...", sie senkte ihre Stimme, „du wirst das sehen, was er fürchtet."

„Aurelius sprach von drei Mal."

Mai lächelte. „Ja, das dritte Mal ist am Intensivsten. Aber wie ich ihn kenne, wird es nicht dazu kommen, denn das dritte Mal ist die Umwandlung. Auch ich habe sie noch vor mir."

„Was wird dann mit dir geschehen?"

Mai zögerte. Sie sah zur Tür. Es dauerte einen Moment, dann hörte auch Amalia die Schritte. Dir Tür des Raumes glitt in die Wand.

Aurelius' Stimme erklang. „Geh!", befahl er Mai harsch.

Amalia hörte, wie Mai auf die Füße kam und davoneilte. Hatte Mai sie verbotenerweise besucht? Oder durfte sie nicht über das Ritual zu sprechen?

Aurelius beugte sich über sie und erlöste ihre Handgelenke.

Amalia wimmerte vor Schmerz, als sie versuchte, sich aufzurichten. Ihre Knie waren wund und ihr Körper so steif, dass sie glaubte, nicht aufstehen zu können.

Er löste auch die Fesseln an ihren Fußgelenken und die Kette um ihren Hals.

„Steh auf!" Seine Stimme klang hart und brachte ihr Herz dazu, schneller zu schlagen. Hatte sie etwas falsch gemacht oder gehörte das zum Ritual?

Amalia griff nach der Augenbinde. Er hielt ihre Hände fest.

„Lass sie an."

Sie wollte aufstehen, aber ihre Beine versagten den Dienst. Sie wäre zu Boden gestürzt, wenn er sie nicht aufgefangen hätte. Sein Duft beruhigte sie. Der Griff seiner Hände war um so vieles sanfter als seine Worte. Er hob sie auf seine Arme, als wöge sie nichts, und trug sie mit sich.

„Ich habe Bilder gesehen", murmelte sie.

„Versuch, sie vorerst zu vergessen. Darüber reden wir später. Wir haben wenig Zeit. Das Ritual muss in einem engen Zeitrahmen beendet werden, damit wir so bald wie möglich mit unserer Aufgabe beginnen können."

„Was werdet ihr tun, wenn ihr Laira findet?" Die Benommenheit kehrte zurück und machte Amalia schläfrig. Sie musste ihre gesamte Kraft aufbieten, um sich auf Aurelius' Antwort zu konzentrieren.

„Die Frage ist wohl eher, was Gracia tun wird." Seine Stimme war leise. Er blieb stehen. „Aber das wird für dich keine Rolle spielen. Ich helfe dir, dich zu erinnern und ein Leben unter Menschen zu leben, sobald du deine Aufgabe erfüllt hast. Falls du dich nicht erinnern solltest, verhelfe ich dir zur Flucht."

„Ich will nicht unter Menschen leben. Ich will bei dir sein."

Er setzte sich wieder in Bewegung. Zum Duft seines Körpers kam der schwache Geruch von Chlor und Wasser. Es plätscherte leise, als Aurelius in den Pool stieg.

Unvermittelt wurde Amalia von Wasser umgeben. Sie schrie leise auf und klammerte sich erschrocken an ihm fest. Noch immer konnte sie nichts sehen. Das warme Wasser belebte sie und vertrieb die Benommenheit.

Aurelius stellte sie vorsichtig auf die Füße. „Mit verbundenen Augen fühlst du mehr. Es ist eine Lektion, die du lernen musst, Amalia. Du bist blind, und du bist kein Vampir. Vielleicht denkst du wie Mai, es sei erstrebenswert wie ich zu werden. Sehend, um in diesem Bild zu bleiben. Aber wenn du sehend und zum Vampir wirst, wirst du nicht mehr fühlen können wie zuvor. Ich sagte, ich liebe dich, und ich sagte dir, das hat für mich einen anderen Stellenwert. Aber das ist nur die halbe Wahrheit."

Er löste das Tuch um ihren Kopf. Sie blinzelte in das Licht, das vom Boden des Pools heraufstrahlte. Sein Gesicht war dicht vor ihrem. Er sah traurig aus.

„Die ganze Wahrheit ist: Vampire lieben nicht wie Menschen. Weil sie nicht wie Menschen fühlen können. Die tausend Traumata und Erlebnisse. Das lange Leben. Es führt dazu, dass wir abstumpfen und Extreme brauchen. Seltsamerweise ist es bei den Wölfen anders. Es wird noch immer an den Unterschieden geforscht, um sie wissenschaftlich erklären zu können. Bislang wird nur vermutet, dass es an einer leicht veränderten Gehirnstruktur liegt. Fest steht jedenfalls, dass Vampire anders sind als Menschen und Werwölfe. Und fest steht, dass ich dir nicht geben kann, wonach du dich sehnst. Ich werde dich niemals so lieben können, wie du mich liebst."

„Das ist eine Lüge." Sie streckte die Arme nach ihm aus und hielt ihn an den Schultern fest. Er war nackt wie sie. „Ich spüre deine Liebe. Und ich spüre, dass du anders bist."

„Du bist meine Anwärterin, und ich verbiete dir von diesem Augenblick an, von Liebe zu sprechen. Ich sagte dir bereits zu, dir zu helfen. Aber ich werde niemals mein Leben mit dir verbringen können. Das musst du lernen. Irgendwann kommt der Tag, an dem ich dich gefesselt am Boden liegen lasse und gehe, ohne zurückzukehren."

Seine Worte waren wie Hiebe in den Magen. Ihr Herz schlug langsamer, als müsse es gegen einen starken Widerstand kämpfen. „Ich glaube dir nicht. Ich kenne die Wahrheit." Sie berührte ihre Brust und fühlte in sich. Ja, da war das Wissen, das sie in Leipzig zum ersten Mal überkommen hatte. Sie kannte Aurelius seit Ewigkeiten. Sie waren füreinander bestimmt, und das Einzige, das sie und ihn trennen konnte, war der Tod.

„Es ist gleichgültig, was du glaubst. Halte dich an meine Anweisung."

Sie spürte, dass sie keine Wahl hatte. Er wollte nicht von Liebe sprechen, und er wollte glauben, dass er weniger fühlte als sie. Sie musste ihm diesen Glauben vorerst lassen. Ein Streit brachte sie nicht weiter. „Wie du willst."

Er hob sie hoch, und sie schlang ihre Schenkel um seine Hüfte. Ihr Herz erinnerte sich endlich wieder, was es zu tun hatte, und schlug schneller. Sie fühlte seine Haut an ihrer und das warme, weiche Wasser, das sie umfloss.

Mai hatte davon gesprochen, dass sie erfahren würde, was Aurelius fürchtete. Sie war neugierig und wusste, dass schon das erste gemeinsame Erlebnis sie näher zusammengebracht hatte. Würde der zweite Teil des Rituals ihre Gefühle für ihn weiter intensivieren?

Seine Rechte strich über ihren Rücken und belebte sie, als ströme aus seinen Fingern Energie. Die Schmerzen verschwanden. Lust erwachte in ihr. Seine Zauberhände ließen sie jeden Schmerz vergessen, und obwohl sie müde und erschöpft war, wollte sie mehr von ihnen fühlen. Seine Finger glitten über ihre Haut. Sie sah in seine grüngoldenen Augen in denen so viel Liebe und Zärtlichkeit lagen.

„Du bist alles, was ich will", flüsterte sie, sich an ihn drängend. Seine Haut war kühl, aber nicht kalt. Andächtig legte sie ihren Kopf an seine Brust und lauschte auf den Herzschlag, der viel langsamer war, als er es bei einem Menschen gewesen wäre. Mit großen Augen betrachtete sie die Haut seiner Arme, die von tausend Wasserfunken diamanten schimmerte.

Er schloss die Augen und presste sie an sich. Regungslos standen sie im Wasser. Von irgendwo tönte leise Instrumentalmusik. Minuten verstrichen, in denen sie ganz bei ihm war und sich geborgen fühlte. Erst nach einer gefühlten Ewigkeit ließ Aurelius sie los und tauchte unter die Wasseroberfläche. Amalia spürte seine Lippen, die ihre Schenkel küssten, und seine Zunge, die sich einen Weg über ihren Bauch suchte und in langsamen Bewegungen immer näher zu ihrer Körpermitte zwischen ihren Beinen glitt. Sie schloss die Augen und genoss das Gefühl seiner Liebkosungen unter Wasser. Ihre Hände gruben sich in seine Haare, während seine Zunge ihre Schamlippen teilte, höher glitt und ihr wohlige Schauer schenkte. Ihre Klitoris fühlte sich heiß und geschwollen an. Er strich sanft darum, ehe er in einer geraden Linie darüber fuhr.

Ein Zittern lief durch ihre Beine. Seine Finger berührten ihre Brustspitzen. Seine Zähne streiften spielerisch ihre geschwollene Perle und ließen sie heftig zusammenfahren. Schrecken und Lust pulsierten in ihr. Er würde sie doch nicht etwa dort beißen? Sie wünschte, ihn danach fragen zu können und eine Pause zu machen, doch die fieberhafte Erregung, die sie gepackt hatte, ließ das nicht zu.

Sie blinzelte, als sie eine kühle Brise fühlte, die nicht an diesen Ort gehörte. Wie sollte es in Aurelius' Appartement Wind geben? Die Klimaanlage verursachte ihn sicher nicht.

Die Gerüche veränderten sich und wurden süß und schwer. Der Boden unter den Füßen war noch immer fest, aber er war nun auch sandig. Als würde sie auf sandbedeckten Steinen stehen. Über ihr wölbte sich der unendliche Nachthimmel, gespickt mit tausend Sternen, wie Diamantsplitter auf einem schwarzen Samttuch.

„Es geschieht erneut", stellte sie leise fest. „Eine Vision."

Aurelius war noch immer unter Wasser, doch das, was sie umgab, war kein Pool mehr, sondern ein dunkler Fluss, an dessen Ufer sie hüfthoch im Wasser standen. An Land waren über hundert Menschen versammelt, die Fackeln hielten und zu ihnen herübersahen. Sie trugen einfache Gewandungen und schwiegen. Ihre Blicke waren teils andächtig, teils gierig. Einige von ihnen fielen Amalia besonders auf, da sie die traditionell gewickelten Kutten von Priestern trugen. Ihre Gesichter wirkten streng und asketisch.

Aurelius tauchte vor ihr aus dem Wasser auf. Seine Augen glitzerten im Licht der Sterne. „Wir weihen dieses Land", flüsterte er. „Sieh nur." Er streckte die Hand aus und wies auf einen Altar ganz in ihrer Nähe. Amalia überlief ein Schauder, als er sie in diese Richtung drängte. Sollten sie sich wirklich vor all diesen Leuten vereinigen?

„Ich kann das nicht", flüsterte sie zurück. „Sie sehen uns zu."

„Und sie genießen, was sie sehen. Wir vollziehen einen heiligen Akt. Ich bin der Sohn einer Göttin und habe dich erwählt, mir gefällig zu sein."

Obwohl es ihr unangenehm war, angestarrt zu werden, erregte es sie gleichermaßen. Ihr war, als könne sie die neugierigen Blicke wie Liebkosungen auf der Haut fühlen.

„Sie wollen deine Lust hören", wisperte er ihr ins Ohr und wies auf die Männer und Frauen an Land. „Jeder und jede Einzelne von ihnen sehnt und verzehrt sich nach dir, meine Hübsche."

„Wohl eher nach dir", gab sie zurück und betrachtete seinen perfekt modellierten Oberkörper im Licht der Sterne. Er war der Sohn einer Göttin.

„Komm mit." Unnachgiebig zog er sie zu dem Altar. Furcht und Lust durchströmten sie, als er sie auf die Steinplatte drängte, die aus dem Wasser hervorragte. „Das Auge Hathors sieht uns", sagte er kaum hörbar. „Die Götter sehen auf uns herab. Lass sie hören, was du fühlst." Er drängte sie mit gespreizten Beinen auf den Altar, beugte sich hinab und umschloss ihre Klitoris mit den Lippen. Sie stöhnte auf, als seine Zunge gegen sie stieß. Über ihr flimmerten die Sterne. Er löste sich von ihr und sah auf ihr entblößtes Geschlecht. Seine Finger rieben über die Innenseiten ihrer Schenkel.

„Sag mir, dass du ganz Lust bist", forderte er mit lauter Stimme.

Sie schluckte und sah zu den Menschen hin, die keine vier Meter entfernt standen. Das konnte sie nicht sagen. Es war eine Vision, warum schämte sie sich? Nichts an diesem Ort war real und doch glühte sie in seinem Feuer und war ganz Begierde. Würde er aufhören, sie zu berühren, wenn sie nicht mitspielte? Sie musste sich ihm beugen. Er durfte nicht aufhören, sie zu verführen und auf ihr zu spielen.

„Ich bin ganz Lust", flüsterte sie heiser und spürte, dass ihre Worte Wahrheit waren. Ihr Geschlecht pulsierte vor ihm, zog sich zusammen und ließ sie nicht mehr klar denken.

„Lauter", forderte er und griff mit den Fingern in ihre Spalte hinein. Immer tiefer glitten seine Fingerspitzen in sie. „Das Volk will dich hören. Die Gläubigen wollen den Segen der Göttin erhalten, und du bist die Göttin. Sei unsere Fruchtbarkeit. Sei unsere

Erde und unser Himmel. Lass dich zähmen und sag uns, was du fühlst."

„Ich gehöre nur dir", sagte sie lauter, und plötzlich waren Erinnerungen in ihr. Das war nicht das erste Ritual dieser Art. Er hatte es sich ausgedacht, weil er sie so gern fickte. Er wollte sie bloßstellen und vor allen Leuten besitzen, aber es machte ihr nichts aus. Im Gegenteil. Sie genoss seine Spiele und konnte rasend vor Lust werden, wenn sie ihn in sich spürte. Wilde Leidenschaft stieg in ihr auf und wischte alle Zweifel fort.

„Fick mich!", forderte sie ihn mit funkelnden Augen auf. Sie sah provozierend zu den Menschen hin, die schweigend zu ihnen blickten, und hob ihr Becken einladend an. „Zeig mir, wie ein Halbgott liebt."

Aurelius' Finger zogen sich aus ihr zurück. Seine Stimme war so leise, dass die Menschen am Ufer ihn nicht hören konnten. „Ich werde zusehen, wie du geliebt wirst, meine hübsche Sklavin. Denn das bist du doch, nicht wahr?"

Ihre Gedanken verirrten sich. Sie war nicht mehr Amalia, sondern Jara. Ihre Beine spreizten sich noch ein Stück weiter, während Aurelius in die Menge deutete. „Bringt die Erwählten!"

Zwei junge Männer und eine unsterblich schöne Frau mit schwarzen, knöchellangen Haaren wurden von drei Priestern mit Fackeln ins Wasser geführt. Sie gingen auf Aurelius zu und sanken vor ihm auf die Knie, sodass nur ihre Köpfe aus dem Wasser ragten.

„Benutzt uns, Herr", sagte einer der jungen Männer. „Verfügt über uns."

Aurelius deutete auf die vor Erregung zitternde Jara. Animalisches Verlangen zwang sie dazu, sich zu bewegen. Sie wand sich auf dem Stein. „Ihr beiden nehmt sie", sagt er zu den Männern. „Und du wirst mir zu Diensten sein." Er zog die junge Frau zu sich und drückte sie ins Wasser. Sein erigierter Penis durchschnitt kaum die Oberfläche, als er ihren Kopf in seinen Schoß drängte. Willig umschloss sie sein Glied mit dem Mund und begann, den Kopf zu bewegen.

Die jungen Männer näherten sich, angelockt von ihrem schönen Körper und den Düften des süßen Öls, das ihre Haut benetzte. Sie rekelte sich auf der Altarplatte und lächelte ihnen lüstern entgegen. Sie waren so jung, unerfahren und ungeduldig. Aber auch voll Überschwang. Sie wies zwischen ihre Schenkel, und einer der Männer kniete sich auf den Altar und drängte sein hartes Geschlecht gegen ihre Beine. Der Zweite stellte sich neben sie.

Seine Hände umschlossen ihre Brüste und spielten mit den harten Spitzen. Gier und Geilheit standen in seinem Gesicht, aber auch Furcht. Sie war die Verkörperung Hathors und hatte die Macht über Leben und Tod. Wenn er etwas tat, das ihr missfiel, würde er das Auge des Himmels nicht mehr aufsteigen sehen. Er beugte sich ungeschickt hinab, um von ihr zu kosten. Seine raue Zunge fühlte sich fremd an und weckte neue Lust. Sie hob ihr Becken noch höher.

„Fang endlich an", zischte sie dem zweiten Mann zu, der zwischen ihren Beinen kniete. Zitternd nahm er sein steifes Glied in die Hand und drängte in sie. Unter den Blicken der Menge stieß er vor, versenkte sein Glied bis zum Anschlag in ihr und entlockte ihr ein wohliges Stöhnen. Es fühlte sich herrlich an.

Aurelius' Stimme lag über dem Wasser. „Hört nicht auf die Verächter. Sie sagen, die Welt sei eine Hure. Ich sage euch, genießt die Welt. Genießt das Leben, denn es ist kurz. Für manche mag das Leben nur eine Brücke sein, auf der sie kein Haus bauen wollen. Ich aber sage euch, ehrt die alten Götter, die unsere Erde lieben und die Lust und Macht kennen. Dient eurer Lust, und ihr werdet das Leben erkennen, das erst durch den Tod seine wahre Bedeutung erlangt."

Sie schloss die Augen und war ganz Hingabe. Die fremden Hände strichen über ihren Körper. Immer lauter wurde ihr Stöhnen, die Stöße ihres jungen Liebhabers immer heftiger. Sie waren ganz Trance und Ekstase, so, wie es sein sollte.

Als sie die Augen blinzelnd öffnete, sah sie, dass auch die Menschen am Ufer sich endlich bewegten. Männer und Frauen liebkosten einander, standen eng umschlungen. Einige legten ihre Kleider ab, um auf ihre Art ebenfalls am Ritual teilhaben zu können. Andere griffen nach Amphoren und Tonkrügen mit schwerem Wein und opferten der Göttin, indem sie symbolisch ihr Blut tranken.

Der junge Mann in ihr kam zuckend und stöhnte laut auf. In seine dunklen Augen trat Furcht, als er sich bewusst wurde, dass er vor ihr gekommen war. Sie lachte auf und winkte den zweiten Mann heran, während der erste blass von ihr fortstolperte, zurück ans rettende Ufer.

Aurelius ließ sich noch immer von der Frau lecken und zeigte dabei nur wenige Anzeichen von sexuellem Vergnügen. Sie kannte ihn gut genug, um zu wissen, dass er sich zusammenriss, in Wirklichkeit aber ekstatisch erregt war. Bald würden sie ihre Spielzeuge laufen lassen und sich ganz einander widmen. Sie waren füreinander bestimmt, und auch wenn es Tage gab, an denen sie ihr Schicksal verfluchten, gehörten sie doch zusammen.

Er zog die Frau aus dem Wasser, tauchte nun seinerseits hinab und liebkoste sie. Es dauerte nicht lange, bis ihre spitzen Lustschreie die Nacht durchdrangen. Wieder regte sich Neid in ihr. Sie ließ den zweiten Mann gewähren, der sie zwar ansprach, ihr aber nicht geben konnte, was Aurelius ihr gab. Nur seine Stöße konnten das volle Ausmaß ihrer Lust entfachen. Alles andere war wie eine himmlische Vorspeise. Als es ihrem zweiten Liebhaber gekommen war, entließ sie ihn, und auch Aurelius schickte seine Gespielin fort.

Endlich gehörten sie wieder ganz einander, und ihre entfachte Lust sprang auf die Menge über. Bald schon stand am Ufer niemand mehr. Jara nahm es nicht wahr. Sie war ganz bei ihm, drehte sich auf Hände und Schienbeine und bot sich ihm dar. Er zögerte nicht und schon der erste Stoß schickte eine Welle der Lust durch ihren erregten Körper, die so stark war, wie sie es seit Wochen nicht gefühlt hatte. Sie war Wachs in seinen Händen, und sie wollte von ihm geformt werden. Auch er stöhnte auf, als er erneut von hinten in sie glitt, und sie wusste, dass ihre Faszination auf ihn ungebrochen war. Gemeinsam würden sie sich eines Tages noch um den Verstand vögeln. Aber vielleicht war das der beste Dienst an der Göttin.

Sie lachte laut, riss die Augen auf und erstarrte. Tintige Schwärze senkte sich über die Welt, und am fernen Ufer des Nils sah sie eine Frau stehen. Obwohl diese Frau viel zu weit entfernt war, konnte sie das Gesicht erkennen: Laira. Dort stand Laira und ihre Sternaugen verfluchten, was sie sahen.

„Nein", keuchte sie auf und konnte doch den Orgasmus nicht zurückhalten, der sie überfiel und wilde Zuckungen in Aurelius' Griff auslöste. Sie schrie ihre Lust hinaus, während sich ihr ein Bild aufdrängte. Das Bild eines hübschen, rothaarigen Mädchens. Eigentlich war es eine junge Frau mit langen Haaren, die eine sonderbare Gewandung trug. Die Frau hieß Amalia, und das Blut, das aus ihrem Hals troff, kündigte ihr Ende an.

„Laira", sagte Aurelius erstickt, als es auch ihm kam. Es war kein Ausdruck von Freude oder Erregung. Er hatte Laira gesehen, so wie sie die sterbende Amalia gesehen hatte.

Erinnerung durchzuckte sie, und der Sternenhimmel über ihr verblasste. Sie war Amalia, die Sterbende, nicht Jara. Sie sah Aurelius' größte Angst: ihren Tod. Und sie hatte ihre eigene größte Angst erkannt, die sie bis dahin nicht einmal hätte benennen können: Laira. Laira war ihre größte Furcht.

Sie tauchten zurück in die Gegenwart. Warmes Wasser umspielte sie. Aurelius' Augen wirkten Schwarz, seine Pupillen waren riesig.

„Laira", flüsterte er. „Warum fürchtest du sie?"

Ihre Stimme war schwach. Ihr Körper zitterte, und sie spürte das warme, schwere Gefühl, das der Orgasmus zurückgelassen hatte. Der plötzliche Übergang in die reale Welt kam ihr falsch vor. Am liebsten hätte sie sich eine ganze Nacht lang von Aurelius unter den Sternen lieben lassen.

„Warum glaubst du, ich müsse sterben?"

„Das ist meine größte Furcht. Sie hat nichts mit der Wirklichkeit zu tun."

„Natürlich hat sie das." Amalia blinzelte im Licht der Pool-Lampen. „Es war eine Vision. Ich werde sterben."

„Du bist müde und musst dich ausruhen."

Sie schwieg. War es nur die Müdigkeit? Ihr anderes Ich – Jara – hatte genau gewusst, dass Aurelius' Furcht mehr war als ein beunruhigendes Gedankenspiel. Das Schicksal streckte seine Klauen nach ihr aus, und es gab nichts, was sie dagegen tun konnte. Ihr war, als würde sie lebendig begraben.

„Ich bin tatsächlich unglaublich müde", sagte sie mit schwacher Stimme.

Er hob sie auf seine Arme. „Schlaf. Der zweite Teil des Rituals ist anstrengend, und es ist normal, dass du dich verzweifelt fühlst. Du wurdest mit deiner tiefsten und geheimsten Angst konfrontiert. Das vergeht nicht von einem Augenblick auf den anderen, aber es wird vergehen."

Sie schloss die Augen und ließ sich von ihm aus dem Wasser tragen. Die Erschöpfung war so groß, dass sie Mühe hatte zu atmen. Jedes Wort schmerzte auf den Lippen. Es fühlte sich an, als wären ihre Gesichtszüge aus Blei.

„Deine Furcht verstehe ich, egal, ob sie nun die Zukunft zeigt oder nicht. Aber dein Wunsch ... Du wünschst dir tatsächlich ... wünschst dir nichts mehr, als ein *Mensch* zu sein? Aber du hast doch ... ich meine ... das ewige Leben ..."

„Schlaf, Amalia", flüsterte er an ihrem Ohr. Er trug sie ins Schlafzimmer und legte sie auf ein weiches Bett, das nach frisch gewaschener Bettwäsche duftete. „Ruh dich aus."

„Ich muss mich nicht ..." Sie brachte den Satz nicht zu Ende. Die Müdigkeit überrollte sie. Ihr Körper, ohnehin schwer und taub, entglitt ihr. Sie wollte so viel mehr fragen und sehnte sich nach Antworten.

Aus der Ferne hörte sie seine Stimme.

„Erhol dich gut. Morgen beginnen wir mit der Erinnerungsarbeit." Er zog eine Decke über sie und küsste ihre Stirn.

Ohne antworten zu können, schlief sie ein.

STRAßBURG, 18. OKTOBER 1636

Aurelius starrte zum Turm des Münsters hin. Das höchste Gebäude der Welt beeindruckte ihn immer wieder aufs Neue.

„Du hörst mir gar nicht zu", beschwerte sich Edita neben ihm. „Ich habe dich aus diesem Affenhaus herausgeholt, um in Ruhe mit dir sprechen zu können. Ohne dass dieser Tatjen es hört."

Mit „Affenhaus" bezeichnete Edita ihre derzeitige Unterkunft, eine Villa in einem Vorort der Stadt.

Aurelius sah sie an und setzte sich zu ihr. „Bist du nicht dankbar, dass uns Tatjen protegiert? Durch ihn sind wir in die höchsten Kreise gekommen."

Edita wusste noch immer nicht, dass Tatjena eine Frau war. Er, Darion und sie hielten diese Lüge aufrecht. Aurelius gab sich Tatjena immer wieder hin. Sie war wie eine Sucht für ihn, der er nicht entkommen konnte.

Editas Blick wurde trotzig. Er kannte diesen Ausdruck. Seine Frau wappnete sich für einen Angriff, der sich gewaschen hatte. „Wenn diese hohen Kreise wüssten, was ihr seid, dann würden sie euch öffentlich verbrennen lassen."

Er sah den Fluss hinunter. Nicht weit entfernt befand sich einer der Käfige, in dem Ehebrecherinnen in die Fluten des Flusses getaucht wurden, um sie zu läutern. Erst vor Kurzem hatte er eine solche Strafmaßnahme beobachten können. Die arme Frau war halb wahnsinnig gewesen, als sie auftauchte und endlich wieder Luft bekam.

„Was willst du damit sagen?"

Sie stand von der Bank auf. „Ich will sagen, dass du mich für dumm hältst, Aurelius. Glaubst du, ich wüsste nicht, dass ihr anders seid? Ich halte mich zurück und tue, als würde ich es nicht sehen, aber ich bin ja nicht blind." Tränen stürzten aus ihren Augen. „Du bist verändert. Vielleicht warst du schon immer anders. Was bist du, Aurelius?"

Er schluckte und sah sie lange an. Natürlich hatte sein Versteck-spiel nicht ewig gut gehen können. Seit Monaten war Edita mit ihnen unterwegs, auf dem Weg nach Frankreich. Tatjena ließ sich dabei viel Zeit – Zeit hatte für sie eine andere Bedeutung. Auch ihr Zwischenstopp in Straßburg dauerte bereits zwei Wochen an.

„Warum fragst du? Genieße das Leben, das ich dir bieten kann. Die schönen Kleider, das gute Essen. Seitdem ich in Tatjens Dienste getreten bin, geht es uns hervorragend."

Es schmerzte, sie weinen zu sehen.

„Und das Blut?", flüsterte sie. „Warum trinkst du das Blut von Tieren? Warum alterst du nicht? Ist Tatjen ... ist er ..." Ihre Stimme war kaum noch zu hören. „Der Teufel oder ein Diener des Teufels?"

Aurelius stand auf und wollte sie in den Arm nehmen.

Sie wich zurück. „Ich werde in den Fluss springen, Aurelius, wenn du mir dieses Mal nicht die Wahrheit sagst. Bei Jesus, ich kann deine Lügen nicht mehr ertragen."

Er blieb stehen. Ihre Worte waren ungewohnt ernst. Das Ge-sicht wirkte bleich und eingefallen, um den Mund lag ein ver-härmter Zug. Hatte er ihr das durch seine Lügen angetan?

Er wandte das Gesicht ab. Tatjena hatte gedroht, dass Edita sterben musste, wenn er sich ihr offenbarte. Schon lange sehnte er sich danach, mit ihr zu reden, aber er wollte ihr Leben nicht ge-fährden. Nun gefährdete sie es selbst. Er atmete tief und langsam ein. Inzwischen wusste er, dass er weniger Atemluft benötigte als ein Mensch. Trotzdem hielt er am Atmen fest, und das nicht nur, weil er sich verraten könnte, wenn er es vergaß. Er wollte kein übernatürliches Wesen sein.

Vorsichtig, als habe er Angst, einen Schmetterling zu vertreiben, streckte er die Hand aus. „Komm zu mir, und ich erzähle es dir."

Sie zögerte, kam schließlich aber näher und nahm seine Hand.

Er zog sie eng an sich. Straßburg war so abergläubisch wie alle Städte, die er kannte. Er musste sein Wissen geheim halten und darauf achten, nicht belauscht zu werden. Als er sich umsah, ent-deckte er mehrere Passanten. Vielleicht waren Feinde darunter. Tatjena hatte viele davon.

„Komm mit", sagte er bestimmt. „Ich möchte mit dir allein sein."

„Wie willst du das mitten in der Stadt ..."

Er ließ sie nicht ausreden und zog sie mit sich. Er spürte ihren Widerwillen, als sie auf das Münster zugingen. Obwohl auch

Editas Glaube schwankte, war sie doch Protestantin, und der protzige katholische Bau war ein Dorn in ihrem Auge.

Aurelius führte sie unbeeindruckt von ihrer Reaktion weiter. Er wusste, dass der Turm derzeit nicht bestiegen werden durfte. Entschlossen brachte er Edita zum Aufgang des Turmes und winkte den nächsten Priester heran. „Du, öffne uns."

Er ließ bei diesen Worten einen Teil seiner Menschlichkeit fallen. Durch Tatjena hatte er gelernt, mit seiner Ausstrahlung zu spielen und Menschen in Furcht zu versetzen.

Der Priester blinzelte. „Ja, Herr, sicher." Nervös zog er einen großen Schlüsselbund hervor und öffnete die Tür. „Wie lange wollt ihr auf dem Turm bleiben, Herr?"

„Nicht länger als eine Stunde. Ich will nicht gestört werden."

Der Priester nickte ehrerbietig, und Edita sah Aurelius mit großen Augen an.

„Was bist du?", wiederholte sie ihre Frage.

Er antwortete nicht. Gemeinsam bestiegen sie den Turm. Der Wind pfiff durch die Gitter, die vom Boden bis zur Decke reichten. An jeder Biegung konnten sie sehen, wie hoch hinauf sie stiegen. Edita fürchtete sich vor der Höhe, doch sie beschwerte sich nicht. Es dauerte mehrere Minuten, bis sie das Ende der gewundenen Treppe erreichten und unter einem strahlend blauen Himmel auf die Plattform traten. Eine Weile ließ er sie verschnaufen und schaute weit in das Land, das Elsass und den Schwarzwald. Auch die Vogesen ließen sich von hier aus erkennen. Unter ihnen erstreckte sich die Stadt winzig klein, wie ein Holzspielzeug für ein adeliges Kind.

„Rede endlich mit mir", forderte Edita.

„Hast du je von Vampiren gehört? Bluttrinkern? Dämonen?"

Sie sank gegen die Mauer und keuchte heftig. „Ich wusste es", flüsterte sie.

Er blieb, wo er war, um sie nicht zur Flucht zu treiben. „Ich bin anders, Edita, aber ich bin nicht böse. Ich altere nicht. Mein Körper hat sich verändert. Es ist wie eine Krankheit, nur dass diese Krankheit den Körper widerstandsfähiger macht. Meine Wunden verheilen schneller, mein Körper lässt jede Narbe vergehen, außer der alten Schnitte, die noch aus meiner Zeit als Mensch stammen."

„Deine Zeit als Mensch?", fragte sie verblüfft.

Er nickte. „Ich war ein Mensch wie du, doch dann wurde ich überfallen und tödlich verletzt. Tatjen machte mich zu einem Vampir und schenkte mir so das Leben." Er verschwieg auch jetzt, dass Tatjena eine Frau war. Edita würde den Gedanken nicht ertragen, dass er Ehebruch beging.

„Dann ...“ In ihrer Stimme klang Hoffnung auf. „Dann kann auch ich zum Vampir werden? So wie du und Tatjen?“

„Ich wünschte, das ginge so einfach. Glaub mir, ich will dir nichts vorenthalten, und ich verstehe, dass deine Begehrlichkeit geweckt ist, aber es geht nicht. Um verwandelt zu werden, benötigst du bestimmte Voraussetzungen. Erinnerst du dich an Darions schweres Fieber nach der Schlacht bei Hanau?“

Sie nickte. Ihre Lippen waren fest aufeinandergepresst. Ihr schien nicht zu gefallen, was er ihr sagte.

„Das war das Fieber der Umwandlung. Nur wenige überleben es. Tatjen weiß, wer es überstehen kann und wer nicht. Er wusste, dass Darion eine gute Chance hatte und ich auch. Aber er sagt, du hast nicht das richtige Blut und die nötigen Voraussetzungen. Du wirst sterben bei dem Versuch, dich zu verwandeln.“

Ihr Gesicht zeigte blanken Hass. „Tatjen ist ein Teufel. Er lügt. Er will dich ganz für sich, Aurelius, deshalb behauptet er, ich würde sterben. Das ist ein bösartiger Trick! Er will uns auseinander bringen. Spürst du das nicht?“

Er schüttelte den Kopf. „Ich glaube ihm.“

„Er hat dich verblendet. Mach mich zu dem, was du bist.“ Sie reckte stolz das Kinn vor. „Mach mich zu deinesgleichen. Ich ertrage es nicht, ausgeschlossen zu sein.“

Tiefes Bedauern machte ihm die Antwort schwer. Er wünschte, er hätte geschwiegen, aber eine Alternative sah er nicht. „Ich kann es nicht. Versteh das bitte.“

Sie wandte sich von ihm ab und sah hinunter auf die Stadt. „Wir werden sehen“, sagte sie düster. „Wir werden sehen.“

BERLIN, SIEGESSÄULE

Das Rauschen des Verkehrs übertönte das Zwitschern der Vögel. Abenddämmerung sank über die Stadt und den nahen Park. Kamira starrte von der Aussichtsplattform der Siegessäule auf dem großen Stern hinab, auf Straßen, Häuser und den Großen Tiergarten, die gut sechzig Meter unter ihr lagen. Über ihr erhob sich Viktoria, die goldene Siegesgöttin der römischen Antike. Ihre gespreizten Flügel wirkten, als wolle die Göttin sich erheben, um diesen Platz endgültig zu verlassen. Ob die „Goldelse“ es müde war, den Lorbeerkranz und das eiserne Kreuz zu halten? War der Adlerhelm ihr zu schwer geworden?

Kamira war allein auf der Plattform, die Besuchszeit war vorbei, das Gebäude abgeschlossen. Aber was kümmerte sie das. Sie würde später den inoffiziellen Weg an den Außenwänden der Säulen nach unten nehmen, der ohnehin viel spannender war als die 285 Treppenstufen, und für einen Werwolf eine mittelmäßige Herausforderung darstellte. Und eben das wurde in diesem Augenblick erneut unter Beweis gestellt: Ein weiterer Werwolf war auf dem inoffiziellen Weg nach oben, und er hatte sich nicht angekündigt. Kamira konnte ihn riechen, war sich aber nicht sicher, wer es war. Gehörte er zu ihrem Rudel?

Sie fuhr mit gezogener Waffe herum, als sie ein Geräusch hörte. Sekundenschnell ließ sie die Waffe sinken und sah zu, wie sich Marut über den Rand der Plattform schwang.

„Was willst du?", fragte sie und verstaute ihre Waffe unter dem langen Mantel. Er musste ihr gefolgt sein. Sie mochte es nicht, ausspioniert zu werden.

„Mit dir reden. Es ist an der Zeit."

Ihre Rubinaugen verengten sich misstrauisch. „Schickt Rene dich?" Ihre Stimme klang höhnisch. Sie verachtete ihn, weil er Renes Speichellecker war, und das wusste Marut nur zu gut.

Der Werwolf sah sie aus rot aufleuchtenden Augen an. Er war jünger als sie und würde sie in einem Kampf nur mit Glück besiegen.

„Nein. Auch über Rene möchte ich mit dir reden. Aber zuerst will ich wissen, wie es dir geht."

Die Frage überraschte sie. Sie arbeiteten zwar zusammen, hatten aber immer Abstand gehalten und waren nie persönlich geworden. Sie wandte sich von ihm ab und drehte ihm den Rücken zu. Ihr Blick glitt in die Tiefe. „Ist der Asphalt dort unten nicht ziemlich grau?"

„Erscheint es dir so?" Er trat neben sie. „Siehst du alles grau in grau, weil deine Wahrnehmung sich verändert hat?"

Kamira schluckte. Seit Jahren war bekannt, dass Menschen mit Depressionen die Welt tatsächlich grauer sahen, da ihre Netzhaut weniger Kontraste erfasste. Auch ihre Sicht hatte sich verschlechtert. Sie fühlte Bitterkeit in sich aufsteigen.

„Manchmal wünschte ich, ich wäre nicht Werwolf, sondern Vampir. Warum stumpfen ihre Gefühle ab, während unsere intensiver werden? In mir ist so viel Hass, ich könnte die Welt damit in zwei Hälften spalten."

„Du leidest an Karims Verlust."

Sie antwortete nicht sofort. Karim – ihr jüngerer Bruder – war von Gracia in Leipzig getötet worden. Obwohl ihrer beider Verbindung nachgelassen hatte und sie sich in den letzten Jahren kaum gesehen hatten, schmerzte seine Auslöschung.

„Ich wünsche dieser Verdammten einen qualvollen Tod."

Marut zögerte. „Du hasst die Vampire."

„Sie sind arrogante, egoistische Schweine, und sie kennen keine Liebe." Unbeherrscht fuhr sie zu ihm herum. „Wie gerne hätte ich Aurelius getötet, aber es gelingt mir nicht. Welches Recht habe ich noch zu existieren, und was soll mich weiter bei Rene halten? Ich werde mein Ziel nicht erreichen."

„Du planst, uns zu verlassen", stellte Marut fest. Sein Blick hielt ihren gefangen. „Aber vielleicht lohnt es sich, noch zu warten."

Ihre Augen verengten sich misstrauisch. „Was willst du damit sagen?"

„Die Herrschaft der Vampire neigt sich dem Ende entgegen. Es wird ein Bündnis geben, und die Wölfe werden erstarken. Ich habe Kontakte nach Frankfurt. Rene wird nicht ewig die erste Fürstin der Vampire bleiben."

Kamira lachte. Der Gedanke, dass ausgerechnet der treue Marut einen Verrat an Rene plante, erheiterte sie. „Ist das so? Du offenbarst dich mir als Verräter? Hast du keine Furcht, ich könne dich Rene ausliefern?"

Ausdruckslos sah er sie an. „Ich habe genug Material gegen dich in der Hand, um dich bei Rene in Ungnade fallen zu lassen, aber ich will dir nicht drohen." Er ging einen Schritt auf sie zu. Seine Stimme war leidenschaftlich. „Ich will dich als Verbündete. Kämpf an meiner Seite für eine bessere Zeit."

„Ich sehe keine bessere Zeit." Sie sah überhaupt keine Zukunft. Abrupt wandte sie sich ab und blickte erneut in die Tiefe. Sechzig Meter. Wenn sie sprang, war es vielleicht ihr Ende. Vielleicht auch nicht. „Du bist ein romantischer Narr, Marut. Es gibt nichts, für das es sich zu kämpfen lohnt", flüsterte sie. Ihre Worte mischten sich mit dem fernen Rauschen der Motoren. „Meine Liebe starb, und niemand kann das gut machen. Selbst meine Rache wird mir nicht geben, was ich will. Ich klammere mich an ihr fest, weil ich ohne sie gar nichts hätte."

„Wonach suchst du?"

„Nach dem Tod."

Er trat zurück. „Ich bedaure, das zu hören. Darf ich davon ausgehen, dass du dich meinen Plänen nicht in den Weg stellen wirst, wenn du mich schon nicht unterstützt?"

„Das darfst du."

Er knurrte leise – es war ein zustimmendes Knurren, das ihren Pakt besiegelte. Sie sah aus den Augenwinkeln, wie er seine Gestalt veränderte und sich von der Plattform schwang. Endlich war sie wieder allein an diesem Ort und konnte ihren trübseligen Gedanken nachhängen. Es gab keinen Ausweg. Die Zeit hatte sie besiegt. Aber noch sprang sie nicht. Sie starrte hinab auf die Menschen, die alle ein Ziel hatten, auf das sie mit ihren winzigen Wägelchen zusteuerten. Sie hatte kein Ziel, und vielleicht würde sie auch keines mehr finden.

FRANKFURT

Amalia erwachte aus einem verworrenen Traum. Sie glaubte, in der Ferne die Glocken eines Münsters zu hören. Eine warme Hand lag auf ihrer Brust, und sie drehte sich vertrauensvoll auf die Seite. Doch als sie blinzelnd die Augen öffnete, sah sie sich nicht Aurelius, sondern Mai gegenüber.

„Was ...", brachte sie schwach hervor.

Mai lächelte. Ihre Hand streichelte wie selbstverständlich über Amalias Haut.

„Ich weiß, wie du dich fühlst. Schwach, benommen und – verzeih meine Direktheit – geil."

Amalia wollte empört entgegnen, dass Mai unrecht hatte, aber sie konnte es nicht. Mais Hand auf ihrer Brust fühlte sich gut und richtig an. Ihr Körper drängte sich ihr entgegen.

„Wieso?", flüsterte sie. „Woher kommt das?"

„Es ist eine Nachwirkung des Rituals, und ich möchte sie gern ausnutzen."

„Was ..."

Mai zog die Decke mit Schwung fort und betrachtete Amalias nackten Körper. Sie sah nicht lange hin, sondern rutschte hinab zwischen Amalias Beine. Sie drückte die hellen Schenkel auseinander und fuhr mit ihrer Zunge zwischen Amalias Schamlippen. Die Zungenspitze stieß auffordernd gegen ihre Klitoris.

Verlegenheit und Lust kämpften miteinander. Amalia schwankte, ob sie Mai von sich stoßen oder sie noch näher an sich pressen wollte. Ihr Körper verriet sie, und ihr Becken hob sich scheinbar ohne ihr Zutun Mais Zunge entgegen. Sie stöhnte wohlig auf, als Mai hart über ihre Klitoris fuhr und mit geübten Bewegungen darum kreiste.

„Du bist eine Hexe", flüsterte sie.

Mai antwortete nicht. Ihre Zunge verrichtete ihre Arbeit leidenschaftlich. Sie leckte sie gekonnt und brachte Amalia dazu, die Schenkel noch weiter zu spreizen, damit sie sich ganz dieser kleinen, festen Zunge hingeben konnte.

Sie klammerte ihre Finger in das rote Bettlaken und versuchte, einen klaren Gedanken zu fassen. Es gelang ihr nicht. In ihrem Kopf sah sie Aurelius, wie er sie nahm. Sie war ganz Lust geworden unter seinen Händen und erinnerte sich nur zu gut an das berauschende Gefühl und die Ekstase, die sie auf dem Altar überkommen hatte.

Mai hob den Kopf. „Du magst es, so feucht, wie du bist." Sie kicherte. „Ich weiß aus eigener Erfahrung, wie es ist. Darion hat mich damals ins Gebet genommen, nachdem Perry mich allein gelassen hat. Also genieß es einfach, und lass mich deine Lecksklavin sein."

„Darion hat mit dir geschlafen?", brachte sie hervor. Sie hoffte, Mai würde weiterreden und sie endlich wieder Herrin über ihren Körper werden. Die Lust schien ihr den Verstand zu rauben.

„Oh ja." Mai griff mit den Fingern zwischen ihre Schamlippen und bohrte sie tief in Amalia hinein. Instinktiv spreizte Amalia die Beine noch weiter und stöhnte verlangend auf. „Darion hat mich richtig rangenommen. Es war so gut, dass ich das ganze Anwesen zusammengeschrien habe." Ihre Finger hielten in Amalia inne. „Und Perry hat mich erwischt. Es ist ein Sport unter den Vampiren und Anwärtern, angehende Anwärter zu verführen. Nimm es nicht persönlich." Sie wollte sich hinabbeugen, um weiterzulecken. Ihre Finger glitten Stück um Stück tiefer und penetrierten sie quälend langsam.

Obwohl Amalia spürte, dass sie nicht gegen das Verlangen in sich ankam, versuchte sie, Mai am Reden zu halten. „Was hat Perry gemacht?"

Mai spreizte Amalias Schamlippen auseinander und betrachtete ihre Finger, die in ihr verschwanden. „Es war köstlich und grausam", flüsterte sie. „Er hat mir verboten, mich selbst zu befriedigen. Jede Nacht hat er meine Arme ans obere Ende des Bettes gefesselt, damit ich mich nicht berühren konnte. Er ließ mich überwachen. Ich durfte nicht einmal allein auf die Toilette. Nur er fasste mich an, und die ersten zwei Monate tat er es nur höchst selten. Ich bin fast gestorben vor Lust und war willenlos. Er war ganz Meister über meine Geilheit und ließ mich zappeln. Aber als er mich dann genommen hat, war es der Himmel auf Erden. Ich habe nie wieder so viel Lust empfunden wie damals."

Diese Worte halfen Amalia nicht dabei, sich von Mai zu distanzieren. Im Gegenteil. Sie spürte, wie feucht sie war, und stellte sich vor, wie es wäre, wenn Aurelius ihr Nacht für Nacht die Arme fesseln würde, damit sie sich nicht berühren konnte; wie es wäre, ihm auf diese Art ausgeliefert zu sein und nicht mehr das Recht zu haben, sich selbst zu befriedigen.

„Es würde dir gefallen", flüsterte Mai, als hätte sie Amalias Gedanken erraten. „Vielleicht hast du Glück und Aurelius beobachtet uns. Dann kannst du dich auf eine ähnliche Strafe gefasst machen."

„Ich ... Bitte, geh lieber." Der Gedanke, Aurelius könne sie in diesem Moment tatsächlich beobachten, weckte Angst in ihr. Würde er wütend sein, weil sie ihn betrog?

Mai schob ihre Finger noch tiefer – unerträglich tief.

„Bitte", wimmerte Amalia.

„Du bist erstaunlich willensstark." Wieder lachte Mai. „Aber leider viel zu schön. Ich kann dir einfach nicht widerstehen." Sie bückte sich und biss in Amalias Brust. Es waren vorsichtige, kleine Bisse, trotzdem erschrak Amalia. „Entspann dich", flüsterte Mai. „Genieß es. Du bist viel zu schwach, um mich von dir zu stoßen. Aurelius' Öffnung wirkt in dir nach. Ich könnte dir Dinge befehlen, die dir augenblicklich die Schamesröte ins Gesicht treiben, aber du würdest sie tun, weil der tranceähnliche Zustand des Rituals noch so stark ist."

„Du hast gesagt, du hast ein Gewissen. Warum machst du das?" Amalia keuchte unter Mais Bissen. Ihre Brustwarzen schmerzten. Die Lippen und die Zunge der Asiatin berührten sie immer wieder und brachten ihre Haut zum Prickeln. Der leichte Schmerz wandelte sich in belebende Leidenschaft.

„Weil es so verdammt gut tut." Mai kreiste ihr Becken lasziv und zog endlich ihre Finger aus Amalia heraus. Es war ein Gefühl von schmerzvollem Verlust, sie nicht mehr in sich zu spüren. Am liebsten hätte Amalia gebettelt, sie möge sie erneut penetrieren und dieses Mal etwas nehmen, das voller und größer war.

Mais Zunge leckte über ihren Körper und machte vor keiner Stelle halt. Sie drehte sich dabei über Amalia und präsentierte ihre rasierte Scham. Auf der Haut war die Tätowierung einer Orchidee eingestochen, deren Blütenblätter bis zum Nabel reichten. Der Stil der Blüte verschwand zwischen den Schamlippen.

„Komm schon, Lia", sagte Mai auffordernd. „Du weißt, was du zu tun hast." Sie senkte ihren Schoß hinab, und als sei Amalia nur eine Empfängerin ihrer Befehle, öffnete sie den Mund und leckte über Mais Haut. Sie schmeckte salzig und süßlich zugleich. Amalia schloss die Augen und spürte, wie Mai sie mit der Zunge massierte. Immer wieder stieß sie gegen ihre Klitoris, mal fester, mal sanfter.

Als hätte Mai ihre Gedanken erraten, fühlte Amalia plötzlich einen kühlen Gegenstand auf ihrem Schenkel. Er war lang und breit und offensichtlich aus Stein. Sie versteifte sich und erhaschte einen Blick auf einen Phallus aus Marmor, der ihr erschreckend groß erschien.

„Weitermachen, meine Hübsche", flüsterte Mai. „Ich höre schließlich auch nicht auf."

Amalia konnte sich Mais Lächeln nur zu gut vorstellen. Sie kreiste weiter um Mais süße Haut, während sie den kühlen Stein am Schenkel überdeutlich spürte. Mai spreizte mit den Fingern ihre Schamlippen und ließ den Stein Millimeter um Millimeter in sie hineingleiten.

„Oh mein Gott", flüsterte sie atemlos.

Mai drängte ihre Schamlippen gegen ihren Mund und erstickte die Worte.

Amalia glaubte, der Stein könne nicht noch tiefer gleiten, und doch versank er nach und nach in ihr und füllte sie aus. Er rieb an ihren Innenwänden, entfachte sie auf eine Weise, die sie nicht kannte. Als wäre der Stein mehr als ein Gegenstand und angefüllt mit einer geheimnisvollen Magie.

Sie spürte einen gewaltigen Orgasmus, der über sie kommen wollte, doch auch Mai bemerkte, dass sie immer stärker zitterte.

„Nicht so schnell, meine Hübsche." Sie zog den Steinphallus aus ihr. „Nein, so schnell erlöse ich dich nicht."

Amalia biss sich auf die Lippen, um nicht zu wimmern. Das war unfair. Aus einem Impuls heraus schnappte sie nach Mais Klitoris, doch die wich ihr lachend aus.

„Du kannst ja eine richtige Wildkatze sein."

„Bring es zu Ende."

Mai drehte sich um und setzte sich auf ihren Bauch. Ihr Gewicht ließ Amalia aufstöhnen. Neugierige Finger umschlossen ihre Brüste. „Mal sehen. Vielleicht tue ich es. Vielleicht auch nicht." Sie lachte wie ein glückliches kleines Mädchen.

Amalia schloss die Augen. Ihr Becken hob sich fordernd. Hoffentlich ließ Mai sie nicht zu lange warten.

Aurelius stand in der Tür des Schlafzimmers und betrachtete das Bild, das sich ihm bot. Amalia zuckte unter Mai. Immer wieder hatte sie versucht, sich gegen das Unvermeidliche zu wehren. Es war ein beeindruckendes Schauspiel, das die beiden Frauen boten. Beide waren auf einmalige Weise schön und machten es ihm schwer, nur Beobachter zu bleiben.

Er atmete nicht und machte kein Geräusch, das ihn verraten hätte. Gebannt hörte er Amalias Stöhnen zu und dachte an sie zurück. Er freute sich darauf, sich wieder mit ihr zu vereinigen, aber für heute hatten sie eine andere Aufgabe.

Trotzdem. Eine halbe Stunde konnte er den beiden gönnen. Auch wenn Amalia Furcht hatte, wusste er doch, wie stark ihr Wunsch nach einem Orgasmus sein musste. Schweigend sah er zu, wie Mai auf seiner Anwärterin spielte wie auf einem einmaligen Instrument. Sie wusste, was sie tat. Vielleicht würde er Mai bald bitten, sich ihnen anzuschließen, wenn es möglich war. Er schüttelte kaum merklich den Kopf. Als ob er keine anderen Probleme hatte.

Mai hob den Kopf, sah ihn, und schenkte ihm ein verschwörerisches Lächeln. Ihr Kopf senkte sich wieder auf Amalias Schoß und brachte sie zum Stöhnen.

Aurelius wandte den Blick nicht ab. Er sah zu, wie sie den Steinphallus in Amalia versenkte und wieder herauszog. Mai hatte von Anfang an gewusst, dass er sie beobachtete, aber Amalia wusste es nicht.

Obwohl er erst kurz zuvor mit ihr geschlafen hatte, machte das Zusehen ihn an. Warum sollte er Mai den ganzen Spaß gönnen? Er seufzte. Es war eine ungeschriebene Regel, dass er sich nicht einzumischen hatte. Mai hatte Amalia in dieser Phase allein im Schlafzimmer aufgesucht, und er hatte es nicht rechtzeitig verhindert. Also blieb ihm nur die Rolle des Zuschauers. Er glitt lautlos in einen Sessel und freute sich darauf, Amalia bald wieder für sich zu haben. Doch zuerst musste sich Amalia erholen, und sie mussten nach dem Geheimnis Lairas suchen.

Amalia keuchte und bäumte sich auf. In ihr tobte ein Krieg, der nicht auszuhalten war. Plötzlich war ihr, als könne sie Aurelius' Gegenwart fühlen. Sie riss die Augen auf und blickte zum Sessel hin. Dort saß er und machte keinerlei Anstalten, einzugreifen.

Seine Anwesenheit peitschte sie auf, und sie ergab sich in einem gewaltigen Lustschrei.

Mai sah stolz und zufrieden aus. Sie strich durch Amalias schweißfeuchtes Haar.

„Du bist so schön, wenn du dich gehen lässt."

Amalia blickte zu Aurelius. Sie schämte sich, dass er sie so sah, obwohl er bereits alles mit ihr geteilt hatte. Gleichzeitig tobte die Lust noch immer in ihrem Körper und nahm sie ganz in Besitz. Sie streckte einen Arm nach ihm aus. „Vielleicht solltest Du weitermachen, wo Mai aufgehört hat."

Er schüttelte den Kopf und setzte sich neben sie. „Das sind Nachwirkungen des Rituals. Deine Lust wird nach und nach verschwinden, und wir haben anderes zu tun." Er blickte zu Mai. „Hol ihr etwas Vernünftiges aus der Küche und sieh zu, dass wir genügend belebenden Tee bekommen."

Amalia setzte sich auf. „Das klingt, als wäre ich krank."

Sein Blick war unergründlich. „Du wirst deine Kraft noch brauchen."

Obwohl sie einander nicht berührten, fühlte Amalia sich geborgen und getröstet. Aurelius zürnte ihr nicht, weil sie sich Mai hingegeben hatte, und er war nicht wie Perry. Er würde sie nicht dafür bestrafen. Obwohl das fast schade war, denn Mais Erzählungen hatten Amalia das Blut in den Unterleib getrieben.

Sie blieb im Bett sitzen und genoss seine Gegenwart. Der Blick in sein Gesicht beruhigte sie. Sie könnte Stunden verharren und ihn ansehen.

Mai kehrte aus der Sterne-Küche des Anwesens in einem oberen Stockwerk zurück und brachte ein vernünftiges Mittagessen auf einem großen Tablett.

Amalia aß restlos alles auf. Sie war selbst darüber überrascht. Normalerweise kämpfte sie nach zwei Dritteln einer solchen Portion, aber sie war hungriger, als sie selbst gedacht hatte. Zum Essen trank sie fast zwei Liter exotisch schmeckenden Kräutertees, der sie belebte.

Mai verschwand, sobald sie das Essen gebracht hatte, und ließ Aurelius und sie allein.

Amalia nahm das Tablett von ihrem Schoss, stellte es auf den Boden und sah Aurelius erwartungsvoll an.

„Und was nun?"

„Zieh dir etwas an, damit ich nicht aus Versehen über dich herfalle."

„Du armer, willensschwacher Mann", neckte sie ihn. Dabei fiel ihr wieder ein, was er sich mehr als alles andere wünschte: Ein Mensch zu sein. Nachdenklich stand sie auf und nahm die Kleidungsstücke entgegen, die Aurelius ihr zuvorkommend hinhielt.

„Können wir jetzt reden?"

„Worüber?"

„Warum du ein Mensch sein willst."

„Habe ich dir das nicht bereits erklärt?" Seine Stimme klang bitter. „Vampire verlieren ihre Gefühle, je älter sie werden. Ich möchte diesen Weg nicht gehen. Was bin ich denn noch, wenn ich vollkommen schizoid bin?"

Sie zog eine schlichte Hose an und ein einfaches schwarzes Shirt. Diese Kleidung war bequem und fühlte sich vertraut an. „Glaubst du, Laira hat ihre Gefühle verloren? Sie ist die Älteste."

„Sie ist ein Monster. Gracia will sie ‚bergen', damit sie über Lairas Blut bestimmen kann. Der Kampf um Laira ist ein Kampf zwischen Rene und Gracia. Sie wollen Macht. Ich will das nicht."

„Was hast du vor?"

Sein Blick bohrte sich in ihren. „Du musst dieses Wissen für dich behalten."

„Das werde ich."

„Ich beabsichtige, Laira zu vernichten. Wenn wir sie gefunden haben, werde ich sie auslöschen. Das ist der einzige Weg, die Vampirklans – und vielleicht auch die Menschen – vor Unheil zu bewahren."

Amalia dachte über seine Worte nach. Der Gedanke, was Gracia oder Rene anrichten würden, wenn sie Lairas Blut tränken, war beängstigend. Beide Frauen würden Opfer bringen, um ihre Macht zu steigern. Vermutlich würde es zu einem offenen Krieg zwischen den Klans kommen. „Kann man Laira vernichten?"

„Eben das möchte ich herausfinden. Wenn es auf diese Frage eine Antwort gibt, dann liegt sie in dir verborgen. Lass uns anfangen." Er wies mit der Hand zur Tür, die in den Wohnraum führte, und ging voran. Amalia folgte ihm unsicher. Sie hatte keine Ahnung, wie diese Zusammenarbeit funktionieren sollte.

„Was muss ich tun?"

Aurelius deutete auf die Couch. „Setz oder leg dich hin. Was dir besser erscheint."

Er ging zur Küche und holte ein Glas und eine Flasche Wasser, die er auf den weißen Marmortisch stellte. Amalia fiel mit einem Schaudern auf, dass das Wohnzimmer einer Gruft ähnelte. Der viele Marmor und die beiden antik wirkenden Skulpturen zwischen den riesigen schwarz-weißen Bildern vermittelten den Eindruck von Monumentalität und Sterblichkeit.

Aurelius setzte sich in einen weißen Ledersessel und sah sie auffordernd an.

Sie zögerte nur kurz und legte sich hin. Das fühlte sich besser an. Sie griff nach einem schmalen Lederkissen und schob es sich unter den Kopf.

„Wirst du mich hypnotisieren?"

„Ja, aber das wirst du erst hinterher merken. Hypnose ist nicht so, dass sie dich vergessen lässt, was du sagst und tust. Nur sehr wenige Vampire können in einem Menschen eine Amnesie auslösen."

„Kannst du es?"

„Wäre es nicht langweilig, wenn du alles über mich wüsstest?" Er lächelte. „Dann bleibt kein Geheimnis mehr."

„Du magst es, rätselhaft zu wirken." Es war ein Vorwurf. Sie ärgerte sich, dass er ihr keine Antwort geben wollte.

„Kann sein. Schließ deine Augen und atme ruhig ein und aus."

Eine Weile sagte er nichts mehr, und Amalia konzentrierte sich auf ihre Atmung. Seinen Atem konnte sie nicht hören. Atmete er überhaupt nicht oder saß er nur zu weit entfernt?

„Versuch, dich auf mich zu konzentrieren. Erst, wenn wir eine Verbindung haben, können wir gemeinsam auf die Suche gehen."

Amalia stellte sich vor, wie er in seinem Sessel saß und auf sie hinabsah. Sie dachte an die vergangene Nacht und spürte, wie ihre Brustspitzen sich aufstellten.

Seine Stimme klang amüsiert. „Das kann interessant werden."

Er stand auf. Sie öffnete die Augen und richtete sich halb auf, als er das Kissen wegzog und sich neben sie setzte. Vorsichtig bettete er ihren Kopf auf seinen Schoß. Sie blickte in seine unergründlichen grünen Augen.

„Und nun probier es erneut", verlangte er leise, aber mit Nachdruck. „Sieh mich an und versuch, dich auf mich zu konzentrieren."

„Und du glaubst, das wird leichter, wenn ich mit dem Kopf auf deinem Schoß liege?" Sie hätte nur zu gern seine Hose geöffnet und ...

„Konzentrier dich", unterbrach er ihre Gedanken. „Gib dir ein bisschen Mühe."

Sie seufzte und sah in sein Gesicht. Langsam atmete sie ein und aus und versuchte alles Sexuelle auszublenden. Ihre Wunschträume musste sie auf später verschieben.

Eine Weile glaubte sie, zu scheitern, dann sah sie etwas vor ihren Augen, das wie ein Nebel war. Sie wollte sprechen und fühlte, wie schwer ihre Zunge war. Die Lippen schienen aneinander zu kleben. Nur mit Mühe konnte sie sie öffnen.

„Ich sehe Nebel."

„Geh hinein. Was begegnet dir dort?"

Amalia sah sich selbst, wie sie in den Nebel hineinschritt. Obwohl ihre Augen offen waren, konnte sie Aurelius' Gesicht nicht mehr erkennen. „Ich sehe ..." Sie zögerte. Ein Schemen tauchte vor ihr auf. „Eine Frau. Sie ist blond. Tatjena."

„Lass sie stehen. Du bist geistig bei mir, das ist gut für den Anfang, aber ich möchte, dass du durch das Portal gehst, das gleich vor dir auftauchen wird. Es führt zu dir. In deine Erinnerungen."

Amalia wollte gerade fragen, wie er darauf käme, dass sie ausgerechnet ein Portal vor ihrem inneren Auge sah, aber da war es bereits erschienen: weiß und strahlend, als würde es von innen leuchten. Seine Höhe betrug mindestens fünf Meter. Sie stieg eine schmale Treppe hinauf und ging darauf zu. Das Tor schwang wie von selbst zur Seite und ließ sie eintreten. Vor ihr lag ein herrlicher Garten mit einer fantastischen Vielfalt an Blumen.

„Was siehst du?", fragte Aurelius.

„Blüten. So viele Blumen."

„Das sind deine Erinnerungen. Geh hin und sieh dir eine von ihnen genauer an."

Amalia gehorchte. Sie kniete sich neben eine weiße Lilie und war übergangslos im Körper von Marie. Sie trug die Kette mit dem Engel um den Hals, die sie auch in diesem Augenblick in Aurelius' Wohnzimmer trug. Ihre Hand legte sich auf die Kette. Vor ihr stand Gracia. Angst stieg in ihr auf. Sie wollte nicht wieder in Maries Körper sein und von Gracia gedemütigt werden.

„Was siehst du?", hakte Aurelius nach. Sie sagte es ihm.

„Geh einen Schritt von Gracia fort. Betrachte die Szene nicht von innen, sondern von außen." Sie konnte Aurelius' Hand fühlen, die sich schützend auf ihre Stirn legte. Sie atmete tief ein und ging gedanklich fort. Die Perspektive wechselte. Sie konnte die Szene von oben sehen.

„Was passiert in deiner Erinnerung?"

„Da sind Gracia und Rene. Ein Bündnis."

„Das Bündnis unserer Klans." Seine Stimme klang nachdenklich. „Warum ist diese Szene für dich wichtig?"

Sie zögerte mit der Antwort. Eine verschwommene Gestalt tauchte vor ihr auf, die sie nicht erkennen konnte. Gleichzeitig hörte sie eine Stimme: „Niemals sollst du dich erinnern."

„Da ist ... ein Geheimnis."

„Lass es los. Wir werden es an einem anderen Tag lösen. Versuch, wieder in den Garten zu kommen. Die Erinnerungen, die du suchst, liegen weiter zurück. Viel weiter."

Es dauerte eine Weile, bis Amalia dem Befehl folgen konnte. Sie stand im Garten, Rosen und Orchideen wuchsen in wilden, ungepflegten Reihen.

„Wo soll ich suchen?"

„Du weißt, wohin du musst." Seine Stimme duldete keinen Widerspruch.

Amalia setzte sich zögernd in Bewegung. Sie ging einen Weg aus steinernen Keramikplatten entlang und lief auf eine Mauer zu.

„Da ist eine Wand. Sie ist schwarz und höher als das Portal."

Aurelius' Stimme wirkte zum ersten Mal irritiert. „Eine Wand?"

„Und ein Schmetterling." Fasziniert starrte Amalia auf den riesigen Schmetterling, dessen Flügel gut zwei Meter Spannweite besaßen. Er war aus dem Nichts über ihr aufgetaucht und war so schwarz wie die Wand. Ein feines Muster aus roten Spiralen und Punkten zog sich über die Flügelflächen. Goldene Sprenkel überzogen seinen Leib.

„Glaubst du, dass das Wissen, nach dem wir suchen, hinter der Mauer liegt?"

„Ja." Sie blickte die Mauer empor, hinein in einen azurblauen Himmel.

„Dann versuch, sie zu überwinden."

Sie wollte fragen, wie das gehen sollte, als sie beobachtete, wie sich ein länglicher Stein ein Stück weit aus der Mauer herausschob. Er war dünn wie eine Stange und befand sich oberhalb von ihrem Kopf. Sie griff danach und zog sich daran hoch. Weitere Vorsprünge bildeten sich, auf die sie ihre Füße stellen und an denen sie sich festhalten konnte. Stück um Stück arbeitete sie sich nach oben. Die Sonne brannte erbarmungslos über ihr, und der Schmetterling verschaffte ihr Kühlung durch seine Flügelschläge. Immer weiter zog sie sich hinauf, doch der Abstand zur Mauerkante über ihr verringerte sich nicht. Im Gegenteil.

„Die Mauer wächst. Je höher ich komme, desto höher wird auch sie." Sie spürte ein Zittern, das ihren Körper sowohl in ihrer Vision, als auch in Aurelius' Wohnzimmer überkam.

„Bitte die Mauer, dir den Übergang zu gewähren."

Sie tat es, aber es änderte sich nichts. Sie war inzwischen gut fünf Meter hinaufgeklettert und sah angstvoll nach unten. Was würde geschehen, wenn sie abstürzte? Sie schüttelte den Kopf. Das war nur eine Vision. Ihr konnte nichts geschehen. Oder?

„Brich den Versuch ab und klettere zurück." Aurelius' Stimme klang müde. „Für einen ersten Versuch war das nicht schlecht. Wir machen in einigen Stunden weiter. Vielleicht auch erst morgen."

Amalia gehorchte, enttäuscht und erleichtert zugleich.

„Öffne deine Augen."

Sie hatte gar nicht bemerkt, dass sie ihr zugefallen waren. Blinzelnd sah sie Aurelius an. „Es tut mir leid." Sie hätte ihm gern auf Anhieb die Erinnerungen geschenkt, die er brauchte.

Er streichelte über ihr Haar. „Das muss es nicht. Es hätte auch keine Bindung zustande kommen können. Ich finde, du hast erstaunliche Fortschritte gemacht, und das sehr schnell. Vielleicht ist es an der Zeit, dass du aus diesem Zimmer herauskommst. Ruh dich aus, und heute Abend kommst du mit mir nach oben, ins Anwesen. Es wird dir guttun, dich ein wenig abzulenken, und ich sorge dafür, dass Mai ihre Finger von dir lässt."

Sie widersprach nicht. Mit einem Mal war sie sehr müde. Ihre Augen schlossen sich erneut. Sie war bei Aurelius, in Sicherheit. Beim Einschlafen tauchte erneut der Schmetterling auf. Der schwarze Schmetterling. Sie streckte die Hand nach ihm aus und verstand, dass er ihr eine Botschaft zukommen lassen wollte. Aber welche Botschaft das war, begriff sie nicht.

BEI MONTBÉLIARD, FRANKREICH, ENDE JUNI 1637

Aurelius saß in dem wuchtigen Sessel des Salons und trank gemeinsam mit Darion einen heißen Tee. Für Darion war das Spannendste mit Sicherheit nicht die heiße Flüssigkeit, sondern die hübsche Magd, die den Tee samt Gebäck servierte. Er ließ sie oft hin und her laufen, um Zucker oder eine spezielle Porzellantasse zu holen, nur damit er sich an ihrem wiegenden Gang erfreuen konnte.

Aurelius widerte dieses Verhalten an, aber er verstand seinen Bruder. Sie hatten viele Gräuel erlebt, warum sollte er sich nicht den Luxus gönnen, den Anblick schöner Frauen zu genießen?

„Wie gehen die Bauarbeiten voran?"

„Großartig. Allerdings wird der Bau noch viel Zeit in Anspruch nehmen." Darion nahm einen Schluck Tee. Obwohl er monatelang ohne menschliche Nahrung auskommen konnte, verzichtete er nicht – wie Aurelius – darauf. „Das Anwesen wächst jeden Tag. Tatjena zu begegnen war ein Glücksfall. Und Gracia ist ..." Er stieß einen leisen Pfiff aus. „Unbeschreiblich."

Aurelius nickte zögernd. Gracia hatte sich ihm mehr als einmal aufgedrängt, und er hatte ihr Anliegen ebenso oft zurückgewiesen. Es war schwer genug, Edita die Wahrheit über Tatjena vorzuenthalten. Sich in eine Affäre mit Gracia zu stürzen war das Letzte, was er brauchte.

„Glaubst du, die Arbeiten können im kommenden Jahr beendet werden?"

„Ich denke nicht. Der Rohbau schon, aber Gracia und Tatjena haben einige Extrawünsche, die ..."

Die Doppeltür des Salons flog auf, und Edita trat wie eine Rachegöttin in den Raum. Sie hatte die Hände in die Hüften auf den seidigen Stoff des Kleides gestemmt, ihr Gesicht zeigte entfesselte Wut.

„Sie ist eine Frau!", herrschte sie Aurelius an, ohne Darion zu beachten. „Tatjen ist ein Weib! Du wusstest das!"

Darion lehnte sich entspannt zurück und schlug ein Bein über das andere. „Ich dachte schon, du merkst es nie."

Edita fuhr zu ihm herum und ballte die Hände zu Fäusten. „Raus! Lass uns allein!"

Darion erhob sich schulterzuckend, als habe er alle Zeit der Welt. „Nimm's nicht so schwer. Aurelius hätte dich einfach in Deutschland sitzen lassen können, und wer weiß, vielleicht hätte dich dann schon die Pest ..."

„Ich sagte, raus!" Edita sah aus, als wolle sie handgreiflich werden.

„Geh", sagte Aurelius und stand auf. Er hatte diesen Tag gefürchtet und doch gewusst, dass er kommen würde. „Setz dich." Er wies auf den frei gewordenen Sessel.

„Ich will mich nicht setzen. Du schläfst mit ihr. Ich will wissen, ob du sie liebst."

„Wie kommst du darauf ..."

„Halt mich nicht für dumm! Mein Vater mag nur ein Bauer gewesen sein, aber dumm bin ich nicht."

Aurelius nickte bedächtig. Es lag auf der Hand, dass er mit Tatjena schlief. Warum sonst hätte er Edita mehrere Monate hinweg über Tatjenas Geschlecht im Unklaren lassen sollen. Wie sie es wohl erfahren hatte? Er schüttelte den Kopf. Das war gleichgültig.

Er begann, im Raum auf und ab zu gehen. „Ja, ich schlafe mit Tatjena, hin und wieder. Und nein, ich liebe sie nicht. Ich liebe weder sie noch dich. In meinem Herzen ist kein Platz dafür." Er schwieg. Wie sollte er das Gefühl des Verlustes erklären? Er hatte in seinem ganzen Leben nicht geliebt. Nicht so, wie er glaubte, dass andere Menschen liebten. Es war, als gäbe es da etwas – oder jemanden –, der das verhinderte.

Editas Stimme wurde leiser. Sie wusste, dass er sie nicht liebte und sie nur aus Pflichtgefühl und Respekt bei sich behielt. „Ich will, dass du mich verwandelst. Ich möchte wie Tatjena und Gracia sein. Stolz und frei. Wenn du mich verwandelt hast, werde ich euch verlassen und meinen eigenen Weg gehen."

Er blieb stehen. „Ich kann deinen Wunsch verstehen. Tatjena und Gracia sind beeindruckende Frauen, die sich in dieser Welt einen außergewöhnlichen Platz erobert haben. Aber das ändert nichts daran, dass du eine Umwandlung nicht überleben würdest."

„Das sind Tatjenas Lügen."

„Tatjena lügt in diesem Punkt nicht."

„Ich lasse es darauf ankommen."

Er schüttelte den Kopf und sah auf den verschlossenen Kamin, der nur selten befeuert wurde und nach kalter Asche roch. „Das kann ich nicht zulassen."

„Dann werde ich Darion oder Gracia fragen, ob sie es tun."

„Das werden sie nicht. Ich habe es ihnen verboten."

Sie sahen einander an. Aus Editas Augen sprühte der Zorn. „Ich hasse dich!" Sie drehte sich auf dem Absatz um, rannte aus dem Zimmer und schlug die Flügeltür des Portals hinter sich zu.

Aurelius stand lange Zeit wie erstarrt. Die Dinge wuchsen ihm über den Kopf. Was wohl sein verstorbener Vater gesagt hätte? Er wünschte sich eine Erinnerung an das Gesicht seines Vaters, aber er hatte keine. In diesem Augenblick fühlte er sich so allein wie selten zuvor.

Er ging hinaus in den Park, der vor dem Stadthaus lag. Das Anwesen gehörte zu den größten und schönsten Häusern und war Gracia von einem befreundeten Adeligen zur Verfügung gestellt worden. Normalerweise trösteten Aurelius der Luxus und die Sicherheit, die das Gebäude ausstrahlte. An diesem Tag fand er keinen Trost. Er irrte ziellos durch den Park, verließ das Grundstück und suchte im Wald nach einer Klarheit, die er nicht finden konnte. Er konnte und wollte Edita nicht im Stich lassen. Gleichzeitig wurde sie mehr und mehr zu einer Belastung. Er hätte sie gern in einen Vampir verwandelt, aber die Prognose von Tatjena war denkbar schlecht.

Nein. Er durfte es nicht riskieren.

Zermürbt kehrte er in der Nacht zurück und wurde von Darion gerufen, noch ehe er das Haus betreten konnte. Sein Bruder kam im Garten auf ihn zu.

„Aurelius! Edita ist verschwunden."

„Verschwunden?"

„Sie ist abgehauen. Vielleicht will sie ihr Glück woanders versuchen."

Aurelius packte Darion an seinem Jackett. „Ihr habt sie doch nicht ..."

Darion schüttelte den Kopf. „Ich habe darüber nachgedacht, sie zu beseitigen, aber ich habe deinen Wunsch respektiert, dass sie bei uns bleibt."

Er ließ Darion los. Sein Bruder sagte die Wahrheit. „Hat sie Kleidung oder Schmuck mitgenommen?"

„Gar nichts."

Langsam beruhigte sich Aurelius. Auch er war nach ihrem Streit den ganzen Tag unterwegs gewesen und hatte sich zurückgezogen. Edita besaß jedes Recht der Welt, es ihm gleichzutun.

„Es ist schon dunkel. Ich bin sicher, sie hat die Stadt nicht verlassen, und es gibt nur einen Ort, an dem sie Zuflucht sucht."

Darion legte den Kopf verständnislos schief. Seit er ein Vampir war, kümmerte er sich gar nicht mehr um Edita, und auch um vieles andere nicht.

„Die Kirche." Aurelius drehte sich um, noch während er es sagte. Er begann zu laufen. Die nächtliche Stadt flog an ihm vorbei. Darion folgte ihm nicht. Vielleicht war es besser so.

Er erreichte die Kirche, drang über eine unverschlossene Nebentür ein, nachdem er über die Mauer geklettert war. Der Pfarrer kannte ihn und Edita. Trotzdem hatte er sie sicher nicht freiwillig in der Kirche gelassen. Edita musste sich vor ihm verborgen haben, ehe er sich ins Pfarrhaus zurückzog.

Aurelius atmete tief ein und nahm neben dem Geruch von morschem Holz und frischen Blumen auch den Duft von Edita wahr.

Sie war die Treppe zum Turm hinaufgegangen. Er folgte ihr. Die Tür war unverschlossen, und dank seiner großen Kraft und Schnelligkeit war er innerhalb von Sekunden oben angelangt.

Er fand seine Frau auf dem Boden kauernd. Sie blickte ihm ruhig entgegen, dennoch meinte er, Irrsinn in ihren Augen zu sehen.

„Edita", sagte er vorsichtig. „Lass uns reden."

Sie lachte. „Wir haben genug geredet." Sie schlug den Ärmel ihres obersten Gewandes zurück und zeigte ein scharfes Küchenmesser. „Ich werde mir das Leben nehmen. Entweder mit dem Messer oder indem ich von diesem Turm springe. Such es dir aus."

„Komm nach Hause, Edita. Schlaf darüber. Wir werden eine Lösung finden."

Sie schüttelte stolz den Kopf. „Es gibt keine Lösung. Entweder verwandelst du mich noch in dieser Nacht oder ich sterbe."

Er schluckte. „Du willst mich erpressen?"

„Ich habe keine Wahl." Ihre Augen wurden traurig. „Ich weiß, dass du mich nicht liebst. Ich habe es immer gewusst. Aber ich liebte dich. Jetzt tue ich es nicht mehr. Schenk mir meine Freiheit. Mach mich zum Vampir und lass mich gehen."

„Du wirst nicht überleben."

Sie stand auf und hob das Messer an ihren Hals. Sie presste den Stahl so fest gegen die Haut, dass rotes Blut hervorquoll. „Richtig. Wenn du es nicht tust, bin ich tot."

Er machte einen Schritt in ihre Richtung, um ihr das Messer abzunehmen. Er hätte es viel schneller tun können, aber ein Instinkt warnte ihn.

„Bleib stehen!", stieß sie hervor. „Wenn du mir die Waffe nimmst, springe ich!"

Zögernd hielt er inne. Sein Blick streifte das hohe Steingeländer. Der Sturz in die Tiefe würde Edita das Leben kosten. Aber er war schnell. Schneller als sie.

„Edita, ich ..." Seine Worte waren Ablenkung. Er sprang vor, umklammerte die Klinge mit der Hand und presste Edita an sich. Sie würde nicht springen können.

„Lass mich los!" Sie schlug mit den Fäusten auf ihn ein und trat nach ihm. „Du kannst mich nicht ewig festhalten! Früher oder später lässt du los, und dann sterbe ich!"

Der Duft ihres Blutes erregte ihn und weckte seinen Hunger. Tatjena hatte ihm gezeigt, wie süß die Lust des Blutes war.

„Hör auf, dich zu wehren", brachte er heiser hervor, während seine Zähne spitzer und länger wurden. Er spürte es in seinem Mund und ekelte sich vor sich selbst. Das Messer glitt ihm aus der blutenden Hand. Er hatte die Klinge mit den Fingern umschlossen.

Edita hielt plötzlich still. Sie schien die Veränderung an ihm bemerkt zu haben.

„Tu es", flüsterte sie und überstreckte ihren Hals.

Der Blutgeruch machte ihn wahnsinnig. Er wollte sich gegen die Versuchung wehren. Wie oft hatte er in seinem Leben Blut gerochen und keinen Hunger verspürt, auch nach der Verwandlung nicht. Er hatte sich jahrelang von menschlicher Nahrung ernährt und kein einziges Mal Blut getrunken. Er verfluchte Tatjena, dass sie ihn auf den Geschmack gebracht hatte und er nahezu willenlos vor Edita stand.

„Bitte", wimmerte Edita. „Beiß zu." Sie benetzte einen ihrer Finger mit Blut und legte ihn auf seine Lippen. Der süße Geschmack erfüllte ihn.

Er verlor die Beherrschung. Mit einem brutalen Ruck zog er sie an sich, stieß die Zähne in ihr Fleisch und trank den Lebenssaft, den sie ihm angeboten hatte.

FRANKFURT

Mai wirkte aufgeregt, als sie Amalia mit sich nahm und ihr ihr Appartement zeigte. Sie hatte ihre eigenen Räumlichkeiten neben denen von Perry. Sie bestachen durch schlichte Einfachheit, Eleganz und gelegentliche Ausrutscher wie die künstlichen Orchideen im Eingangsbereich oder die übergroße weiße Porzellanfigur einer nackten Tänzerin.

Der Boden war mit Laminat ausgelegt, die Räume hatten viele Spiegel und wirkten freundlich. Mai stand gerade einmal ein Drittel der Fläche von Aurelius' Appartement zur Verfügung, dennoch bestand ein großer Teil ihrer Wohnung aus einem begehbaren Kleiderschrank, in dem sich Abendkleider, Schuhe und jede Menge Accessoires befanden.

„Wir werden etwas Großartiges für dich finden." Mai ging zwischen den aufgehängten Kleidern hin und her. „Welche Farbe passt wohl am besten zu dir?" Sie drehte sich um und musterte Amalia kritisch.

„Ist es eine besondere Feier?"

„Nein. Nur das übliche Gelage." Mai lächelte. „Obwohl ... eigentlich bist du das Besondere des Abends. Viele werden kommen, die dich sehen wollen. Deshalb ist es wichtig, dich vernünftig einzuführen."

„Großartig", sagte sie ironisch. War sie eine Art Attraktion für die Vampire? Würde sie sich von allen anstarren lassen müssen?

„Champagner wäre gut. Oder Gold. Vielleicht auch Weiß? Bei deinem Teint kannst du alles tragen."

Amalia griff nach einem türkisfarbenen Taftkleid. „Außer das", sagte Mai sofort. „Türkis geht nicht."

Sie ließ das Kleid wieder los. Sie war Inneneinrichterin, und sie verstand etwas von Farben. Mai hatte eine gute Einschätzung, und sie stimmte mit ihr überein.

„Ist es denn so wichtig, dass ich gut aussehe?"

Mai hob eine Augenbraue. „Das ist eine Art Sport in diesem Haus. Jede Frau kauft sich schöne Kleider. Carpe diem. La dolce vita. Nenn es, wie du willst. Die Vampire sind wie eine adelige Gesellschaft, und sie werden dich nur dann akzeptieren, wenn du nach ihren Regeln spielst."

„Und wie lauten diese Regeln?"

„Zeig, was du hast und wer du bist. Fürchte dich nicht vor der Ewigkeit. Spüre den Augenblick."

„Ich habe nicht gewusst, dass Vampire so philosophisch sind." Amalia klang spöttisch, aber sie fühlte sich auch ein wenig beeindruckt und eingeschüchtert. Sie würde lauter Vampiren gegenübertreten, und im Gegensatz zu Leipzig wusste sie das nun. Sie schloss vor Scham die Augen, als sie daran dachte, wie armselig sie damals im Vergleich zu den anderen gekleidet gewesen war.

„In Ordnung, ich warte einfach und lasse dich ein Kleid aussuchen. Einverstanden?"

Mais Augen glitzerten. „Gut. Ich suche dir ein Kleid, kümmere mich um Schuhe, Schminke und Frisur. Du wirst dich nicht mehr wiedererkennen."

Mai sollte recht behalten. Eine gute Stunde später genoss Amalia den Anblick, der sich ihr im Spiegel offenbarte. Sie hatte noch nie ein derart luxuriöses Ballkleid getragen. Es war aus schimmerndem Satin und bot reizvolle Lichteffekte, wenn sie sich bewegte. Der elfenbeinfarbene Stoff war am Rock kunstvoll drapiert. Er umschmeichelte ihre Beine. Ein dünnes Halsband aus Gold lag um ihren Hals, das Gesicht war hinreißend geschminkt.

„Wo hast du das gelernt?", fragte Amalia anerkennend.

„Das Schminken und Frisieren? Ich war an einer Designschule, habe dann aber hingeschmissen und lediglich Friseurin gelernt. Leider hat Perry mir verboten, draußen zu arbeiten, aber das ist nur halb so schlimm. Schließlich gibt es in diesem Anwesen jede Menge Arbeit für mich. Manchmal durfte ich sogar schon die Oberen schminken. Tartus und Sybell."

„Tartus?", fragte sie amüsiert nach.

„Es darf natürlich nicht auffallen, aber auch die männlichen Vampire sind geschminkt. Für einige ist das ganz normal, weil sie sich schon zu Lebzeiten geschminkt haben. Jede Zeit hat eben ihre eigene Mode. Na ja. Mir macht es Spaß. Sybell hat so herrliche silberblonde Locken. Das ist eine Farbe, wie du sie beim Färben einfach nicht hinbekommst."

Amalia lächelte. Allmählich verlor sie die Scheu vor den dekadenten Vampiren. Auf eine verschrobene Weise waren sie sehr menschlich.

„Du siehst auch großartig aus", sagte sie mit einem Seitenblick. „Sehr ... verführerisch." Fast bedauerte sie, dass Aurelius Mai ins Gebet genommen und ihr verboten hatte, Amalia anzüglich zu begegnen. Mai sah hinreißend aus, und ihr Körper weckte Lust auf mehr.

Sie trug ein fuchsiarotes Abendkleid mit Stickerei- und Perlenapplikationen. Unter der Brust bis zur Scham war das Kleid durchsichtig und ließ gebräunte Haut und die roséfarbene Unterhose erkennen, die ihrerseits durchsichtig war.

Mai grinste, als sie ihren Blick bemerkte. „Vielleicht können wir Aurelius später zu einem Dreier überreden."

Amalia wurde rot. Sah man ihr die Begierde so deutlich an? Sie versuchte, sich damit zu trösten, dass ihre Lust eine Nachwirkung des Rituals war. Ja, so musste es sein. Oder?

„Na komm schon, sonst verpasst du das Essen. Wir haben gleich fünf Köche, die über dreihundert Jahre Zeit hatten, ihre Fertigkeiten zu verbessern."

Amalia folgt ihr und dachte staunend über Mais Worte nach. „Was du erzählst klingt, als sei dieses Anwesen wie ein riesiges Sport- und Kulturhotel, geführt von Vampiren."

Mai nickte. „So kannst du es beschreiben. Es gibt für viele Vampire nichts Schlimmeres als den Stillstand, deshalb schließen sie Wetten ab, wer zum Beispiel am Abend besser kocht, das schönere Appartement entwirft oder innerhalb von einem halben Jahr das bessere Bild malt. Wir haben zehn Ateliers und mehrere Musikräume. Wenn das Orchester auftritt, bekommst du eine Gänsehaut. Sie spielen Klavier und Cello wie die Götter, und das nicht nur im Bereich der Klassik. Natürlich gibt es auch Fitnessräume, ein Schwimmbad und andere Einrichtungen, wie die Labors, ein Architekturbüro und eine Gemeinschaftsküche. Bis auf Tageslicht fehlt es hier an nichts, und das wird durch spezielle Lampen ausgeglichen, damit man nicht depressiv wird. Ich liebe es, an diesem Ort zu leben."

Amalia schwieg nachdenklich. Sie wusste nicht, was sie sich vorgestellt hatte, aber das ganz sicher nicht. Erst, als sie schon am Aufzug waren, sprach sie wieder.

„Ich nehme an, es ist für den Klan nicht schwer, an Geld zu kommen?"

Mai schüttelte den Kopf. „Wir könnten allein durch unsere Kunst genug verdienen, sei es mit Musik oder Gemälden. Zumal einige die Alten Meister so vortrefflich kopieren können, dass du keinen Unterschied zum Original bemerken wirst. Aber seit einem Jahrhundert ist die Haupteinnahmequelle des Klans Aktienhandel sowie das Betreiben von Hotels in der ganzen Welt. Außerdem ziehen die Vampire des Klans regelmäßig in die Welt, um wieder rauszukommen. Sie werden Schauspieler, Musiker oder verlangen als persönliche Coaches fünftausend Euro die Stunde und benutzen dabei ihre telepathischen Fähigkeiten. Wichtig ist nur die Klanregel, keine Aufmerksamkeit zu erregen. Vor allem nicht die der Polizei."

„Wenn man dich reden hört, könnte man meinen, dieser Klan habe eine paradiesische Oase von Wohlstand und Kultur geschaffen."

„Es gibt auch Schattenseiten. Aber für mich überwiegt das Licht."

Der Aufzug hielt an, und sie traten in den hellen Hauptflur hinaus. Amalia sah sich neugierig um und erblickte den Flur mit neuen Augen. Die zahlreichen Bilder an den Wänden entstammten sicher den Händen der Vampire. Mona Lisa war an der Wand ebenso vertreten wie die surrealistisch-farbenfrohen Bilder von Dalí. Vielleicht hatte Aurelius sogar dazu beigetragen. Sie lächelte, als sie erkannte, dass die Mona Lisa einen leichten Bartwuchs hatte.

Das Spiel eines Cellos, sanft und warm, drang an ihr Ohr. Sie folgte Mai in einen großen Parkettraum, in dem ein Büfett aufgebaut war. Der Raum hätte der Speisesaal eines Fünf-Sterne-Hotels sein können. Tatsächlich fanden sich auf dem Büfett die erlesensten Speisen, die noch dazu so geformt waren wie kleine Vögel, Blüten oder Schmetterlinge.

Mai führte sie an einen Tisch, der zwischen hohen Rosengestecken stand, und von dem aus sie den Raum gut überblicken konnten, ohne auf dem Präsentierteller zu sitzen.

Während Amalia die Frauen und ihre Kleider musterte, fühlte sie sich wie auf einer Modenschau.

Die blonde Sybell trug ein olivfarbenes Korsagenballkleid aus schimmerndem Crashtaft, das ihre helle Haut vorteilhaft zur Geltung brachte. Die Korsage war mit kleinen Perlen geschmückt und drückte die Brüste in eine ansprechende Form. Der Rock war stark drapiert. Sybell hatte ihre langen Haare zu einem tiefen Dutt aufgesteckt. Ihr Gesicht sah streng aus und unnahbar schön. Neben ihr stand Gracia in einem weinroten Abendkleid.

Amalia wandte sich ab und sah in eine andere Richtung. Sie wollte so wenig wie möglich mit Gracia zu tun haben. Stattdessen sah sie Mai an und wies auf die hohen Glastüren, die in den Innenhof des Anwesens führten. „Können wir hinausgehen?"

Mai nickte, stand geschmeidig auf und ging voran.

Amalia folgte ihr in einen gepflegten Garten mit blühenden Rosenhecken und weißen Götterstatuen. Es hielten sich nur wenige Vampire im Freien auf. Kein Wunder. Die Vampire durften das Anwesen verlassen, wann immer sie wollten. Nur sie, Amalia, nicht. Der Gedanke schmerzte in der Brust. Sie dachte an die hohen Steinmauern, die das Anwesen umgaben, an die Wachleute in ihren Uniformen, die Hunde und die Kameras, die jeden Fluchtversuch aufzeichnen würden.

Mais Stimme riss sie aus den düsteren Gedanken. „Was ist? Du siehst aus, als dächtest du an einen Todfeind."

Amalia sah zu Boden. „Ich wünschte, ich könnte das Anwesen verlassen. Auch wenn es nur für kurz wäre."

Die Asiatin schüttelte bedauernd den Kopf. „Das Anwesen ist eine Festung. Vergiss es lieber."

Der Schmerz in Amalias Brust breitete sich aus. Sie war eine Gefangene und fühlte sich wie eine Verbrecherin. Ihre Augen brannten. „Ich würde wenigstens gern telefonieren. Aber sie haben mir sogar mein Handy abgenommen."

„Das dient alles deinem Schutz. Wenn Rene an dich herankommt, wird sie dich töten."

„Meine Freunde werden mich vermissen." Um ihre Arbeit hatte Aurelius sich gekümmert, das wusste sie. Sie galt als plötzlich erkrankt und hatte zudem nur zwei Kunden gehabt, die noch auf eine Zusammenarbeit warteten. „Sie werden nach mir suchen."

„Wir kümmern uns darum, Amalia. Gracia und Aurelius haben das im Griff und beeinflussen im Notfall auch Menschen. Du musst dich nur auf deine Aufgabe konzentrieren. Erst wenn es dir gelingt, das Geheimnis zu lüften, wirst du wieder frei sein und kannst zu anderen Kontakt aufnehmen und das Anwesen verlassen."

Amalia schwieg. Sie wollte Mais Worte nicht hören, am liebsten hätte sie sich die Ohren zugehalten. Was war, wenn sie scheiterte? Würde Aurelius sie beschützen können?

„Schön, dich wiederzusehen."

Amalia zuckte beim Klang der Stimme zusammen und fuhr zu Perry herum, der sich lautlos genähert hatte. Der Vampir stand eine Spur zu nah bei ihr. Sie konnte einen herben Geruch riechen, der von ihm ausging, und sah sein Gesicht dicht vor ihrem. Mai beachtete er nicht, und sie machte sich auch nicht bemerkbar. Vermutlich war sie als seine Sklavin gut damit beraten, sich still zu verhalten.

„Guten Abend, Perry", sagte Amalia kühl und trat dabei einen Schritt zurück.

Perry folgte ihr und legte seine Hand auf ihre Schulter. Sie erstarrte.

„Wo ist denn Aurelius?", säuselte er mit vergnügtem Gesichtsausdruck.

Eine gute Frage. Perrys Ausstrahlung war bedrohlich. Obwohl sie gern fliehen wollte, regte sie sich nicht. Perrys Hand strich ihre Schulter hinauf zu ihrem ungeschützten Hals.

„Willst du nicht antworten?" Seine Stimme war harsch und lauernd.

Amalia wusste, dass sie nicht aufbegehren durfte. Perry gehörte zu den Obersten, und sie war eine Anwärterin. Mit Mühe verbarg sie ihre Wut. Wenn sie keinen Ärger wollte, war sie zu einer Antwort verpflichtet.

„Ich ... ich weiß es nicht."

Perrys Kopf senkte sich. Er beugte den Mund zu ihrer Halsschlagader und roch an ihrer Haut. „Wie bedauerlich", flüsterte er.

Amalia wollte davonrennen, aber es war ihr nicht möglich. Perrys Nähe verwirrte sie. Sie spürte den Stoff seines Anzugs, als er sich an sie drückte. Erst die Berührung machte es ihr möglich, weiter zurückzuweichen.

Perry lachte. „Du läufst vor mir davon wie eine Maus vor der Schlange. Das gefällt mir. Ich mag es, zu jagen."

Sie presste die Lippen aufeinander und hob stolz das Kinn. „Du hast nicht das Recht, mich zu berühren, wenn Aurelius es nicht gestattet."

Er legte den Kopf schief und grinste diabolisch. „Nein. Aber ich habe das Recht, meiner Sklavin Befehle zu erteilen und sie zu bestrafen, wenn sie nicht gehorcht." Ohne sich nach Mai umzudrehen, sprach er mit plötzlich scharfer Stimme. „Mai. Küss sie."

Mai trat zögernd näher. Amalia sah Angst und Verlegenheit in ihren Augen. „Ja, Herr." Sie beugte sich vor. Amalia wich erneut zurück und stand mit dem Rücken zu einer Rosenhecke. Weiter ausweichen konnte sie nicht.

Perrys Stimme war freundlich. „Möchtest du wirklich für Mais Strafe verantwortlich sein, Amalia? Ich werde sie mit gespreizten Schenkeln an ein Geländer setzen und an der Decke über einen Metallring fesseln, sodass sie auf den Zehenspitzen steht – und das eine ganze Nacht lang, bis die Kraft in ihren Beinen nachlässt und sie sich immer tiefer hinabsinken lassen muss. Glaubst du, es ist für eine Frau angenehm, auf einem Geländer zu sitzen?"

Amalia wollte ihn anfahren, wie widerlich er war und wie wenig sie von seinen sadistischen Spielen hielt, aber sie konnte sich im letzten Moment beherrschen. Eine Beleidigung hätte Perry das Recht gegeben, sie zu bestrafen, und Amalia hatte das untrügliche Gefühl, dass sie bei einer Strafe durch Perry zuerst sämtliche Kleidungsstücke ablegen musste.

Mai sah sie bittend an. „Es ist doch nichts dabei. Aurelius muss es nicht erfahren."

Sie atmete tief ein, als Mai noch näher kam und ihre Arme um Amalias Hals legte. Perry sah interessiert zu, wie Mais Lippen Amalias fanden.

Amalia schloss die Augen. Der Geruch nach Jasmin und Palisander war süß und verlockend. Mais Lippen waren weich und warm. Ihre Zunge fuhr vor, und Amalia nahm sie zögernd in ihrem Mund in Empfang. Es kitzelte ein wenig, fühlte sich aber gleichzeitig berauschend gut an. Sie erwiderte den Kuss und legte ihre Hände auf Mais Hüfte. Einen Moment vergaß sie alles um sich herum und gab sich Mais Kuss hin.

Ein lautes Klatschen holte sie in den Hofgarten des Anwesens zurück. Perry sah begeistert aus. „Ich wusste es. Früher oder später werde ich dich bekommen, kleine Sklavin. Du wirst sehen. Mai!"

Mai ließ von ihr ab und zuckte zurück, als würde eine unsichtbare Leine um ihren Hals liegen.

Perrys Lächeln war verschwunden. „Komm mit. Deine kleine Freundin kann sich gut allein amüsieren." Er ging mit raschen Schritten davon. Mai folgte ihm, ohne sich noch einmal umzudrehen.

Amalia blieb allein zurück und fühlte noch Mais warmen Lippen auf ihren. Sie glaubte, den süßen Geruch noch immer um sich zu haben. Wie hatte ein so schönes Geschöpf wie Mai sich nur Perry als Sklavin anvertrauen können?

Sie überlegte, wieder hineinzugehen, aber da war Gracia, der sie nicht begegnen wollte.

Eine Gruppe von fünf Vampirinnen ging an ihr vorüber. Obwohl keine von ihnen Amalia ansah, fühlte sie sich beobachtet. Es kostete sie Kraft, an Ort und Stelle stehen zu bleiben. Als die Frauen vorbeigelaufen waren, überkam sie ein Zittern. Ohne Aurelius fühlte sie sich schutzlos. Warum hatte er sie allein gelassen? Er war anders gewesen an diesem Nachmittag. Trauriger. Als ob ein Schatten aus der Vergangenheit auf ihm lastete.

Sie blinzelte irritiert, als sie glaubte, Perrys Stimme zu hören, die ihren Namen rief.

Verwirrt sah sie sich um. Perry und Mai waren gegangen. An der Glastür zum Festsaal standen drei Vampire. In ihrer Nähe war niemand. Sie schloss die Augen, als die leise Stimme erneut erklang.

„Amalia." Der Ton war betörend und kam nicht aus ihrer Umgebung. Es war ein innerer Ruf, der sie frieren ließ. Welche Kräfte besaß Perry? Waren Vampire tatsächlich nur veränderte Menschen, oder gab es übernatürliche Kräfte, die wirkten und sie zu Unmenschen machten?

Die Stimme verstummte und hinterließ schmerzende Leere. Amalia begriff, dass Perry sie zu sich locken wollte. Trotzdem konnte sie der Versuchung nicht widerstehen. Sie sehnte sich danach, die Stimme erneut zu hören, und ohne es bewusst zu wollen, ging sie zögernd durch den Innenhof in die Richtung, in der Perry und Mai verschwunden waren. Was Perry von ihr wollte, konnte sie sich nur zu gut vorstellen. Sie musste sich wehren, aber ihr Körper gehorchte ihr nicht.

Er durfte sie ohnehin nicht berühren. Sie gehörte zu Aurelius. Der Gedanke wiegte sie in Sicherheit. Mit forscheren Schritten erreichte sie am Ende einer Mauer eine schmale Tür, die nur angelehnt war. Sie ging hindurch und glaubte, den Geruch von Mai wahrzunehmen. Wie in Trance ging sie durch einen schmalen Flur, der in ein ihr unbekanntes Gebäude des Geländes führte. Ob Perry in diesem Gebäudetrakt war?

Flackerndes Licht fiel auf die Wände des Flures. Ein angenehmes Halbdunkel herrschte. Sie hörte ein rhythmisches, lustvolles Stöhnen. Es drang aus einem Raum, aus dem ein Lichtschein fiel. Amalia trat an die halb geöffnete Tür und blickte in ein Prachtzimmer mit dunklem Parkett und dicken, weißen Teppichen. Fünf Kerzenleuchter erhellten den Raum. Unter einem befanden sich Mai und Perry auf einem der Teppiche. Mai lag auf dem Rücken, ihre Füße waren aufgestellt und das Becken angehoben, während Perry vor ihr kniete und in sie drang.

Amalia presste sich an den Türrahmen und stieß leise die Luft aus. Sie spürte, wie ihre Brustwarzen hart und erregt wurden bei dem Anblick, der sich ihr bot. Mais und Perrys Haut wurde von zuckenden Schatten bemalt. Mai hatte die Augen weit aufgerissen und starrte über sich. Amalia folgte ihrem Blick und erkannte die Spiegel, die an der Decke hingen und Mai und Perry beim Akt zeigten. Einen schwindelnden Augenblick war Amalia, als würden sich die beiden einander wirklich an der Decke des Raumes hingeben, und nicht auf dem Boden. Sie schloss die Augen und schüttelte den Kopf.

Die beiden beachteten sie nicht, aber Amalia war sicher, dass zumindest Perry wusste, dass er beobachtet wurde. Seine Stöße wurden härter, und Mais Körper glänzte feucht. Schweiß lag auf ihrer Haut, und ihre dunklen Brustspitzen waren winzige Punkte. Amalia wünschte sich, sie berühren zu können und ihre Lippen um sie legen zu dürfen. Sie wünschte sich, an Perrys Stelle zu sein und Mai unter sich zu fühlen. Vielleicht würde sie Mai befehlen, sie mit den Lippen zu verwöhnen.

Der Gedanke ließ ihre Wangen heiß werden. Was war nur mit ihr los? Wie konnte sie sich vorstellen, Mai zu ihrer Sklavin zu machen? Überhaupt jemanden zum Sklaven zu machen? Aber hatte Mai ihr nicht genau das angeboten, als sie einander zum ersten Mal begegnet waren? Ein Zittern überfiel ihre Beine. Außer Mais exotischem Duft quoll ein anderer, schwerer Geruch aus dem Raum. Amalia brauchte einen Moment, den Geruch zuzuordnen. Es war ein Räucherwerk, und offensichtlich eines, das sie benebelt machte. Sie spürte, wie ihre Hemmungen sanken, als habe sie Alkohol getrunken. Sie wollte zu Mai und Perry. Sie wollte Mai berühren und fühlen, wie sich der schöne Frauen-körper unter ihren Händen aufbäumte.

Von Perry fühlte sie sich gleichzeitig angezogen und abgestoßen. Während Mais Körper ihr bereits vertraut war, war der seine ihr fremd. Wie es wohl wäre, unter ihm zu liegen, so wie Mai? Was waren das bloß für Gedanken?

Sie erstarrte, als sie begriff, dass sie mitten im Raum stand. Ihre Füße hatten sie wie von selbst von ihrem Beobachterposten fort-getragen, hin zu Perry und Mai, die sie nun beide ansahen, ohne in ihrem Liebesspiel innezuhalten.

Perry grinste amüsiert. „Schön, dass du uns beehrst", sagte er freundlich, während er in Mai eindrang und sie zum Stöhnen und Zucken brachte.

„Ich ..." Amalia wollte fliehen, aber wieder verriet ihr Körper sie. Wie angewurzelt blieb sie stehen und spürte die Hitze auf ihrer Haut und in ihrem Inneren. Zwischen ihren Beinen pulsierte es. Sie war kurz davor, zu Mai zu treten, ihren Kopf in die Hände zu nehmen und sie zu küssen. Was war das für ein Spiel, das Perry spielte? Sie war sicher, dass er sie irgendwie beeinflusste, aber dieses Wissen half ihr nicht. Ihr Körper hatte entschieden, nicht sie. Sie machte einen weiteren Schritt auf Mai und Perry zu.

„Bleib stehen." Obwohl Perrys Worte leise gesprochen waren, wirkten sie wie ein Peitschenschlag.

Amalia blieb stehen und starrte den Vampir an.

„Noch nicht", flüsterte er. „Nicht so. Du wirst dich mir freiwillig hingeben, ganz ohne Rauschkräuter, meine Hübsche. Für heute darfst du uns lediglich zusehen."

Er wandte sich wieder Mai zu und tat, als sei Amalia nicht vor-handen.

Sie wollte etwas sagen, doch ihre Lippen ließen sich nicht öffnen. Auch ihre Muskeln bewegten sich nicht. Sie konnte nichts anderes tun als zuzusehen, wie Perry in Mai eindrang, und zuzuhören, was er zu ihr sagte.

„Nein", flüsterte er heiser. „Dir wird es erst kommen, wenn ich es erlaube."

Mai war schweißnass, und sie zitterte. Perry brachte sie an die Grenzen ihrer Kraft. Fasziniert und verstört zugleich betrachtete Amalia dieses Spiel. Mai musste zu Tode erschöpft sein, aber Perry quälte sie weiter. Gleichzeitig schien es Mai große Lust zu bereiten, und sie gehorchte ohne Aufbegehren.

Das war nicht richtig. Ein Mensch durfte nicht irgendeines anderen Wesens Sklave sein. Perry hatte nicht das Recht, Mai auf diese Weise zu foltern. Es war grausam, sie zu nehmen und ihr gleichzeitig den Orgasmus zu verbieten. Und doch tat Mai es freiwillig und schien es auch noch zu genießen.

Das Schlimmste aber war, dass Mais Leid Amalias Lust entfachte. Der windende Körper, die zitternden Lippen und Schenkel erregten Amalia mehr, als sie es zugeben wollte. Mai war für sie zu einem Objekt der Begierde geworden, und sie musste ein Stöhnen unterdrücken, als sie in die weit aufgerissenen Augen sah.

Perry hielt in seinem Tun inne, und Mai wimmerte vor Enttäuschung und Anstrengung. Er sah Amalia an. „Du darfst uns nicht näher kommen. Aber niemand hat dir verboten, dich selbst zu befriedigen." Er grinste. „Machen wir doch ein Spiel daraus. Ich werde Mai nicht gestatten zu kommen, bevor du nicht gekommen bist, Amalia."

Amalia starrte ihn fassungslos an. „Du kannst nicht erwarten ..."

„Natürlich kann ich. Du bist noch immer hier. Wenn du nicht mitspielen willst, dann geh." Er starrte sie an.

Sie wollte gehen – sie wollte es von ganzem Herzen –, aber Perrys hypnotischer Blick hielt sie gefangen. „Das ist unfair", brachte sie hervor. „Du beeinflusst mich."

Seine Stimme klang fröhlich. „Jeder nutzt die Mittel, die er hat, nicht wahr? Also: Worauf wartest du?" Er wandte den Blick von ihr ab und strich mit seinen Händen über Mais Körper, beugte sich hinab und ließ seine Zunge folgen. Mais Zittern wurde stärker.

Was Perry wohl mit ihr tun würde, wenn es ihr verbotenerweise kam? Mit einem Schaudern dachte Amalia an die Bestrafung, Mai jede Nacht die Hände nach oben zu ketten und sie nicht einmal mehr allein auf die Toilette gehen zu lassen. Perry hatte eine hundertprozentige Kontrolle gefordert, die sicherstellte, dass Mais Körper sein Eigentum war und nicht das ihre.

Warum konnte sie nicht fortrennen? Warum gehorchten ihre Beine nicht? Statt das Weite zu suchen, fühlte sie ihre Hand, die den Stoff des Kleides nach oben raffte.

Nein, nein, nein. Sie durfte sich nicht von Perry instrumentalisieren lassen. Wenn sie an diesem Spiel teilnahm, würden weitere folgen. Härtere. Sie würde Perrys Sadismus mehr und mehr verfallen und am Ende so willenlos wie Mai sein.

Mai keuchte erregt. Ihr Stöhnen trieb Amalia das Blut in den Unterleib und weckte ein Verlangen, dem sie machtlos gegenüberstand. Vom betörenden Geruch der Rauschkräuter war ihr schwindelig, trotzdem gelang es ihr, breitbeinig stehen zu bleiben und den Rock des Kleides mit einer Hand oben zu halten. Die andere Hand fuhr automatisch am Bauch entlang, glitt zwischen Stoff und Haut und tauchte in ihre Feuchte.

Obwohl Perry sie nicht ansah, war Amalia sicher, dass sein spöttisches Gesicht ihr galt. Er hatte sie da, wo er sie haben wollte.

„Bitte", wimmerte Mai. „Ich halte es nicht mehr aus."

Amalia wusste nicht, ob die Worte ihr oder Perry galten. Sie rieb über ihre Klitoris, zog liebevolle Kreise und genoss das Gefühl und den Anblick von Mai und Perry. Dieses Schauspiel wurde nur für sie geboten. Sie bestimmte, wie lange es dauerte.

Der Gedanke erschreckte sie. Zum ersten Mal fand sie Gefallen an der Machtposition, die Perry ihr gegeben hatte. Obwohl Mai bettelte und offensichtlich am Ende war, schien sie es auf ihre Art zu genießen. Also tat sie nichts Falsches, oder? Sie konnte sich Zeit lassen.

Sie spielte mit ihrem Körper, bis sie kurz vor einem Orgasmus stand, und hielt inne.

Mai sah zu ihr hin. Ihre Augen waren riesig. „Mach weiter", bat sie erstickt.

Amalia zögerte.

Perrys Gesicht zeigte Freude und Lust. „Du hast jedes Recht der Welt, dir Zeit zu lassen."

Mais Wimmern wurde zu einem Bitten und Betteln.

Amalia versuchte, zu verstehen, wo sie sich befand, und was sie tat. Alles um sie her drehte sich, und das Einzige, dessen sie sich sicher war, war ihre Lust. Sie war schon zu weit gegangen. Sie musste es zu Ende bringen. Sie presste ihre Hand hart gegen ihren Schamhügel, rieb sich und stöhnte auf, als es ihr kam.

Es war, als würde der Orgasmus sie befreien und ihre Gedanken klären.

Das Schamgefühl war vernichtend. Sie wünschte sich, auf der Stelle in der Erde zu versinken, um Perrys zufriedenem Blick zu entkommen.

„Großartig", flüsterte er zufrieden. „In dir steckt Potenzial."

Ihr wurde schlecht bei den Worten. Wie hatte sie Mai nur so quälen können? Endlich meldete sich ihr Verstand zurück und übernahm die Vorherrschaft über ihren Körper. Sie wich zurück, drehte sich um und rannte davon. Sie wollte raus aus diesem Zimmer und weg von Perry. Weit weg. Wie hatte es nur so weit kommen können? Wo war Aurelius? War es nicht seine Aufgabe, sie in diesem Irrenhaus zu beschützen?

Sie hetzte durch den Innenhof und sah die Frau zu spät, gegen die sie mit voller Wucht rannte. Es fühlte sich an, als sei sie gegen eine Betonmauer gesprungen. Halb erwartete sie, zu Boden zu stürzen und sich die Knochen zu brechen. Stattdessen packte die Frau zu und hielt sie fest.

„Nicht so stürmisch." Gracia lächelte. Sie setzte Amalia auf die Füße und musterte sie von oben bis unten. „Du riechst, als hättest du dich gepaart. Und das ganz ohne deinen Herrn?"

Amalia brachte keinen Ton hervor. Wieder war ihr, als würden Blicke sie bannen, und dieses Mal waren es nicht Perrys Blicke, sondern Gracias.

„Du solltest nicht zu viel herumhuren und dich lieber auf deine Aufgabe konzentrieren. Ich verliere langsam die Geduld."

Amalia wollte zu einer scharfen Antwort ansetzen, doch Gracias Blick ließ sie innehalten. Die Vampirfürstin würde sie für jede Beleidigung schwer bestrafen. Zornig presste sie die Lippen aufeinander.

„Geh und reinige dich", zischte Gracia. „Dein Geruch ist beleidigend."

Zu gehen ließ sich Amalia nicht zweimal sagen. Aber dieses Mal rannte sie nicht. Sie hob stolz den Kopf und verließ den Innenhof. Gracia war es nicht wert, sich von ihr provozieren zu lassen. Obwohl die Worte der Vampirin keine Bedeutung für sie haben sollten, spürte sie, wie ihre Augen von ungeweinten Tränen brannten. Es waren nicht Gracias Beleidigungen, die ihr so zusetzten, sondern das schlechte Gewissen, sich auf ein solches Spiel mit Perry eingelassen zu haben. Sie musste mit Aurelius darüber reden. Sofort. Und sie musste so schnell wie möglich herausfinden, wo Lairas letzte Ruhestätte lag. Wenn sie länger in dieser Irrenanstalt ohne Ärzte blieb, würde sie wahnsinnig werden.

BERLIN, SIEGESSÄULE, AM ENDE DER NACHT

Kamira starrte hinunter auf die erleuchtete Stadt, die sich in der Dunkelheit vor ihr ausbreitete. Sie hockte auf dem vierten Trommelteil auf einer vergoldeten Girlande der Siegessäule und drückte sich eng an die Wand. Seit Tagen fand sie keinen Schlaf und strich ruhelos durch die Stadt. Dabei zog es sie immer wieder zu diesem Ort im Herzen Berlins. Früher war sie mit Gabriel durch die Städte Europas gezogen. Sie waren eine Einheit gewesen, und ganz gleich, wie viele Jahre vergingen, sie vermisste ihn. Zwei Mal hatte sie versucht, sich an einen anderen Werwolf zu binden und war gescheitert. Sie und Gabriel hatten eine Verbindung gehabt, wie es sie nie zuvor und niemals danach gegeben hatte. Sie hatten im Paradies gelebt, bis Gabriel anfing, die Verwandlungen nicht mehr zu ertragen, und wahnsinnig wurde.

Sie dachte an den Tag zurück, da sie ein Dienstmädchen zerfetzt auf den Treppenstufen ihres gemeinsamen Hauses gefunden hatte. Das war falsch gewesen. Gabriel hatte einen Fehler gemacht, aber sie hatte zu ihm gehalten. Bis zuletzt hatte sie daran geglaubt, dass ihre Liebe ihn heilen würde, doch dann hatte Aurelius ihren Gefährten getötet und jede Chance auf Heilung vernichtet.

Wenn Gabriel doch nur bis in diese Zeit überlebt hätte. Mit den heutigen Medikamenten wäre er wieder der geworden, der er einst gewesen war. Ihre Trauer über seinen Verlust und die vergebenen Möglichkeiten war ein Ozean, der niemals austrocknete. Es war an der Zeit, Abschied zu nehmen. Dies war ihre letzte Nacht im Dienst von Rene. Im Morgengrauen wollte sie fliehen, zurück nach Frankreich, und dort Trost suchen.

Sie schmiegte ihre Wange an den kalten Stein und hielt abrupt inne, als sie den Gestank wahrnahm, der sich vom Tiergarten näherte: Vampir! Der Vampir kam mit dem Wind und hatte sie vermutlich noch nicht gewittert. Sie verharrte reglos, während ihre Blicke das Halbdunkel durchdrangen und sie versuchte, mehr zu hören als das Rauschen von Autos.

Der Vampir trat aus dem Park und kam genau auf ihren Lieblingsplatz zu. Er war nicht allein. Ein zweiter Geruch hing in der Luft, der Kamira verwirrte: Werwolf. Was taten ein Vampir und ein Werwolf gemeinsam an diesem Ort? Die beiden gingen wie alte Bekannte über den Platz weit unter ihr und blieben schließlich stehen. Sie bekämpften einander nicht.

Kamira schloss die Augen und ordnete den Werwolfgeruch ein. Sie entspannte sich. Es war Marut. Er war nicht Renes Speichellecker, wie sie immer geglaubt hatte. Der graue Werwolf hatte seine eigenen Pläne, aber sie, Kamira, war daran nicht interessiert. Trotzdem war ihre Neugierde geweckt. War der Vampir bei Marut aus Frankfurt? Lautlos wandelte sie ihren Körper um und aktivierte damit eine weitaus bessere Wahrnehmung. Sie hörte Maruts geflüsterte Worte, die nur auf der Verkehrsinsel der Siegessäule zu verstehen waren. Das Rauschen der Motoren bot einen Schutz vor neugierigen Werwölfen. Aber warum hatte Marut den Ort nicht noch einmal abgesucht? Wusste er, dass sie hier war? Er kannte ihren Lieblingsplatz. Vielleicht hatte er das

Treffen absichtlich an diesem Ort inszeniert, um sie doch noch für seine Pläne zu gewinnen?

Sie schüttelte den Kopf. Rene hatte Kamira zwar nach Frankfurt geschickt, aber sie hatte ihrerseits Janine gesandt, eine junge Weißwölfin. Marut musste also annehmen, dass Kamira in Frankfurt war und sich deshalb hier sicher fühlen.

„Rene ist nie an diesem Ort", hörte sie Marut sagen.

„Es riecht nach Werwolf", zischte eine Stimme, die weder weiblich noch männlich klang. „Nach Kamira."

Kamira spannte ihren Körper an. War sie entdeckt worden?

„Sie kommt oft her, das sind nur Restspuren", beruhigte Marut. „Wir sind ungestört."

Kamira wagte einen Blick in die Tiefe und sah eine schmale Gestalt. War es eine Frau?

„Lass uns nichts riskieren und dieses Gespräch so kurz wie möglich halten", zischte die Stimme.

Marut knurrte zustimmend. „Wir müssen unsere Pläne vorantreiben. Offener Krieg nutzt uns am meisten. Nur so können wir beseitigen, wen wir nicht haben wollen, und die Karten zu unseren Gunsten mischen. Denkst du, es ist möglich?"

„Wir haben einen Trumpf in der Hand", sagte die Gestalt, und obwohl das Zischen jede persönliche Stimmlage verbarg, war sich Kamira inzwischen sicher, es mit einer Frau zu tun zu haben. „Wir haben Aurelius."

„Bist du sicher, dass er das Seelenblut liebt?"

„Ja. Ganz sicher. Wenn Amalia durch Rene stirbt, wird er das Bündnis der Klans brechen und Rache üben. Er wird in Berlin keinen Stein auf dem anderen lassen. Das sollte Vorwand genug sein, den Vertrag von Montbéliard zu lösen und den Krieg zu erklären."

„Und wenn der Krieg erst vorüber ist, werden wir herrschen und die Obersten werden Geschichte sein."

Die Stimme der Frau enthielt zum ersten Mal ein Gefühl: Sehnsucht. „Unsere Kinder werden endlich ins Licht treten dürfen und die Welt der Menschen umformen."

„Kannst du dafür sorgen, dass Amalia das Anwesen verlässt? Wir brauchen sie außerhalb des Schutzes."

„Ja. Das kann ich. Amalia wird schon in wenigen Tagen in deiner Reichweite sein. Hol sie dir und gib Rene, was sie will. Das verschafft uns die Grundlage einer neuen Ordnung."

Marut zog die Vampirin an sich und küsste sie. Es war ein leidenschaftlicher Kuss, der tiefe Liebe zeigte.

Kamira wandte sich ab. Vielleicht sollte sie doch noch eine Weile in Berlin bleiben. Die Zukunft versprach, interessant zu werden.

TAUNUS, NAHE FRANKFURT

Aurelius streifte durch den nächtlichen Wald. Es tat ihm leid, Amalia allein gelassen zu haben, aber ihre Nähe brachte alte Wunden zum Bluten. Tief atmete er die kühle Waldluft ein. Überall knackte und ächzte es, aber das waren vertraute Geräusche, die keine Angst in ihm auslösten. Er horchte auf, als ein Käuzchen rief, dunkel und klagend.

Jahrhunderte war es her, seitdem Edita auf jenen Kirchturm gegangen war. Das Bild der Kirche hing noch immer in seinem Appartement und erinnerte ihn daran, niemals wieder die Beherrschung zu verlieren.

Wenn er Amalia betrachtete, überkam ihn Furcht, er könne es wieder tun. Zwar gab es inzwischen bessere Medikamente, und die Chancen eine Umwandlung zu überstehen waren größer denn je, dennoch starben nach wie vor viele an den Folgen.

Er lehnte sich an den Stamm einer Eiche und sah auf eine Lichtung vor sich. Irgendwo in der Nähe plätscherte Wasser. Es musste ein Bach sein.

Er schloss die Augen, ließ den Wind über seine Haut streichen und dachte an jene Nacht zurück, als Edita und er auf dem Kirchturm gewesen waren. Wolken waren über ihn hinweggezogen. In dieser Nacht in Frankreich hatte kein Stern geschienen, und der Mond war eine schmale, blutrote Sichel gewesen, die nur hin und wieder zwischen den Wolken sichtbar wurde.

„Aurelius." Er hörte ihre Stimme, als würde sie neben ihm stehen, und tauchte in die Vergangenheit ein.

IN DER NÄHE VON MONTBÉLIARD

Edita sah mit strahlenden Augen zu ihm auf wie ein Kind, dem man ein besonders wertvolles Geschenk gemacht hatte. Ihr Mund war blutverschmiert. „Du hast es getan."

Er schluckte und zwang sich, nicht vor den roten Lippen zurückzuweichen. Seine Arme umschlossen ihren Oberkörper. Sie standen wie ein Liebespaar auf dem Turm, unter dem stürmischen Himmel.

„Es wird wehtun", flüsterte er.

„Ich spüre nichts. Mein Hals schmerzt kaum."

„Das liegt an dem Gift, das mit dem Biss in deinen Körper gelangte. Es ist ein Betäubungsmittel, das dir den Glauben lässt, nicht ernsthaft verletzt zu sein." Seine Stimme wurde bitter. „Laut einigen Wissenschaftlern machen Insekten es auch so. Mit ihrem Stich schicken sie ein Gift in den menschlichen Körper, das die Haut taub werden lässt."

Editas Körper verkrampfte sich. „Mir ist heiß."

„Das ist das Fieber." Seine Stimme wurde dünn. Er ahnte, was kommen würde. Mit Edita im Arm sank er zu Boden und hielt sie wie ein kleines Kind. „Es geht bald vorüber."

Das war eine Lüge. Je nach Umwandlung konnte das Fieber Minuten oder Stunden dauern. Gracia hatte erzählt, ihr eigenes Fieber habe fünf Tage angedauert. Die Wandlung hatte sie vorübergehend wahnsinnig gemacht, aber sie hatte überlebt und sich erholt. Deshalb gehöre sie zu den stärksten Vampiren.

Edita begann zu zittern. Ihre Glieder zuckten in seinen Armen. „Kalt. So entsetzlich kalt", wimmerte sie.

„Das ist Schüttelfrost." Er fühlte, wie ihr Körper glühte. „Es geht bald vorbei." Seine Stimme brach.

Tatjena hatte es gesagt. Editas Chancen waren gering. Schon lange hatte er nicht mehr gebetet, aber in dieser Nacht tat er es, weil er keine andere Hoffnung sah. Er betete, es möge ein Wunder geschehen. Ja, er betete sogar, dass Tatjena gelogen hatte und Edita recht behalten würde. Dass Tatjena gar nicht in der Lage war zu riechen, ob das Blut für die Umwandlung tauglich war oder nicht. Bei Darion hatte es zwei Tage gedauert, doch seinem Bruder war die Gnade zuteilgeworden, in einen tiefen Schlaf zu fallen. Als er erwachte, war er gewandelt. Vielleicht würde das mit Edita geschehen. Vielleicht würde sie ihre Wandlung oder ihr Ende nicht spüren.

„Ich habe Angst", brachte sie mühsam hervor. „Es ist kalt. So kalt wie der Tod."

„Du wirst nicht sterben." Er musste lügen. Sie war nicht seine Liebe, aber sie war eine gute Frau. Seit Jahren stand sie treu zu ihm und hatte ihn unterstützt. Er verfluchte sich dafür, die Beherrschung verloren zu haben.

Ihr Zittern wurde heftiger. Sie krampfte. Vermutlich klumpte ihr Blut. Ein Schutzmechanismus. Aurelius wollte sich nicht vorstellen, was gerade in ihrem Körper geschah. Diesem Körper, der einst schön gewesen und noch immer hübsch war. Er hatte ihm die Verdammnis gebracht.

„Meine Brust ..." Edita rang nach Atem. „Ich bekomme keine ... Luft ..."

„Sieh mich an." Seine Stimme war sanft und beruhigend, während in ihm ein Kampf tobte, der ihn zerriss. „Hör auf meine Stimme. Du wirst es nicht fühlen. Du wirst schlafen."

„Schlafen", wiederholte sie panisch, aber auch hoffnungsvoll.

„Ja, schlafen. Nur für eine Weile."

Ihre Augen wurden glasig. Sie begann zu husten, aber sie reagierte nicht darauf. Ihre Hände hingen schlaff herab, während sie Blut spuckte. Aurelius wusste, dass seine Beeinflussung gelungen war. Edita war weit fort und bekam ihr Sterben nicht mehr mit. Sie zuckte und krampfte, kämpfte auf verlorenem Posten. Mehrere Minuten wand sie sich. Aurelius hielt sie fest und redete beruhigend auf sie ein. Sie hörte es nicht mehr.

Tränen liefen aus seinen Augenwinkeln, und Schuldgefühle fraßen ihn auf. Ihr Körper wurde ganz still, das Zittern hörte auf. Er starrte in die leeren Augen, die ohne Seele waren. Edita war tot.

NAHE FRANKFURT

Ein Ast knackte. Aurelius fuhr herum und zog seine Waffe. Er richtete den Revolver auf den Angreifer. Der Patronenlagerblock war mit speziellen Kugeln gefüllt, die Werwölfe schwer verletzen konnten. Die Waffe hatte eine hohe Durchschlagskraft und ließ die Kugeln tief in das Fleisch eindringen.

„Lass mich am Leben, Aurelius", erklang eine leicht amüsierte Stimme. Die Gestalt von Darion schälte sich zwischen den Stämmen der Bäume hervor. „Ich bin dir nicht gefolgt, um dich zu töten."

Aurelius ließ die Waffe so schnell verschwinden, dass ein menschliches Auge der Bewegung nicht hätte folgen können. „Warum schleichst du mir nach?"

„Ich mache mir Sorgen um dich. Du lässt Amalia mit Mai und Percival allein und benimmst dich ausgesprochen seltsam. Liegt es an dieser Nacht? Am Jahrestag von Editas Tod?"

Aurelius schluckte. Darion hatte ihn und Edita auf dem Kirchturm gefunden, Stunden später.

„Ich möchte allein sein."

Darion trat näher. „Gracia macht sich ebenfalls Sorgen um dich. Sie glaubt schon seit Längerem, dass du Amalia liebst."

„Du weißt, dass ich niemals geliebt habe."

Darions Augen wurden schmal. Seine Pupillen schimmerten rötlich. „Umso erstaunlicher, dass du es jetzt tust."

„Meine Treue zum Klan steht über allem."

„Das will ich hoffen." Darions Stimme war spöttisch. „Es wäre doch zu schade, wenn Gracia mir den Befehl geben müsste, dich auszulöschen."

Aurelius betrachtete seinen Bruder abschätzend. „Würdest du es tun?"

„Wie du schon sagtest: Meine Treue zum Klan steht über allem." Die Worte waren eine unmissverständliche Drohung.

Aurelius versuchte zu ergründen, was Darion fühlte, aber es gelang ihm nicht. Wer war Darion? Hatten sie einander jemals wie Brüder geliebt? Wenn er darüber nachdachte, kam er zu dem Schluss, dass er niemals eine wirkliche Familie gehabt hatte. An seine Eltern erinnerte er sich nicht, und seine Gefühle für seinen Bruder waren zwar freundschaftlich, aber keineswegs so tief, wie sie es nach all den gemeinsamen Jahren und Erlebnissen hätten sein können. Darion war immer ein Stück außerhalb seiner Reichweite gewesen. Vielleicht, weil er das Leben – oder seine Existenz – in vollen Zügen genoss und dabei wenig Rücksicht auf andere nahm. Ihm machte es nichts aus, dass seine Gefühle schwächer wurden und er immer extremere Situationen brauchte, um Freude oder Leid zu fühlen.

„Ich muss zu Amalia zurück", sagte er ausdruckslos. Er wollte nicht länger in Darions Gegenwart sein. Sein Bruder war nicht mehr als ein Lakai von Gracia. Solange die Fürstin ihm gab, was er wollte, würde er ihr folgen.

„Das musst du wohl." Darion grinste. „Am besten siehst du zuerst in Perrys Spielzimmer nach ihr."

Ohne Abschiedsgruß ließ Aurelius Darion im Wald zurück. Seine Hand lag dabei auf der unscheinbaren Ausbuchtung in seinem Jackett. Seit dem Vorfall mit Edita und der Erschaffung neuer Medikamente, trug er immer das Mittel bei sich, das Editas Tod vielleicht verhindert hätte. Es war ein Mittel, das eine Umwandlung in den ersten Stunden nach dem Blutaustausch aufhalten konnte. Gerade in letzter Zeit achtete er sehr darauf, es immer am Körper zu haben. Er konnte sich nichts Grausameres vorstellen, als dass Amalia Editas Schicksal teilte. Das war seine größte Angst. Ganz gleich, was passierte. Er durfte sie niemals zum Vampir machen. Er hatte ihr Blut getestet, nachdem er von ihr getrunken hatte. Im Gegensatz zu Mai gehörte sie nicht zu denen, deren Blut kompatibel war. Wenn er die Beherrschung verlieren sollte, wäre das Amalias Ende.

Amalia war erleichtert gewesen, als Aurelius endlich wieder bei ihr gewesen war. Sie hatte ihm von Perrys intrigantem Spiel erzählt, und er hatte sie getröstet. Gleichzeitig hatte er sie aber auch gebeten, vorerst im Appartement zu bleiben. Perry hatte es auf sie abgesehen, und vermutlich würde er keine Ruhe geben, bis Amalia zumindest ein Mal mit ihm geschlafen hatte.

Sie seufzte und sah sich im Wohnraum des Appartements um. Obwohl sie sich hier ausgesprochen wohlfühlte, hatte sie Sehnsucht nach einem anderen Ort und vor allem Sehnsucht nach Menschen. Sie wollte durch die Straßen einer Stadt laufen und nicht wie ein Tier gefangen sein.

Wenn sie nur endlich mit ihrer Aufgabe vorankommen würde. Zwei Mal hatten sie es inzwischen versucht, und in wenigen Minuten würde Aurelius zurückkommen und sie würden einen neuen Versuch unternehmen. Inzwischen war sie sicher, dass eine ihrer Vorfahrinnen eine Art Priesterin gewesen war. Sie hatte ägyptische Tempel gesehen und Opferfeste. Aber Laira war in ihren Visionen nicht aufgetaucht. Immer, wenn sich Amalia der Lösung des Rätsels näherte, tauchte die Mauer auf. Schwarz und gigantisch verhinderte sie jedes Mal ein Weiterkommen.

Sie stand von der weißen Couch auf, als sie Aurelius eintreten hörte. Er kam auf sie zu und nahm sie in die Arme. Wie eine Ertrinkende klammerte sie sich an ihn. „Ich habe auf dich gewartet."

„Es tut mir leid, dass es so lange gedauert hat. Gracia und Darion sind beide misstrauisch, und ich möchte ihr Misstrauen nicht verstärken, indem ich nur noch bei dir bin."

„Das verstehe ich." Sie schmiegte sich an ihn. „Wird das wirklich besser werden, wenn ich Laira gefunden habe?"

„Das verspreche ich dir." Er streichelte über ihr Haar. „Und vielleicht schaffen wir schon heute den großen Durchbruch. Ich habe eine Idee."

Sie sah ihn neugierig an. „Eine Idee?"

„Ich sage es dir, wenn es so weit ist. Vielleicht wird mein Vorgehen gar nicht notwendig sein." Er schwieg und sah einen Moment wieder so traurig aus wie an dem Abend vor zwei Tagen, als er aus dem Wald zurückgekommen war.

„Du denkst an sie, nicht wahr?"

Aurelius sah sie verwirrt an. „An wen?"

„Ich weiß es auch nicht. Aber es ist eine Frau. Vermutlich eine von den Bildern im vorderen Raum. Du trauerst um sie."

Er brachte ein klägliches Lächeln zustande. „Kannst du Gedanken lesen?"

„Ich kenne dich."

Langsam nickte er. „Edita. Sie hieß Edita und war meine Frau. Ich habe sie nicht geliebt, und ich wollte sie nicht zum Vampir machen. Aber sie wollte es unbedingt und ist ... Sie hat die Umwandlung nicht überlebt."

Seine Stimme war nüchtern, trotzdem konnte Amalia den Schmerz in seinem Gesicht sehen. Sie sagte nichts und hielt ihn umarmt. Eine Weile standen sie schweigend im Raum. Schließlich löste sich Aurelius von ihr.

„Das ist Vergangenheit. Kümmern wir uns um die Gegenwart. Starten wir einen neuen Versuch."

Amalia nickte, aber in Gedanken war sie bei Edita. Ob Aurelius ihretwegen so viel Angst davor hatte, sie in einen Vampir zu verwandeln? Fürchtete er, sie würde ebenfalls sterben?

Aurelius setzte sich auf die Couch, und Amalia legte sich ausgestreckt neben ihn und bettete den Kopf auf seinen Schoß. Sie fand das Liegen angenehmer, wenn sie die geforderte Erinnerungsarbeit leistete.

Wieder sah sie in Aurelius' Augen. Inzwischen war ihr dieser Teil der Handlung so vertraut wie ein Ritual. Seine und ihre Blicke trafen sich. Sie hörte seine Stimme. Dieses Mal schien sie bereits in den ersten Minuten wie aus weiter Ferne zu klingen.

„Konzentriere dich auf deinen Atem. Spüre, wie sich deine Bauchdecke hebt und senkt."

Sie folgte seinen Anweisungen. Ihr Atem wurde langsamer, und ihr Körper entspannte sich. Wohlige Wärme breitete sich in ihr aus. Fast sofort tauchten ihre Gedanken in den exotischen Garten ein, der mit jedem Besuch prachtvoller wurde. Sie entdeckte ein Beet mit Paradiesblumen, das sie nie zuvor gesehen hatte. Aurelius' Stimme schwebte zu ihr.

„Bist du im Garten?"

„Ja. Ich sehe den Tempel, den ich auch letztes Mal gesehen habe."

„Geh zu ihm."

Ihre Füße gingen über Gras und Sand. Sie spürte, dass sie keine Schuhe trug. Um ihren Körper wehte ein leichtes, luftiges Gewand. Weißer Stoff bauschte sich in einem lauen Wind.

Sie ging zum Tempel und trat die Stufen hinauf. War Laira in einem Tempel beigesetzt worden? Sie tauchte in das Innere des Tempels ein. Er war alt und verfallen, und sie traf keine anderen Menschen an.

„Sieh dich um", sagte Aurelius. „Kannst du etwas entdecken, das sich verändert hat?"

Amalia sah sich um. Flackernde Fackeln spendeten blutrotes Licht. Sie schritt den Tempel ab und blieb nachdenklich stehen. „Da ist ein dunklerer Stein im Boden."

„Berühre ihn."

Sie bückte sich und strich mit den Fingerkuppen über den sand-farbenen Stein. Es gab ein knirschendes Geräusch. Der Stein schwang nach unten und zur Seite. Ein Gang wurde sichtbar.

„Es ist ein Tunnel. Vielleicht liegt Laira unter diesem Tempel begraben."

„Folge dem Gang."

Amalia zögerte. Es war dunkel, und die Finsternis machte ihr Angst. Sie sah sich um und ging zu einer der brennenden Fackeln. Entschlossen zog sie sie aus der Wandhalterung und machte sich auf den Weg. Sie hatte noch keinen Fuß in den Gang gesetzt, als das Bild verschwamm.

„Nicht schon wieder", stöhnte sie auf.

Das Tempeldach verschwand. Vor ihr baute sich die Mauer auf. Sie war so hoch, dass Amalia ihr Ende nicht erkennen konnte. Ihr Genick schmerzte, während sie danach suchte.

„Steig hinauf", sagte Aurelius, der nur zu genau wusste, was sie sah. Auch in den vergangenen Versuchen war jedes Mal diese verdammte Mauer aufgetaucht.

Amalia hatte keine große Lust auf einen erneuten Kletterversuch. Sie wusste aus der bisherigen Erfahrung, dass es unmöglich war, das Ende der Mauer zu erreichen. Sie ließ sich nicht überwinden. Trotzdem legte sie die Fackel auf den Steinboden und begann den Aufstieg.

Die einzelnen Steine standen aus der Mauer hervor und boten Platz, den sie zum Festhalten und Abstellen der Füße nutzen konnte. Außerdem fiel ihr auf, dass die Mauer leicht zurückwich, wie die Wand einer Pyramide. Sie hatte immer drei Punkte, an denen sie Halt suchte, während sie den vierten ansteuerte.

Eine Weile kletterte sie schweigend. Ihr wurde heiß. Aus ihren Poren brach der Schweiß hervor und machte ihre Hände feucht und klebrig.

An einem breiteren Felsvorsprung machte sie erschöpft Halt.

„Es geht nicht. Ich sehe nach wie vor kein Ende."

„Kletter weiter. Ich habe eine Idee."

Sie atmete tief durch. Was für eine Idee sollte das sein?

Immer höher ging es hinauf. Wenn sie stürzte, konnte sie sich den Hals brechen. Hoffentlich war das in einer Vision unmöglich. Sie schauderte. Der Gedanke, in die Tiefe zu stürzen, war beängstigend und löste Panik in ihr aus. Sie hatte das Gefühl, sich in tödlicher Gefahr zu befinden.

Weit entfernt spürte sie Aurelius' beruhigende Hand auf ihrer Stirn. Er war bei ihr. Ihr würde nichts geschehen. Also weiter.

Verbissen arbeitete sie sich hinauf, bis sie das vertraute Schlagen von Flügeln spürte. Ein kühler Windhauch streifte sie. Sie hielt inne und sah über die Schulter zurück.

„Der Schmetterling ist da."

„Wie sieht er aus?"

Amalia stutzte. Warum sollte das wichtig sein? „Er ist schwarz. Ganz schwarz. Vielleicht ein wenig violett. Ich glaube, er will mich angreifen."

„Frag ihn, warum du die Mauer nicht überqueren darfst."

„Was?" Amalia hätte am liebsten gelacht. Sie sollte mit einem Tier sprechen? Dann erinnerte sie sich plötzlich, dass Aurelius ihr erzählt hatte, er habe sich mit Träumen befasst, und dass es in Albträumen sinnvoll sein konnte, seine Gegner anzusprechen.

„Rede mit dem Schmetterling. Versuch herauszufinden, wie du die Mauer überwinden kannst. Ich bin sicher, dass er es weiß."

„Also gut", murmelte sie. Sie drehte sich vorsichtig auf dem schmalen Steinvorsprung um und sah den Falter prüfend an. „Warum darf ich nicht hinter die Mauer?"

Der Schmetterling verharrte vor ihr in der Luft. Er war mindestens doppelt so groß wie sie. Seine Flügel leuchteten auf und verfärbten sich. Das Schwarz-Violett wurde zu einem intensiven Gold.

Er sprach mit leiser Stimme, die weder männlich noch weiblich klang. „Es ist ein Schutz. Den Schutz überwinden heißt, Geheimnisse zu lüften."

Amalia brauchte ihre Zeit, bis sie sich von dem Schrecken erholt hatte, dass das Tier tatsächlich antwortete. Damit hatte sie nicht gerechnet.

„Wir wollen Geheimnisse lüften", sagte sie so ruhig wie möglich. Ihr Herz hämmerte in ihrer Brust. „Was können wir tun, um die Mauer zu überwinden?"

„Diese Mauer ist nicht zu bezwingen. Nur der, der sie erbaute, kann sie einreißen."

„Und wer erbaute sie?"

Statt zu antworten, schlug der Schmetterling kräftig mit den Flügeln. Ein Windstoß streifte Amalia und wehte ihr Haar zurück.

„Hör auf!" Sie klammerte sich an den Steinen fest.

Der Falter hob und senkte die Flügel erneut. Der zweite Windstoß ließ Amalia vor Furcht aufschreien. Sie würde in die Tiefe stürzen.

„Was soll das?"

Das Gold der Flügel verschwamm vor ihrem Blick. Der nächste Windstoß riss sie hinab. Sie schrie, während sie ins Nichts stürzte. Dunkelheit umfing sie. Der Fallwind trocknete ihren Mund aus und erstickte ihren Schrei. Weit unter ihr glommen Lichter auf. Sie stürzte den hellen Punkten entgegen, auf eine Kuppel zu. Die Kuppel eines Gotteshauses. Sie war umgeben von anderen Gebäuden. Unter ihr lag eine Stadt, die rasend schnell heranflog. Eine Stadt, die sie kannte. Sie schrie erneut. Noch ehe sie aufprallte, wurde es dunkel um sie herum.

„Amalia?" Aurelius umklammerte besorgt ihre Schultern und schüttelte sie vorsichtig. „Amalia?"

Sie hatte das Bewusstsein verloren. Der goldene Schmetterling hatte sie hinabgestoßen. Aber warum? Was war das für ein Schutz, der in Amalia verborgen war? Wovor sollte er sie behüten?

„Amalia, hörst du mich?"

Sie blinzelte benommen und bewegte die Lippen, als würde sie aus einem tiefen Schlaf erwachen.

„Was?", murmelte sie.

Erleichtert ließ er ihre Schultern los und streichelte ihr Gesicht. „Du bist bewusstlos geworden. Wie fühlst du dich?"

„Schwach und müde." Sie regte sich, als wolle sie aufstehen.

„Bleib liegen. Dein Kreislauf muss sich erholen."

„Was bedeutet das?" Ihre Stimme war niedergeschlagen. „Was will der Schmetterling? Werden wir niemals herausfinden, was mit Laira passiert ist?"

„Das glaube ich nicht."

In Amalias Augen traten Tränen. „Wir haben keine Zeit mehr. Höchstens noch eine gute Woche, und im Moment sehe ich nicht, wie wir das schaffen können. Ich werde nicht in Gracias Hände fallen. Lieber bringe ich mich um."

„Wir werden es schaffen", flüsterte er beruhigend. „Wir finden einen Weg. Du bist überreizt und übermüdet."

Sie sah ihn traurig an. „Ist das ein Wunder? Diese ständigen Versuche laugen mich aus. Außerdem ertrage ich diese Gefangenschaft nicht länger. Ich möchte mich frei bewegen dürfen und unter Menschen sein."

„Du weißt, dass das nicht geht. Rene wartet nur auf eine solche Gelegenheit. Erst gestern hat Darion die Fährte von einem Werwolf aufgenommen, der nah an das Anwesen herankam. Du bist nur bei uns in Sicherheit."

„Ich werde in diesem Haus wahnsinnig."

Er küsste ihre Stirn. „Halt noch ein paar Tage durch. Ich verspreche dir, ich finde eine Lösung." Er schob ihren Kopf von seinem Schoß und legte an die Stelle seiner Beine ein Kissen, während er aufstand. „Ich muss nach oben. Gracia hat noch eine Sitzung mit mir und Darion verlangt, weil wir den Verräter noch immer nicht gefasst haben." Er hatte ihr von Gracias Verdacht erzählt, dass einer der Obersten ein Verräter sein könnte, und sie davor gewarnt, mit einem der alten Vampire allein zu sein.

Amalia sah traurig aus, aber sie bettelte nicht, dass er blieb. Er wäre gerne geblieben und ertrug es kaum, wie verletzlich sie in diesem Augenblick wirkte.

„Schickst du mir Mai?", bat sie. „Ich möchte nicht allein sein."

Er nickte. „Ich werde sie holen. Aber am besten schläfst du erst einmal. Du bist erschöpft und musst dich erholen. Mach die Augen zu und denk an etwas Schönes."

Sie lächelte und streckte die Hand aus, als wolle sie sein Gesicht berühren. „Ich weiß schon, an was." Ihre Lider senkten sich. Ihre Stimme klang weit fort, als sie an der Schwelle zum Schlaf erneut sprach. „Ich habe ... Rom gesehen", flüsterte sie. „Als ich in den Abgrund stürzte ... Rom."

Aurelius erstarrte. Rom. Der Name der Ewigen Stadt löste eine Erkenntnis in ihm aus.

„Schlaf, Amalia", wiederholte er leise. „Ich kümmere mich um alles."

Er wartete, bis sie eingeschlafen war, und breitete eine dünne Decke über ihr aus. Sie sah erschreckend hilflos aus, wie sie mit leicht angezogenen Knien auf der Couch lag. Er unterdrückte den Impuls, sich zu ihr zu legen und sie in den Arm zu nehmen.

Nachdenklich verließ er den Raum. Was hatten die Worte des schwarzen Falters zu bedeuten? Er trat in den großen Vorraum und betrachtete die Bilder an der Wand. Sein Blick blieb am Abbild Tatjenas hängen. Rom. Was war, wenn der Schmetterling und die Mauer gar nicht in Amalia lagen? Wenn *er* es war, der verhinderte, dass sie tiefer vorstießen?

Er trat an das Ölgemälde und berührte das gemalte Gesicht Tatjenas mit der Hand. Es gab eine Erinnerung in ihm, die wichtig war. Mit geschlossenen Augen suchte er in sich nach der Szene, die er über Jahrhunderte hinweg verdrängt hatte.

ROM, ITALIEN, JULI 1647

Die heiße Luft stand in den Straßen und setzte Düfte frei, die kein Wesen riechen wollte, ganz gleich, ob Mensch oder Vampir. Aurelius ging an Tatjenas Seite über den Petersplatz und fragte sich, ob die Idee, Europa zu bereisen, tatsächlich seine beste gewesen war. Darion und Gracia hatten allein sein wollen – zumindest für eine Weile. Tatjena hatte Aurelius nur zu gern mit sich genommen, um ihm die Wunder der Welt zu zeigen. Sie gab sich nach wie vor als Mann aus, wenn sie unterwegs waren. Die Zeiten waren unruhig, und als Mann kam sie sicherer über die Grenzen.

„Sehen wir die Katakomben an?" Aurelius wusste nicht, warum ihn ausgerechnet die Katakomben derart faszinierten. Sie waren seit zwei Wochen in Rom, und seit zwei Wochen hatte er immer wieder die Katakomben im Sinn, die auf der Via Appia Antica vor den Toren der Stadt lagen. Kein neu erbautes barockes Gebäude konnte ihn zufriedenstellen, egal wie verschwenderisch und monumental es erbaut war, kein Obelisk, kein Brunnen und keine Kirche ihn beeindrucken. Er wollte zu den Katakomben.

Tatjena seufzte und verzog ihr hübsches Gesicht. „Du bist besessen, mein Freund. Warum müssen es unbedingt die Katakomben sein?"

„Ich weiß es nicht. Aber ich will sie sehen."

Tatjena schien mit seinem Wunsch nicht einverstanden zu sein, trotzdem ging sie in die Seitengasse, in der ihre derzeitige Pension lag und ihre Pferde untergebracht waren. Sie ließ die Pferde aufsatteln und zäumen, und wartete neben Aurelius im Schatten eines hervorstehenden Daches.

„Ich verstehe deinen Wunsch", sagte sie nach einer Weile. „Aber wir werden sie nicht betreten. Es wird genügen, sie von außen zu betrachten."

Aurelius sah sie verwirrt an. „Von außen betrachten? Du meinst, wir sollen uns die Kirchen und Kapellen ansehen, aber keine einzige Katakombe?"

Ihr Blick wurde starr. Die dunkelblauen Augen verengten sich drohend. „Ich wünsche es so, und ich erwarte, dass du meinen Wunsch respektierst. Eines Tages magst du erfahren, warum, aber noch ist dieser Tag nicht gekommen."

Aurelius war fassungslos. Mit welchem Recht sprach sie dieses Verbot aus?

Er drehte sich zornig von ihr fort. „Wenn das so ist, bleibe ich lieber in der Stadt." Wütend ließ er sie stehen. Er würde Tatjenas Wunsch akzeptieren, weil er sie so sehr schätzte, aber er wollte sie an diesem Tag nicht mehr sehen. Ihr Verbot entbehrte jeglicher Logik.

FRANKFURT

Aurelius kehrte gedanklich in die Gegenwart zurück. Er hatte das sichere Gefühl, dass Tatjenas Verbot in einem direkten Zusammenhang mit dem goldenen Schmetterling stand. Warum sonst sollte Amalia Rom sehen? Rom war der Schlüssel, und er brauchte diesen Schlüssel. Seine Finger zuckten nervös.

Unruhe überfiel ihn. Er ging in sein Büro und buchte den nächstmöglichen Flug nach Italien. Nur ein schnelles Handeln konnte ihn weiterbringen. Es war nicht gut, Amalia allein zu lassen, aber noch weniger konnte er riskieren, dass sie in die Hände von Gracia fiel, falls sich die geistige Mauer nicht überwinden ließ. Er musste alles tun, was in seiner Macht stand. Darion würde auf Amalia aufpassen. Er würde seinem Bruder einen Schwur auf sein Leben abnehmen, dass er sich um sie kümmerte und sie beschützte.

Er schloss die Augen. Rom. Es war an der Zeit, sich dieser Stadt zu stellen.

Amalia war überrascht, wie schnell sie eingeschlafen war. Als sie erwachte, sah sie nicht Aurelius auf dem bequemen weißen Sessel sitzen, sondern Mai, die in einer Zeitschrift las.

„Hey", meinte sie schüchtern. „Schön, dass du da bist."

Mai legte die Modezeitschrift auf den Tisch und lächelte. „Und ich habe es sogar geschafft, dich dieses Mal nicht zu befummeln. Hurra."

Amalias Gesicht wurde warm. Sie musste an das Spiel mit Perry denken. „Ich hoffe, du bist nicht böse wegen ... du weißt schon ... der Sache mit Perry."

Mai lachte und verbarg dabei ihre Zähne geziert hinter ihrer Hand. „Böse?" Ihre Augen blitzten. „Ich liebe solche Spiele. Gerne jederzeit wieder."

Amalia war erleichtert, das zu hören.

„Wo ist Aurelius?"

„Er musste das Anwesen vorübergehend verlassen. Darion ist für dich zuständig."

Amalia setzte sich auf. „Für mich *zuständig*. Das klingt, als sei ich ein schwerer Problemfall."

Mai legte den Kopf schief. „Du bist zumindest ein Mensch, der geschützt werden muss."

„Wo ist Aurelius hin?"

„Ich weiß es nicht genau. Soll ich dir etwas zu essen holen?"

Sie schüttelte den Kopf. Warum war Aurelius gegangen, ohne mit ihr zu reden? Er hätte sie wecken können. „Ich habe keinen Hunger."

Mai kniff die Augen leicht zusammen. „Du siehst blass aus. Was ist los?"

„Ich halte es nicht mehr aus." Amalia hatte Mühe, gegen die Tränen anzukommen und ärgerte sich über sich selbst. Noch vor ein paar Tagen hatte sie großspurig behauptet, dass Aurelius lange auf ihren Zusammenbruch warten könne, und nun stand sie kurz davor. „Ich will endlich wieder unter Menschen."

Mai glitt aus dem Sessel, ging vor Amalia auf die Knie und umschlang ihre Beine mit den Armen. „Ich verstehe dich. Als ich neu im Anwesen war, fand ich es auch furchtbar. Es hat lange gedauert, bis ich eine andere Anwärterin gefunden habe, die zu mir hielt. Aber diese Zeit geht vorüber."

„Ich möchte eine vertraute Stimme hören. Ich brauche irgendein Zeichen, dass es da draußen noch eine Welt gibt und ich nicht ganz verloren bin."

Mai schloss die Augen und senkte ihre Stimme. „Ich kann dir helfen. Aber du darfst mich nicht verraten. Wenn du mich verrätst, wird Perry mich ganz furchtbar bestrafen, und ich rede nicht über ein nettes sexuelles Spiel. Perry gehört zu den Oberen. Wenn er erfährt, dass ich gegen Gracia handle, kann er mich verstümmeln oder sogar töten."

„Ich ..." Amalia zögerte. „Das will ich nicht. Ich will dich nicht in Gefahr bringen."

„Ich werde sehen, was sich machen lässt. Wenn es ohne größere Gefahr, entdeckt zu werden, möglich ist, werde ich es tun."

„Was wirst du tun?" Hoffnung stieg in Amalia auf.

„Ich bringe dir dein Handy. Ich weiß, wo es liegt. Aber du musst mir versprechen, niemandem etwas von dem Anwesen und deiner Lage zu erzählen. Zumindest könntest du ein oder zwei Freunde anrufen und mit ihnen sprechen. Ich weiß, wie wichtig das ist."

Amalia war sprachlos. „Das würdest du für mich tun? Aber warum?"

Mai lächelte. „Sagte ich doch schon. Weil ich dich verstehe. Ich bin deine Freundin."

„Danke. Egal, ob es dir gelingt oder nicht, das werde ich dir nicht vergessen."

Mais Lächeln verwandelte sich in ein Grinsen. „Gib dich nicht zu dankbar, sonst fallen mir hundert Ideen ein, wie du dich erkenntlich zeigen kannst." Sie stand auf und streifte dabei flüchtig Amalias Schoß. „Wenn du Glück hast, habe ich dein Telefon in ein bis zwei Stunden besorgt. Hältst du es so lange allein aus?"

„Ja. Ich habe schon lange nicht mehr gemalt, und Aurelius hat wirklich tolle Farben und Materialien."

Sie wollte den Schmetterling malen, den goldenen Schmetterling, der sie in die Tiefe gestürzt hatte.

„Schön. Wünsch mir Glück."

Mai verließ den Raum, und Amalia sah ihr noch lange nach. Sie wünschte sich mit aller Macht, dass Mai ihr Unterfangen gelang und sie Kim anrufen konnte. Schon der Gedanke, Kims Stimme zu hören, versetzte sie in gute Laune. Vielleicht würde sie sich bald nicht mehr so einsam fühlen.

Rom

Aurelius stand vor der kleinen Kirche und betrachte den simplen, dreieckigen Aufbau. Dieses Gebäude erschien ihm fremd und vertraut zugleich. Obwohl er wenig Zeit hatte, kostete es ihn einige Überwindung, es zu betreten. Erst nach einer halben Stunde besuchte er den Innenraum und starrte auf Bilder, die er nie zuvor gesehen haben konnte. Trotzdem waren sie ihm vertraut, denn sie zeigten Grausamkeiten, denen er zu oft beigewohnt hatte. Auf Fresken waren die blutigen Massaker der Gegenreformation verewigt. Er verlor sich in den Darstellungen und betrachte ein Detail nach dem anderen.

Ertappt zuckte er zusammen, als er an Amalia dachte. Er durfte sie nicht länger als nötig allein lassen. Allmählich wurde sie labil, und sie brauchte ihn mehr denn je. Und er brauchte sie. Nur wenn er in ihrer Nähe war, war er vollständig. Ohne sie fehlte ihm ein Teil seiner Selbst, den er schmerzlich vermisste.

„Kann ich Ihnen weiterhelfen, Signore?", fragte ein Priester auf Italienisch. „Sie betrachten die Fresken schon geraume Zeit und – wie mir scheint – mit großer Kenntnis. Sind Sie Kunsthistoriker?"

„Ich ... nein. Es ist eher persönliche Betroffenheit."

„Sie sind ein Glaubender? Sehr schön. In wenigen Minuten findet unten in den Katakomben die Eucharistie statt. Eigentlich benötigt man dafür eine Voranmeldung, aber vielleicht kann ich dafür sorgen, dass Sie an der Zeremonie des Abendmahls teilnehmen können."

„Nein danke." Das war das Letzte, was er wollte. „Ich möchte lediglich die Katakomben sehen."

„Ich bedaure, aber für die Führungen sind Sie zu spät. Wir schließen bald. Vielleicht könnten Sie morgen ..."

Aurelius veränderte seinen Gesichtsausdruck und ließ ein Stück seiner menschlichen Maske fallen. Seine Stimme wurde kehlig. Er konzentrierte seine geistigen Kräfte und sprach nicht mehr italienisch, sondern fließend Latein. „Ich will die Katakomben sofort sehen, und du wirst mich hineinführen."

Es war, als hätte er bei seinem Gegenüber einen Schalter umgelegt. Der Priester neigte den Kopf. Seine Stimme wurde unterwürfig. „Natürlich, Signore. Folgen Sie mir."

Er brachte ihn zum Zugang und stieg als Erster hinunter. Aurelius schlug kühle, abgestandene Luft entgegen, die nach Tod und Verwesung roch. Er hasste diesen Geruch.

Der Priester ging einen steinernen Gang entlang. „Unsere Katakomben sind die größten auf der Via Appia. Es gibt fünf Ebenen, auf denen sie sich erstrecken. Selbst wir kennen nicht alle Geheimnisse, die sich darin verbergen."

„Bleiben Sie stehen." Aurelius atmete tief ein und versuchte, den Geruch nach Tod und Verfall auszublenden.

Der Priester gehorchte.

„Ich möchte allein sein. Vergessen Sie, dass Sie mich an diesen Ort geführt haben."

„Wie Sie wünschen." Der Priester drehte sich von ihm fort und schien Aurelius schon vergessen zu haben, denn er wandte sich nicht um und ging geistesabwesend durch den Steingang.

Aurelius sah zu, wie er hinter einer Gangbiegung verschwand, dann setzte er seinen Weg in die Eingeweide der Katakomben fort. Er stellte schnell fest, dass dieser Ort ein Labyrinth war und weitaus größer, als er gedacht hatte. Der Gang war niedrig, er musste aufpassen, sich nicht den Kopf zu stoßen. Links und rechts waren mehrere Nischen in der Wand zu sehen, in denen einst Tote geruht hatten. Nun waren sie verwaist, und Aurelius überlief ein Schauer, wenn er an all die Leichen dachte, die einst in den Einbuchtungen gelegen hatten. Die Katakomben waren alt und stammten noch aus dem dritten Jahrhundert vor Christus. Soweit er wusste, waren sie jüdischen Ursprungs. Aber was hatte das alles mit ihm und dem Schmetterling zu tun? Was suchte er an diesem Ort?

Da er gelernt hatte, seinen Instinkten zu vertrauen, zweifelte er nicht an sich.

Er schloss die Augen und hörte auf zu atmen. Sein Körper entspannte sich, das Herz schlug nur noch gelegentlich. Nach und nach versank er in einer tiefen Trance. Seine Füße fanden den Weg scheinbar ohne sein Zutun. Mehrere Minuten ging er auf diese Weise durch die verlassenen Gänge, bis er das Gefühl hatte, die richtige Stelle gefunden zu haben. Er blieb stehen, öffnete die Augen und blinzelte. Wie tief er in das unterirdische Labyrinth gedrungen war, wusste er nicht. Er wusste auch nicht, was er eigentlich suchte. Einzig das Gefühl in seinem Bauch half ihm. Er war an der richtigen Stelle angekommen und musste nur noch ... ja, was? Was war an dieser Stelle anders, die sich äußerlich nicht von den anderen Einbuchtungen in den Gängen unterschied?

Eine Zeit lang stand er reglos und versuchte, sich zu sammeln. Dann begann er, die Decke und den Boden mit Blicken abzusuchen. Es war nichts Besonderes zu entdecken. Der Stein wirkte so massiv wie überall. Er trat an die Wand heran und tastete sie ab. Nichts. Folgte er einem Hirngespinst? Was glaubte er, in diesen Katakomben zu finden?

Er wollte schon frustriert aufgeben, als ihm ein Wandstück in einer Nische auffiel. Es hatte eine dunklere Farbe als der Stein, der es umgab. Der Unterschied war nur minimal und mit menschlichen Augen nicht zu erkennen.

Aus einem Impuls heraus holte er aus und schlug mit der Faust zu. Seine Finger sprengten den Stein beiseite und drangen in einen Hohlraum. Seine Haut berührte Metall. Was auch immer er zu finden gehofft hatte, es befand sich in greifbarer Nähe.

„Ich habe es!" Auf Mais Gesicht zeigten sich hektische rote Flecken. „Ich habe es wirklich!"

Amalia legte den Pinsel neben den Wasserbehälter auf die Ablage der Staffelei. „Du hast mein Handy?"

„Ja!" Mai kam auf sie zu und fasste ihre Hände. „Und die Gelegenheit ist günstig. Gracia und Perry sind noch für eine gute Stunde fort. Hier unten wirst du keinen Empfang haben, aber wir können auf den Südturm gehen. Da bekommt es niemand mit."

„Ich weiß nicht ..." Amalia wäre es lieber gewesen, von Aurelius' Räumen aus zu telefonieren, weil sie nicht abgehört werden konnten, aber Mai hatte recht: Sie würde in diesem Appartement keinen Empfang haben. Trotzdem wollte sie es zuerst probieren. „Wo ist es?"

Mai zog das Handy aus ihrer Tasche und gab es Amalia. Es hatte tatsächlich keinen Empfang. Trotzdem drückte Amalia es zuversichtlich an sich. Das war ihre Möglichkeit, Kontakt nach draußen aufzunehmen. „Danke", flüsterte sie.

„Nun komm schon!" Mai war bereits an der Tür zum Schwimmsaal. „Wenn wir uns nicht beeilen, sind die Oberen zurück."

Amalia folgte ihr in den Gang hinaus. Sie durfte sich frei im Anwesen bewegen und tat es nur deshalb so selten, weil sie die anderen Vampire fürchtete. An Mais Seite fühlte sie sich sicher.

Mai brachte sie in einen Gebäudetrakt, den sie noch nicht kannte, und sie fuhren in einem kleinen Aufzug in den fünften Stock. Von dort aus führte eine Treppe nach oben zu einer Holztür, die auf eine Plattform führte.

Amalia trat an die Brüstung und sah hinunter. Weit entfernt lag die Dunstglocke, unter der sich Frankfurt verbergen musste. Sie glaubte, einzelne Türme und Häuser ausmachen zu können. Direkt vor ihnen lagen Wälder und kleinere Berge. Sie schloss die Augen und saugte gierig die frische Luft ein.

„Beeil dich", forderte Mai sie auf. „Und sprich möglichst leise. Ich halte an der Tür Wache. Wenn ich dir zuwinke, brich das Gespräch sofort ab und versteck das Handy."

„Okay." Nervös zog Amalia das Telefon heraus. Sie wollte wählen und erstarrte. Kim hatte angerufen. Nicht nur ein Mal, sondern mindestens dreißig Mal. Ob ihre Freundin vermutete, dass ihr etwas zugestoßen war?

Hastig wählte sie die Nummer. Kim ging sofort dran. Sie klang verängstigt. „Amalia?"

„Ja", flüsterte Amalia. „Ich bin es. Es geht mir gut. Du brauchst dir keine Sorgen um mich zu machen."

Kim schluchzte auf. „Amalia, ich ... es tut mir so leid."

Sie war verwirrt. Das Gespräch entwickelte sich anders, als sie erwartet hatte. „Was redest du? Was tut dir leid?"

Es folgte eine kurze Pause, dann erklang eine Stimme, die dafür sorgte, dass sich sämtliche Härchen auf Amalias Körper aufstellten.

„Hallo Seelenblut. Wir hatten noch nicht das Vergnügen. Nenn mich Rene."

„Ich erinnere mich an dich", hauchte Amalia fassungslos. „Was ... Was hast du mit Kim gemacht?"

„Bislang noch nichts. Deine Freundin ist in Berlin und genießt meine Gastfreundschaft. Ob sie leben oder sterben wird, liegt ganz allein bei dir. Ich bin nicht an ihrem Tod interessiert, weißt du, aber ich will wissen, wo Laira ist."

„Lass Kim da raus." Amalia hatte Mühe, leise zu sprechen. Rote Punkte tanzten vor ihren Augen. Am liebsten hätte sie Rene gepackt und mit eigenen Händen getötet. „Kim hat damit nichts zu tun!"

„Bedaure, aber das Leben ist nun einmal nicht so, wie sie es dir im Fernsehen eingetrichtert haben, meine Kleine. Ich lasse Kim gehen, sobald ich dich habe. Falls Aurelius und Gracia dir erzählt haben, ich sei ein Ungeheuer, dann glaub ihnen nicht. Ich habe nicht vor, dich zu töten. Im Gegenteil. Außer Kims Leben biete ich dir eine Million und ein schickes Feriendomizil auf einer Insel deiner Wahl. Alles, was du tun musst, ist einen Weg aus dem Anwesen in Frankfurt zu finden. Komm morgen Mittag zur Zeil. Sagen wir, um sechzehn Uhr fünfzehn. Es gibt dort ein Kino, dessen Damentoilette im zweiten Stock ein Fenster hat. Du kommst an dieses Fenster und öffnest es. Den Rest erledigen wir. Und kein Wort zu Aurelius oder einem der anderen."

„Ich kann nicht ..."

„Willst du, dass Kim stirbt?"

Amalia biss die Zähne aufeinander. „Ich ... ich werde da sein."

„Das rate ich dir. Ansonsten hast du deine Freundin heute zum letzten Mal gesprochen." Rene legte auf.

Amalia starrte das Handy an und fühlte sich wie betäubt. Wie war Rene an Kim geraten? Hatte sie die Buchung in Leipzig überprüft? War das nicht letztlich gleichgültig? Ihre beste Freundin war ihretwegen ins Kreuzfeuer geraten. Sie schluckte. Sie musste mit Aurelius reden. Vielleicht konnten sie zusammen einen Plan entwickeln, Kim zu befreien. Egal, was Rene sagte, sie wusste nur zu gut, wie wahnsinnig die Vampirin war. Rene würde ihr weder Geld noch ein Feriendomizil geben.

Nein. Sie schüttelte den Kopf. Auch das war falsch. Rene hielt sich an ihr Wort. Sie würde Amalia das Geld geben, sie höchstpersönlich zu diesem Domizil fliegen und sie dort samt dem Geld lebendig begraben. Sie brauchte sich keine Hoffnungen zu machen. Rene wollte nicht, dass irgendjemand außer ihr erfuhr, wo Lairas letzte Ruhestätte lag. Früher oder später würde sie sie töten. Aber konnte sie Kim für ihr Leben opfern? Aus ihren Augenwinkeln liefen Tränen.

„Amalia, was ist?" Mais Stimme klang von der Tür her. „Bist du fertig?"

Sie schluckte und wischte sich mit dem Blusenärmel über die Augen. „Ich ... ja, ich bin fertig." Sie ging zu Mai und gab ihr das Handy. „Bring es zurück, bevor jemand merkt, dass es fehlt."

Mai steckte das Handy ein. „Ist alles in Ordnung?"

„Weißt du, wann Aurelius wiederkommt?"

„Nein. Da musst du Darion fragen."

„Wo finde ich ihn?"

Mai sah sie misstrauisch an, stellte aber keine Fragen. „Ich bringe dich hin."

„Nett, dass du mich beehrst." Darion ließ sich in einen Kingsize-Sessel fallen und schlug die Beine übereinander. Sein Appartement war doppelt so luxuriös ausgestattet wie das von Aurelius und stank nach Reichtum. Aber es besaß auch einen gewissen Humor. Unter anderem zeigte ein buntes Pop-Art-Bild das Tribunal der Vampire als Karikatur. Gracia sah darauf aus wie eine fette Seekuh, während Sybell als Schlange dargestellt war und Aurelius als Nilpferd.

„Ich will dich nicht lange stören. Wann kommt Aurelius zurück?"

„Ich nehme an, morgen Abend."

Amalia schwindelte. Das war zu spät! „Wo ist er denn?"

„Er ist in Italien."

„Italien", echote Amalia. „Aber ... ich muss mit ihm reden. Hast du seine Nummer?"

„Er ist derzeit nicht zu erreichen. Wenn du ein Problem hast, musst du mit mir vorliebnehmen."

Sie atmete heftig ein. Das ging nicht. Sie konnte sich Darion nicht anvertrauen. Er war zu unberechenbar. Schweigend starrte sie ihn an.

Darion stand auf und trat zu ihr. Er roch an ihrer Haut. „Ich tue eine ganze Menge für dich, Amalia. Du musst mich nur verstehen lassen, was Aurelius an dir findet. Bevor er dich kannte, kannte er keine Liebe. Nun ist er entflammt. Was machst du nur mit ihm, du kleine Hexe? Ist es dein Blut?" Er blieb stehen und legte eine Hand an ihren Hals. „Sie schwärmen alle davon, weißt du? Von diesem Blut, das süßer als Freesien duftet, nach einer Speise, die so köstlich ist, dass es sie nicht geben kann. Besonders Perry ist davon fasziniert."

Sie regte sich nicht. Er konnte ihr mit dieser Hand das Genick brechen. Zwischen ihm und ihr stand nichts außer seinem Anstand, und der war vermutlich nicht sonderlich ausgeprägt.

„Aurelius hat dir aufgetragen, mich zu beschützen."

„Du lenkst ab. Ich rieche förmlich, dass du ein Problem hast. Du bist verzweifelt und duftest dabei so süß. Lass mich von dir trinken, und ich werde dir helfen."

Amalia schüttelte den Kopf. Wenn er von ihr trank, war das ein größerer Verrat, als wenn sie mit ihm schlafen würde.

„Du willst Aurelius beweisen, dass ich es nicht wert bin, von ihm geliebt zu werden", mutmaßte sie ins Blaue hinein.

Er trat einen Schritt zurück. „Du bist klug. Klug und schön. Und offensichtlich auch mutig. Aber du bist nicht stark genug, ein Leben an Aurelius' Seite zu führen. Du bist niemand, der in diesen Klan passt. Dafür hast du nicht genug zu bieten. Gracia und ich wollen dich nicht haben. Wenn du also ein Problem hast und mir nichts anbietest, dann ist es dein Problem. Und zwar deins allein." Er lächelte lieblich.

So einfach durfte sie sich nicht abspeisen lassen. Sie nahm ihren Mut zusammen. „Ich möchte das Anwesen verlassen. Ich will endlich wieder unter Menschen."

Sein Lächeln verschwand. „Das kann ich nicht zulassen. Nicht einmal, wenn ich von dir trinken dürfte. Du stehst unter dem Schutz des Klans, und der kann draußen nicht gewährt werden."

„Darion, bitte, ich ..."

Seine Augen glitzerten kalt. „Glaub mir, ich hätte wirklich nichts dagegen, wenn Rene dich in hundert Stücke zerreißt, aber noch wirst du gebraucht. Bedaure. Da ist nichts zu machen."

Amalia sah ein, dass sie nichts erreichen konnte. Ihre Knie zitterten, und ihr war schlecht. Sie musste einen Weg finden, Kim zu retten. Sie musste einfach.

„Entschuldige, dass ich dich gestört habe." Sie wich zurück zur Tür. Darion hielt sie nicht auf. Sie glaubte, seinen Blick noch Minuten später auf ihrem Hals zu spüren, als sie bereits Aurelius' Appartement erreicht hatte, sich im Schlafzimmer auf das Bett warf und weinte, wie sie seit Jahren nicht mehr geweint hatte.

Amalia weinte, bis sie glaubte, keine Tränen mehr in sich zu haben. Sie streifte ihre Kleider ab und ging in das Schwimmbecken. Das warme Wasser umschmeichelte ihre Haut und tröstete sie. Was sollte sie tun? Sie durfte sich nicht zurückziehen und Kim ihrem Schicksal überlassen. Kontakt zu Aurelius herzustellen war unmöglich. Er würde zurück in Frankfurt sein, wenn alles zu spät war. Nein, sie musste einen Weg finden, Kim zu retten und den Termin mit Rene einzuhalten.

Darion hatte ihr bereits gesagt, dass er sie nicht unterstützen würde, aber er hatte ihr auch ein weiteres Mal das Wesen der meisten Vampire gezeigt: Sie waren von Machtgedanken zerfressen, wollten Blut oder Sex oder sonst etwas, in das sie sich verrannt hatten.

Nachdenklich benetzte sie ihr Gesicht mit Wasser und strich über ihre geschwollenen Augenlider. Es gab jemanden, der ihr vielleicht half und der sich für sie einsetzen würde, wenn sie ihm anbot, was er von ihr haben wollte: Perry. Er gehörte wie Darion zu den Oberen. Würde er ihr helfen, das Anwesen zu verlassen, wenn sie ihm anbot, sich vor seinen Augen mit Mai zu vergnügen?

Es war den Versuch wert. Sie durfte nicht aufgeben.

Sie trat ins Badezimmer neben der Sauna, wusch sich und duschte sich ab. Mai hatte ihren Kleiderschrank um einige schöne Stücke bereichert, und sie wählte mit Sorgfalt Kleidung aus, die sowohl verführerisch als auch unschuldig wirkte, und von der sie glaubte, sie könne Perry gefallen. Da sie sich allein schminkte und frisierte, brauchte sie fast eine Stunde, bis sie mit dem Ergebnis zufrieden war. Sie sah bleich und verletzlich aus, ihre Haut wirkte wie Porzellan, die roten Wangen waren mit Rouge nur angedeutet. Obwohl die Bluse hochgeschlossen war, zeichnete sich durch den dünnen Stoff ihre Brust verführerisch ab und gab ein indirektes Versprechen. Auf Unterwäsche hatte sie verzichtet und lediglich darauf geachtet, dass sie gleichmäßig rasiert war.

Ihr Herz schlug bis zum Hals, als sie zu Perrys Appartement aufbrach, das mehrere Stockwerke über dem von Aurelius lag.

Mai öffnete ihr und sah sie erstaunt an. „Amalia, habe ich dich zu lange allein gelassen?"

„Ich möchte zu Perry."

Mai hob eine Augenbraue und musterte ihre Brüste. „Bitte."

Sie trat ein und war erstaunt, wie verschieden zwei Appartements eingerichtet sein und doch gleichermaßen luxuriös wirken konnten. Perrys persönliche Räumlichkeiten wirkten wie aus einer anderen Zeit. Amalia tippte auf das viktorianische England.

Mai führte sie in einen Salon mit altmodischen Stühlen und Lampen. Es roch nach heißem Wachs, mehrere Kerzen brannten. Auf dem Tisch stand auf einem silbernen Tablett eine Flasche Whisky.

Perry sah ihr aufmerksam vom Tischende her entgegen. „Du kommst nicht ohne Grund zu mir", stellte er fest.

Amalia entschied, die Karten offen auf den Tisch zu legen. Sie brauchte Perry, und sie konnte sich kein langes Herumdrucksen leisten. „Nein. Ich möchte morgen nach Frankfurt, in die Innenstadt. Ich will endlich aus diesem Anwesen heraus. Da Aurelius nicht da ist und du zu den Obersten des Klans gehörst, möchte ich dich bitten, mir den Ausgang zu gewähren und mit mir zu gehen."

Perrys Gesicht war ausdruckslos. „Warum gehst du mit diesem Anliegen nicht zu Darion?"

Amalia schluckte. „Ich habe ihn gefragt, aber er hat nicht genug Mut dazu. Er fürchtet, Gracia zu verärgern."

„Und warum sollte ich dir helfen?"

„Weil du mutiger und älter bist als er. Und weil ich dir etwas anbieten kann, das du haben möchtest."

Perry verzog den Mund zu einem amüsierten Lächeln. Es ließ ihn jünger aussehen. „Du schmeichelst mir. Wie nett. Und du möchtest dich mir anbieten?"

„Ich ... ich biete dir an, vor deinen Augen mit Mai zu schlafen, wenn du mir hilfst."

Sein Gesicht war misstrauisch. „Warum willst du so dringend hinaus? Glaubst du, du kannst fliehen?"

„Ich habe nicht vor zu fliehen, aber ich werde verrückt, wenn ich noch länger eingesperrt bin. Ich brauche Freiheit."

Er verschränkte die Finger ineinander, als wolle er beten. „Ich könnte mir durchaus vorstellen, dir zu helfen. Je nachdem, wie gut du dich anstellst und wie sehr mir gefällt, was du zu bieten hast."

Amalias Herz schlug noch eine Spur schneller. Perrys Worte machten ihr Hoffnung. Sie würde Kim nicht im Stich lassen und Renes Forderung erfüllen. Wie es weiterging, musste sie dann sehen.

„Ich werde tun, was du dir wünschst, aber du musst versprechen, mir zu helfen."

Er nickte gönnerhaft. „Zieh dich aus und zeig mir, was du zu bieten hast. Seit Leipzig warte ich darauf, deinen Körper nackt zu sehen und dich besser riechen zu können. Hat Aurelius dir je gesagt, wie süß dein Blut riecht? Nach Freesien und Kirschen. Du bist wie eine Blüte, die nicht nur einem Vampir gehören sollte."

Amalia wünschte sich, ihre Finger würden nicht derartig zittern. Sie öffnete die Knöpfe der Bluse, einen nach dem anderen, und streifte das Kleidungsstück ab. Unter Perrys und Mais Blicken spürte sie, wie ihre Brustspitzen sich prickelnd zusammenzogen. Sie tat das nur für Kim, und doch erregte es sie. Ihre Hände griffen an den Rock, lösten den breiten Gürtel und ließen den Stoff über ihre Hüfte gleiten. Die hohen Pumps behielt sie an und stand schließlich in weißen Spitzenstrümpfen, die bis zur Mitte der Oberschenkel reichten, im Raum. Perry betrachtete sie schweigend. Sie war ein Objekt, ein Spielzeug, und er überlegte, was er als Nächstes mit ihr tun sollte.

„Dreh dich um", forderte er sie auf.

Sie gehorchte und war dankbar, das Gesicht abwenden zu können. Es war ihr peinlich, angestarrt zu werden.

Perrys Stimme klang erregt, aber auch amüsiert. Ihm schien dieses Spiel zu gefallen. Kein Wunder. Sie war ihm ausgeliefert. Er allein konnte bestimmen, ob er sein Versprechen wirklich halten würde und was sie alles tun musste, damit sie bekam, was sie wollte. „Leg dich auf den Tisch, mit dem Kopf zu mir."

Amalia zögerte. Behutsam setzte sie sich auf die riesige, solide Platte und ließ den Rücken auf das kühle Holz sinken. Es war hart und unbequem.

„Näher", verlangte er.

Sie rutschte näher heran und schloss die Augen, um sein selbstgefälliges Grinsen nicht sehen zu müssen.

„Mai", meinte er süffisant. „Lass mich zusehen, wie du unser gutes Seelenblut bearbeitest. Bring ihr Blut in Wallung, damit ich es besser riechen kann."

Amalia hörte Mais rasche Schritte. Zarte Finger drängten ihre Schenkel mit erstaunlicher Kraft auseinander. Mai bückte sich hinab und umschloss Amalias Klitoris mit den Lippen.

Unter Perrys Blick fühlte sich Amalia wie ein Forschungsobjekt. Sie wollte wegrennen, aber sie musste an Kim denken. Verkrampft presste sie die Lider aufeinander.

Mai richtete sich wieder auf. Amalia blinzelte und sah, wie die hübsche Asiatin nach einer dicken roten Kerze griff, die auf einem Beistelltisch stand.

„Das könnte wehtun", kündigte sie an. „Aber nur ein bisschen. Der Schmerz vergeht schnell." Sie lächelte und schwenkte die Kerze geschickt in der Hand. Heiße Wachstropfen spritzten auf Amalias Bauch. Sie stöhnte vor Schmerz auf, merkte aber, dass Mais Worte der Wahrheit entsprachen. Das heiße Brennen ließ rasch nach. Mit weit aufgerissenen Augen sah sie zu, wie Mai die Kerze erneut schwang, und rote Spritzer auf ihre Brüste fielen. Sie kämpfte gegen den Impuls, nach Mais Hand zu greifen.

„Sei ein braves Mädchen und spreiz deine Schenkel", flüsterte Mai.

Amalia versteifte sich. Mai wollte doch nicht ...?

„Na los!" Die Stimme von Mai wurde herrisch. „Tu, was ich verlangt habe."

Zögernd öffnete Amalia ihre Schenkel und schrie auf, als ein großer, heißer Wachsklumpen auf die Innenseite ihres Schenkels tropfte. Mai zog die Kerze weiter, sie verbrauchte nach und nach das angesammelte geschmolzene Wachs, indem sie es in einer dünnen Linie über Amalias Schamlippen und ihre Klitoris goss. Sie wimmerte und verfluchte Mai in Gedanken. Gleichzeitig fühlte sie Erregung, die sich nicht länger zurückhalten ließ. Trotz der Schmerzen wollte sie berührt werden. Das Brennen ließ rasch nach und zurück blieb die Lust auf mehr.

Sie sah zu Perry hin, der sie schweigend beobachtete. Ob ihm gefiel, was er sah, konnte sie nicht einschätzen.

Mai spreizte mit einer Hand Amalias Schamlippen und rieb die Kerze der Länge nach über ihre Scham und die geschwollene Perle.

„Das war doch gar nicht so schlimm, oder?"

Amalia schluckte und schüttelte den Kopf.

Mai zog die Kerze hinauf und hinunter und sah Amalia dabei verschmitzt an. „Wie wäre es, wenn wir die Kerze löschen?" Ihre Finger spreizten die geschwollenen Schamlippen.

Amalia erstarrte. Wollte Mai die Kerze etwa *in ihr* löschen? Sie wollte auf dem Tisch zurückweichen, doch Mais Stimme ließ sie innehalten.

„Beweg dich nicht." Sie stieß mit der Kerze vor. Amalia konnte nicht sagen, ob die Flamme bereits erloschen war oder nicht. Vor Schreck schrie sie auf, als der Schaft der Kerze in sie glitt und Mai das harte Wachs in sie trieb. Ihre Brust hob und senkte sich heftig, und sie brauchte einen Moment, um zu begreifen, dass sie gar keine Schmerzen hatte. Vielleicht war die Flamme bereits erloschen, noch ehe die Kerze in sie gedrungen war. Ihr Geschlecht umschloss das Wachs, und Mai ließ den harten Körper gekonnt vor- und zurückgleiten. Ihr Grinsen war diabolisch, und Amalia zweifelte an ihrer Einschätzung, dass Mai tatsächlich nur spielen wollte. Vielleicht war sie genauso wahnsinnig wie Perry und Gracia. Oder tat sie die Dinge, die sie mit ihr machte, nur deshalb, weil sie Perry kannte und ihm etwas bieten wollte?

Die Kerze glitt immer tiefer in sie, bis nur noch ein Stück davon zu sehen war. Mai ließ von ihr ab und betrachtete den aus Amalia herausragenden Kerzenstiel. „Sehr hübsch." Sie strich über die Wachsflecken auf Amalias Körper und sah zu Perry. „Was denkst du? War das schon genug Schmerz, oder soll ich ein paar Brustklemmen holen?"

Obwohl Mais Worte Amalia ängstigten, machten sie sie gleichermaßen an. Sie war Mai und Perry ausgeliefert und würde sich nicht dagegen wehren können, wenn die Freundin sie benutzte, wie es ihr gefiel.

Perry lächelte. „Ich denke, ein paar Klemmen könnten nicht schaden. Bis jetzt rieche ich kaum etwas von Kirschen und Freesien."

Amalia wollte protestieren, aber sie tat es nicht. Regungslos lag sie auf der harten Holzplatte und spürte den breiten Stil der Kerze in sich, während Mai von ihr fortging. Sie war ein arrangiertes, mit Wachs verziertes Kunstwerk, das mitten im Raum lag. Nur ein Ding, das Perry zu seinem Vergnügen diente, und obwohl sie es nicht richtig fand, reagierte ihr Körper auf die lüsterne Geilheit, die im Raum lag. Sie spürte, wie Feuchte aus ihr quoll und schloss erneut die Augen. Wie gern hätte sie Aurelius bei sich, um sich ihm hinzugeben und um mit ihm reden zu können.

Mai kam mit silbernen Klemmen wieder, die sie so ablegte, dass Amalia sie sehen konnte. Sie behielt nur eine Klemme in der Hand und widmete sich Amalias linker Brust. Ihre Stimme war dicht an Amalias Ohr. „Wirklich wehtun wird es erst, wenn ich sie abnehme." Sie setzte die erste Klemme an. Amalia keuchte auf und wollte protestieren, doch da hielt Mai bereits die zweite Klemme in den Händen und fuhr fort. Die dritte setzte sie an die Schamlippe, neben die Kerze. Der Schmerz war ungewohnt und ließ die gequetschte Haut pulsieren.

„Bitte", flüsterte Amalia. „Hör auf."

Mai verstrich die Feuchte auf den Innenseiten ihrer Oberschenkel. Sie wirkte anders als sonst – kälter. Ihr Gesichtsausdruck machte Amalia Angst. War das Teil des Spiels, oder lag es daran, dass Perry sie beobachtete?

„Genieß es einfach. Sei dankbar, dass wir dich benutzen und dir Lust schenken."

Sie wartete einen Moment und nahm die erste Klemme wieder ab. Ein scharfer Schmerz fuhr durch Amalias Brust, der sie erneut aufstöhnen ließ. Das Blut kehrte zurück.

Die Asiatin fuhr sich mit der Zungenspitze über die Lippen.

Perry stand auf und trat heran. Er ging ein Mal um den Tisch herum und besah Amalia kritisch.

„Ich weiß nicht, ob das genügt", sagte er mit kalter Stimme. Er legte seine Hand auf den Kerzenstumpf, der aus ihr herausragte. Amalias Atem flog. Sie wollte, dass er von ihr fortging, aber sie brachte kein Wort heraus. Mit großen Augen sah sie zu ihm hin.

Perry zog die Kerze heraus und stellte sie auf den Tisch. „Ich denke, ich hätte lieber etwas, das du noch niemandem gegeben hast. Es dürfte dir nicht allzu schwer fallen, es zu verschenken, denn prüde bist du nicht." Seine Finger glitten durch ihre Feuchte, streiften die Klammer an ihren Schamlippen und fuhren weiter, hin zu ihrem zweiten Eingang. Er benetzte ihre Haut mit Feuchtigkeit und stieß ein Stück in sie hinein, während er gleichzeitig mit der anderen Hand die Klammer an ihren Schamlippen abnahm.

Amalia zuckte heftig zusammen und schrie auf.

Perry lächelte. „Wie Mai schon sagte: Du solltest uns dankbar sein, dass wir dich benutzen. Wir sind Meister unseres Fachs und können die ganze Nacht lang auf dir spielen. Lass mich mehr von dir fühlen, als du mir bisher gegeben hast, und du wirst es nicht bereuen."

Sein Zeigefinger stieß in sie hinein. Amalia wich zurück. „Nein."

Sie zog die Beine an und saß mit angewinkelten Knien auf der Tischplatte. „Das will ich nicht. Der Deal war, Mai und ich."

„Ich mache die Regeln. Und ich habe dir gesagt, was ich will."

Amalia schwang sich mit zitternden Beinen vom Tisch und stand so im Wohnraum, dass sich das Möbelstück zwischen ihr und Perry befand. Auch wenn sie wusste, dass dieser minimale Abstand keinen Schutz bot, fühlte sie sich doch sicherer.

„Ich … ich kann das nicht!" Sie sah Hilfe suchend zu Mai, doch die hielt sich im Hintergrund und schüttelte nur bedauernd den Kopf.

Perry trat zurück und verschränkte die Arme vor der Brust. In seinen Augen spiegelte sich sein Zorn. „Dann kann ich dir nicht helfen. Entweder du tust, was ich will, oder du verlässt meine Räumlichkeiten."

Sie glaubte, keine Luft mehr zu bekommen. Verzweifelt versuchte sie an Kim zu denken, aber da waren keine klaren Gedanken mehr. Nur nackte Angst. Wenn sie sich Perry hingab, würde sie zu einem Menschen werden, der sie nicht sein wollte. Ihr Zittern wurde stärker. Sie raffte ihre Kleider zusammen, rannte durch den Flur zur Tür und fürchtete, Perry würde ihr folgen, sie festhalten und mit Gewalt nehmen.

Erst in Aurelius' Appartement beruhigte sie sich. Sie schlug die Hände vor ihr Gesicht. Was sollte sie nur tun? So wie es aussah, gab es keine Hoffnung mehr.

ROM

Aurelius' Finger fassten in den Hohlraum hinter der Mauer. Eine Weile tastete er in dem Loch herum, ohne auf einen Widerstand zu treffen, dann berührten seine Finger kühles Metall. Er fühlte einzelne Kettenglieder, packte mit mehreren Fingern zu und zog einen Gegenstand heraus. Ein schweres Schmuckstück fiel dem Boden entgegen, wurde aber auf der Höhe seiner Hüfte von der metallenen Kette gehalten. Es war ein Anhänger aus massivem Gold, der so groß war wie die Faust eines Säuglings. Gespreizte Schwingen trugen einen grünen Stein. Sie sahen aus wie die stilisierten Flügel eines Schmetterlings.

Aurelius hob das Schmuckstück an und hielt sich den Anhänger vor Augen. Ein vertrautes Gefühl stieg in ihm auf. Ihm war, als wäre es nicht das erste Mal, dass er diesen Anhänger in der Hand hielt. Die Kette gehörte zu ihm, auf eine Weise, die er nicht fassen konnte. Dabei war er sicher, sie nie zuvor gesehen zu haben.

„Seltsam", murmelte er und versetzte den Anhänger in leichte Schwingung. Das schwache Licht des Ganges fing sich im Stein und ließ ihn changieren Aurelius kniff die Augen zusammen. Es wirkte, als sei der Stein nur eine Hülle, in der eine grüne Flüssigkeit eingeschlossen war. Er schüttelte den Kopf. Was hatte das zu bedeuten? War er der Lösung des Rätsels um den goldenen Schmetterling näher gekommen oder entfernte er sich davon?

Er ließ die Hand sinken und dachte nach, doch sosehr er auch suchte, ihm fiel nicht ein, wo er dieses Kleinod gesehen haben konnte. Es musste schon lange an diesem Ort liegen. Vielleicht seit vielen Jahrhunderten. Ob er es in einer Abbildung gesehen hatte? Tatjena war im Besitz wertvoller Bücher gewesen. Einige davon stammten angeblich aus der alten Bibliothek von Alexandria. Wenn er den Anhänger bereits gesehen hatte, dann vermutlich in diesen Büchern. Er hatte sie unter idealen Bedingungen im Anwesen lagern lassen, zusammen mit anderen Schätzen Tatjenas. Vielleicht würde er die Antwort in Frankfurt finden. An diesem Ort gab es nichts, was er noch tun konnte, das fühlte er deutlich. Nachdenklich ging er zurück, immer der schwachen Spur frischer Luft folgend. Den Anhänger hatte er in eine Tasche seines Mantels gesteckt. Was auch immer das Geheimnis dieses Kleinods war, er musste es herausfinden, wenn er Amalia helfen wollte.

Er seufzte kaum hörbar. Er hatte ein Rätsel lösen wollen, stattdessen hatte er ein zweites gefunden.

FRANKFURT

Amalia erschrak, als eine Hand ihren Arm berührte. Sie war in einen unruhigen Schlaf gefallen und hatte verwirrende Träume von Rene, Perry, Gracia und Kim.

Alarmiert fuhr sie in die Höhe. „Aurelius?"

„Ich bin es. Mai. Zieh dich an. Perry und Gracia wollen mit dir sprechen, bevor sie dich in die Stadt lassen."

„Was?" Träumte sie noch? „Du meinst ...?"

„Perry hat sich für dich eingesetzt. Er kann ein Arschloch sein, aber er hat auch nette Seiten."

Vor Erleichterung fiel sie Mai um den Hals.

Mai klang überrascht. „Du bist ja wirklich ganz heiß darauf, aus dem Anwesen zu kommen. Also los. Wir ziehen dir was Hübsches an und machen uns auf den Weg."

Zu Amalias Überraschung ging sie in den Vorraum und holte eine Ledermontur, die sie bereits beim Eintreten in Aurelius' Räumlichkeiten dort abgelegt haben musste.

„Das verstehst du unter *was Hübsches anziehen?*"

„Wir werden Motorräder nehmen. Der Verkehr in der Innenstadt staut sich oft, und mit Motorrädern können wir schneller fliehen, falls eine Bedrohung auftaucht."

Amalia nickte langsam. Ob es ihr überhaupt gelingen würde, sich in die gewünschte Damentoilette abzusetzen? Wie gut würde ihre Bewachung sein? „Wer wird mitkommen?"

„Gracia schickt Perry, Sybell, Madlene, Darion und mich. Begeistert war sie nicht von dem Vorschlag, aber Perry und Sybell haben sie überzeugt. Besonders Sybell meinte, es sei wichtig, dass du entspannst. Sie hat außerdem vorgeschlagen, dass ich dich regelmäßig massiere."

„Das hat sie nicht."

Mai lächelte und verbarg die Zähne hinter ihrer Hand. „Beweis mal das Gegenteil."

Amalia war viel zu überwältigt, dass sie Kim doch noch retten konnte, um mit Mai zu diskutieren. Gleichzeitig hatte sie Angst. Rene konnte sie töten, bevor Aurelius zurück war.

„Hast du von Aurelius gehört? Hat er sich gemeldet?"

Mai schüttelte den Kopf. „Soweit ich weiß, ist er am Abend zurück."

Das war zu spät. Viel zu spät. Sie atmete tief ein und griff nach der Lederhose. Sie durfte Kim nicht warten lassen.

Amalia trat – von vier Vampiren in Lederkluft flankiert – auf das schmiedeeiserne Tor des Anwesens zwischen den hohen Steinmauern zu. Das Tor schwang auf, und zum ersten Mal seit Tagen konnte sie das Gelände verlassen.

Sie erblickte fünf schwere Maschinen, bewacht von Mai, die auf der mittleren Maschine hockte und Amalia zuwinkte.

Mit einem flauen Gefühl im Magen setzte sie den Helm auf. Es war seltsam, Mai auf einem Motorrad zu sehen. Sie wirkte wie eine andere Frau, selbstbewusst und ... Amalia suchte in Gedanken das richtige Wort. Animalisch traf es am besten.

Sybell wandte sich an Amalia. Obwohl ihre Stimme leise war, durchdrang sie Amalias Helm mühelos. „Du wirst alles tun, was Mai dir sagt. Bleib immer in unserer Mitte. Zwei von uns fahren hinter dir, zwei vor dir. Hast du das verstanden?"

Sie nickte.

Madlene lächelte ermutigend, während sie auf ihre Maschine stieg. Darion saß bereits auf einem der vorderen Motorräder und drehte ihr den Rücken zu.

Sie stieg hinter Mai auf.

„Gut festhalten!", rief Mai nach hinten. „Besonders beim An-fahren! Drück dich hübsch eng an mich!"

Amalia war sicher, dass Mai bei diesen letzten Worten lüstern grinste. Sie presste sich an Mais Rücken und umschlang ihre Hüfte.

Es war ein tolles Gefühl, über das Land zu rasen und Felder und Wälder an sich vorbeifliegen zu sehen. Die Vampire fuhren in perfekter Formation. Amalia sah kopfschüttelnde Autofahrer, die sich darüber aufregten, dass jeweils zwei Motorräder neben-einander fuhren, aber die Maschinen hielten die Autos nicht auf. Sie hielten sich exakt an die Richtgeschwindigkeiten und fuhren mit einer fast unheimlichen Präzision auf den Zentimeter genau innerhalb der Formation. Selbst Mai überraschte Amalia mit ihrem Können.

Es dauerte keine zwanzig Minuten, bis die Skyline von Frankfurt sich vor ihnen abzeichnete Sie brausten am Main entlang und hatten einen traumhaften Blick auf die Hochhäuser „Mainhattans", wie die Frankfurter ihre Innenstadt liebevoll und vielleicht auch ein wenig spöttisch nannten. Amalia war vor wenigen Jahren in Amerika gewesen und kannte den Unterschied zwischen den Häusermeeren der US-Großstädte und der Banken-stadt am Main.

Sie hielten in der Innenstadt, mitten in der Fußgängerzone. Ein Uniformierter kam auf sie zu, und Amalia erwartete Ärger wegen des verbotenen Abstellens der Motorräder neben der Touristen-information. Der breitschultrige Polizist ging aber zu Darion und grinste dabei Amalia an, sodass sie die spitzen Eckzähne erkannte. „Der Platz ist sauber. Ich kann keine Werwölfe riechen oder orten."

„Danke, Mike. Dann wollen wir mal." Darion sah so begeistert aus, als müsse er in einem rosa Tutu vor einem Haufen Kinder auftreten.

Er kam auf sie zu und packte sie am Arm, kaum dass sie ab-gestiegen war. „Ich weiß nicht, was du mit Perry und Sybell ge-macht hast, dass sie dir diese Aktion ermöglicht haben", zischte er in ihre Richtung. „Aber ich werde dafür sorgen, dass dir nichts geschieht."

„Du zerquetschst meinen Arm", sagte sie so ruhig sie konnte.

Darion ließ sie los. „Und wohin möchte Madam jetzt gehen? Schuhe kaufen?"

Amalia warf nervös einen Blick auf die Kirchturmuhr, die keine zehn Meter entfernt gegenüber von Kaufhof aufragte. „Da drüben ist ein Kino. Lass uns nachsehen, was dort läuft."

„Kino?" Darion schüttelte den Kopf. „Einen Film hättest du auch im Anwesen sehen können."

Sie hob stolz das Kinn. „Aber als Gefangene. Hier kann ich mir zumindest einbilden, frei zu sein und nicht von einer Meute blutgieriger Bestien belauert zu werden. Außerdem bin ich unter Menschen."

Darion wollte zu einer Entgegnung ansetzen, doch Sybell ergriff seinen Arm. Ihre silberblauen Augen blickten freundlich von Darion zu ihr. „Lass sie, Darion. Du weißt nicht, wie es sich anfühlt, diesem Druck ausgesetzt zu sein. Ich spüre ihre Anspannung. Lass uns ins Kino gehen und schauen, ob die Luft rein ist."

Darion knirschte mit den Zähnen und drehte sich um. Er sprach von ihnen abgewandt.

„Bitteschön. Mike bewacht unsere Maschinen und informiert uns, falls Wölfe auftauchen sollten." Er warf einen Blick in die Richtung eines Schuhladens und nickte einer türkisch aussehenden Frau zu, die scheinbar zufällig an einem Außenregal stand und zurücknickte. Offensichtlich waren zu ihrem Schutz weitere Vampire auf der Zeil verteilt.

Amalia fragte sich, ob das vielleicht eine Falle war. Womöglich benutzten die Vampire sie als Köder und waren bereits darauf eingestellt, dass Renes Wölfe und Vampire angriffen. In dem Fall konnte es von Vorteil sein, dass Aurelius in Italien war. Er hätte einem solchen Vorgehen nie zugestimmt.

Und was war mit dem Verräter? Die Vampire wussten, dass einer der ihren mit Rene konspirierte. War es einer ihrer Begleiter? Oder der scheinbare Polizist namens Mike? Irgendwer musste dafür gesorgt haben, dass sie tatsächlich auf die Zeil gefahren waren. Es gab in Frankfurt noch andere Einkaufszentren, das wusste Amalia, weil sie nicht zum ersten Mal in dieser Stadt war. Wer hatte also dafür gesorgt, dass sie genau gegenüber von dem Kino parkten, in dem Rene Amalia haben wollte?

Es konnte ihr gleich sein. Hauptsache war, dass sie Kim nicht im Stich ließ. Sie würde es sich nicht verzeihen können, wenn Kim ihretwegen von Rene getötet wurde. Hoffentlich behandelte die Vampirfürstin ihre Freundin besser, als sie vermutete.

Die Vampire und Mai nahmen Amalia in die Mitte und gingen mit ihr über den Platz. Es war unter der Woche, trotzdem waren viele Menschen unterwegs, vor allem Schüler und Studenten, die über den Platz bummelten oder zielstrebig das nächste Geschäft ansteuerten.

Sie waren an der Hauptwache, die S-Bahn-Station lag schräg unter ihnen und eine Hauptverkehrsstraße führte an ihnen vorbei. Würde Rene ihre Leute mit einem Wagen schicken? Oder wie wollte sie Amalia mitnehmen?

Angespannt betrachtete Amalia die Filmplakate und entschied sich schließlich für einen Gruselfilm. Er passte am besten zu ihrer Stimmung, und der Eingang des Kinosaales lag laut Plan in dem Stockwerk, in dem Amalia an das Fenster treten sollte. Außerdem lief der Film zu einer günstigen Zeit. Er würde kurz vor dem vereinbarten Zeitpunkt zu Ende sein. Ob Rene das geplant hatte? Und was würde mit den Zuschauern geschehen, die – wie sie – ebenfalls auf die Toilette wollten?

Sie schüttelte den Kopf. Wenn sie sich verrückt machte, half das niemandem. Zuerst würde sie den Film anschauen, und sie durfte nicht zu nervös wirken. Darion war bereits misstrauisch.

Sybell berührte ihren Arm. „Lass uns gehen, Seelenblut."

„Ich heiße Amalia", sagte sie mechanisch.

Sybell lächelte. „Okay, Amalia. Steh nicht rum und träume. Wir müssen den Saal inspizieren, ehe wir uns hineinsetzen. Komm mit." Sie wartete mit Darion neben dem Zugang zum Kinosaal, während Madlene und Mai den Raum überprüften. Wonach sie dabei suchten, konnte Amalia nur vermuten. Vielleicht nach dem Geruch von Werwolf, auffälligen Menschen oder Verstecken.

Sie war über Nacht zur VIP geworden und stand, umgeben von ihren Leibwächtern, im Gang. Viele Besucher sahen neugierig zu ihr hin und tuschelten miteinander. Vielleicht hielten sie sie für eine Schauspielerin oder eine andere Persönlichkeit.

Mai kam ihnen entgegen und nickte. „Wir können. Sieht okay aus."

Sie nahmen ihre Plätze ein. Amalia war froh, als sie endlich saß. Die Werbung erschien ihr endlos und auf den Film konnte sie sich kaum konzentrieren. Ihre Gedanken waren bei Aurelius und Kim. Wie gern hätte sie mit Aurelius über ihre Freundin und ihr Problem gesprochen. Der Gedanke, von Rene getötet zu werden und Aurelius vielleicht nie wieder zu sehen, lag schwer wie ein Eisklumpen in ihrem Magen. Sie würde dafür sorgen, dass Rene nichts erfuhr, bevor Kim in Sicherheit war. Die Vampirfürstin würde keinerlei Information erhalten, solange sie Kims Leben bedrohte.

Gegen Ende des Filmes war sie so nervös, dass sie tatsächlich auf die Toilette musste. Ihr Herz schlug bis zum Hals, und Darion warf ihr einen misstrauischen Blick zu.

Sie ließ sich Zeit mit dem Aufstehen und hoffte, dass bereits der Großteil der Besucher fertig war, bis sie zur Toilette ging. Vor dem Kinosaal blieb sie stehen.

„Ich muss mal."

Darion schüttelte den Kopf. „Vergiss es."

„Soll ich auf den Gang machen?"

Sybell mischte sich ein. „Wir werden mitgehen." Sie nickte Madlene und Mai zu. „Ihr könnt an der Tür Wache halten. Soweit ich weiß, hat die Toilette kein Fenster."

Darion gab ein Geräusch von sich, das wie ein Knurren klang.

Amalia stellte sich von Madlene, Sybell und Mai flankiert in die Reihe der Wartenden. Es war noch immer brechend voll, und die Annahme, auf dem Klo allein zu sein, war nichts weiter gewesen als eine schöne Illusion.

Amalia begann zu zittern.

„Was hast du?", fragte Mai besorgt.

„Die Klimaanlage. Mir ist kalt."

„Zieh deine Jacke an", schlug Madlene pragmatisch vor.

Amalia kämpfte sich in die steife Lederjacke und versuchte, ihre Furcht zu besiegen.

Sie trat in den Toilettenvorraum mit den Waschbecken, steuerte eine der hinteren freien Toiletten an und sah das Fenster. Sie schielte auf ihre Uhr und sah, dass sie noch ein paar Minuten Zeit hatte. Also ging sie auf die Toilette.

Draußen hörte sie Mais Stimme. „Hast du nicht gesagt, es gibt kein Fenster?"

„Da muss wohl ein Fehler in unserem Informationsnetz vorliegen", sagte Sybell verwundert. „Sei so gut und sichere das Fenster zusammen mit Madlene, ich warte, bis Amalia draußen ist."

Amalia kam aus der Toilette und sah Sybell in die Augen. Plötzlich wusste sie, dass Sybell die Verräterin war. Sie hatte gelogen, was das Fenster betraf, und sie hatte Gracia überredet, Amalia zur Zeil.

„Was jetzt?", fragte sie bleich.

Sybells Augen leuchteten feuerrot auf. Sie veränderte ihr Gesicht zu einer monsterhaften Fratze und drehte sich zu den anderen Frauen in der Toilette um. Schreie wurden laut, die Menschen wichen vor dem entstellten Gesicht zurück. Amalia sah, wie

Madlene bewusstlos zusammenbrach. Mai drehte sich hektisch um. „Gas! Das ist eine Falle!" Sie wollte an Sybell vorbeilaufen, doch die schlug Mai mit einem einzigen Fauststoß nieder. Es knackte hässlich, als Mai zu Boden fiel, und Amalia wurde übel. Hatte sich Mai das Genick gebrochen?

„Was tust du?", fragte sie fassungslos.

In dem Moment sank auch Sybell zu Boden. Offensichtlich musste sie sich ebenfalls betäuben lassen, damit kein Verdacht auf sie fiel.

Aus dem Fenster kam eine schwarz gekleidete Gestalt, zierlich und schnell wie ein Schatten. Sie riss Amalia mit sich. Amalia schrie auf, ihr Schultergelenk protestierte, als die Fremde es nahezu auskugelte. Eisblaue Augen sahen in ihr Gesicht.

„Los!"

Amalia wurde gepackt und mitgerissen. Sie konnte später nicht einmal sagen, wie Rene sie durch das Fenster gezerrt hatte. Sie fielen in die Tiefe. Sie schrie und erwartete einen harten Aufprall, doch Rene trug sie auf ihren Armen und schützte sie. Ihre Bewegungen waren so schnell, dass Amalia schwindelig wurde.

„Hinter mich und festhalten!", ordnete Rene an. Sie stieg auf ein Motorrad, das im Schatten der Kirche stand.

Der Polizist, der die Motorräder der Vampire bewachte, versperrte ihnen mit gezückter Waffe den Weg. Er und Rene schossen gleichzeitig. Rene zuckte nicht mal, als die Kugel in ihren Körper drang. Der Mann dagegen sank zu Boden. Die Vampirfürstin hatte seine Stirn punktgenau getroffen.

Rene raste los. Aus den Augenwinkeln sah Amalia Darion, der unmenschlich schnell zu seinem Motorrad rannte und die Verfolgung aufnahm. Weitere Vampire folgten ihm.

Rene und sie hatten bereits einigen Vorsprung, doch Darion gab nicht auf. Amalia blickte zurück und sah, dass er eine Waffe gezogen hatte und auf die Reifen von Renes Maschine zielte. Rene fuhr Schlangenlinien und drängte einen Autofahrer ab. Kugeln schlugen neben ihnen in die Fahrbahn, trotzdem drehte sie sich im Fahren um. Amalia hielt den Atem an. Die Vampirin gab ihrerseits einen Schuss ab und traf. Darions Motorrad rutschte zur Seite. Rene beschleunigte.

Amalia zitterte am ganzen Körper und presste sich an den mageren Leib von Rene. Sie hatten Darion abgehängt. Ein vertrautes Gefühl. Irgendwann waren sie schon einmal gemeinsam jemanden losgeworden, aber es war nicht Darion gewesen.

Sie schloss die Augen. Was würde aus ihr werden? Sie war wahnsinnig, sich Rene freiwillig auszuliefern, aber es war notwendig. Ihrer Freundin nicht zu helfen, hätte sie sich niemals vergeben, und vielleicht gab es ja doch noch einen Weg, Rene und den Vampiren zu entkommen.

Sie rasten durch die Innenstadt, kamen auf die Autobahn und fuhren zum Flughafen. Verfolger sah Amalia keine mehr, trotzdem fuhr Rene, als sei der Teufel hinter ihr her. Vielleicht erkannte sie im Rückspiegel mehr als Amalia.

Am Flughafen ließ sie das Motorrad stehen. Zwei vertraute Gestalten empfingen sie: Marut und Kamira. Die Werwölfe brachten sie im Laufschritt zu einem Check-in-Automaten. Es war kaum etwas los. Kontrolliert wurden sie nicht, lediglich zwei Sicherheitsmitarbeiter winkten Marut zu. Offensichtlich hatte auch Rene ihre Leute gut verteilt.

Sie liefen aus dem Gebäude und wurden sofort vom Fahrer eines Shuttlebusses empfangen, der sie drängte, einzusteigen. Mit überhöhter Geschwindigkeit fuhren sie zu einer Stelle, wo ein Privatflugzeug wartete. Amalia war außer Atem. Sie war lange nicht so schnell wie ihre Begleiter. Marut packte sie und trug sie die letzten Meter. Er verfrachtete sie in die Maschine.

Das Flugzeug rollte an, noch ehe Amalia richtig saß. Es schien einen langen Weg zurücklegen zu müssen, denn noch startete es nicht, sondern fuhr konstant seiner Startbahn entgegen.

Im Innenraum der Maschine gab es nur acht Sitzplätze, von denen vier leer waren. Amalia saß neben Kamira. Rene und Marut saßen ihr gegenüber. Der Lärm der Triebwerke war erstaunlich leise.

Die Vampirin lächelte zufrieden. „Wir haben einander noch nicht vorgestellt. Ich bin Rene."

„Das ist nur einer von vielen Namen", brachte Amalia heraus. „Wo ist Kim?"

„Kim ist in Berlin. Ihr wird nichts geschehen, wenn du mir das Wissen gibst."

„Das werde ich nicht. Zuerst muss Kim in Sicherheit sein."

Renes Lächeln war messerdünn. Ihre hellen Augen strahlten ein unnatürlich weißes Licht aus. „Ich ziehe es vor, sofort zu wissen, wo Laira ist. Marut, sei so nett." Sie nickte dem grauhaarigen Werwolf mit dem Narbengesicht zu.

Marut packte Amalias Unterarm. Sie wehrte sich panisch gegen den Griff, doch seine Hand umklammerte sich mit einer Gewalt, der sie nichts entgegenzusetzen hatte. Er reichte Rene den Arm, als sei Amalia eine Puppe.

Unter den neugierigen Blicken von Marut und den desinteressierten von Kamira schlug Rene ihre Zähne in Amalias Handgelenk.

„Nein!" Amalia wollte Marut ins Gesicht schlagen, doch er wehrte den Angriff mit der freien Hand ab.

Rene saugte an der Wunde, und ein angenehmer Schwindel überfiel Amalia, der ihre Gegenwehr erlahmen ließ. Es tat nicht weh. Ob das an dem Gift lag, das Vampire zum Betäuben an die Haut ihres Opfers abgaben?

Amalias Geist glitt davon. Der Innenraum des Flugzeugs löste sich auf. Sie stand in ihrem Garten, auf einem Hügel. Paradiesblumen, Rosen und weiße Callas umgaben sie. Von einer Mauer oder einem Schmetterling war weit und breit nichts zu sehen. Auch war das Bild dieses Mal nicht leicht verschwommen, als wäre es in der Ferne diesig oder neblig. Unter ihr lagen gestochen scharf tausend Städte und Orte. Sie sah Rom und das Anwesen in der Nähe von Montbéliard. Sie sah Ägypten und unzählige fremde Häuser und Plätze, viele lagen in der freien Natur, waren von Felsen umgeben. Wasserfälle plätscherten, Tempel bohrten sich in einen strahlend blauen Himmel, und die fremdartigsten Skulpturen und Statuen säumten die Wege.

Neben ihr stand Rene. „Interessant. Ich würde vorschlagen, wir gehen in diese Richtung, Seelenblut." Sie packte Amalia am Arm und zog sie den Abhang hinunter, an dem sich ägyptische Gebäude befanden.

„Nein!" Amalia riss ihren Arm los. Überrascht merkte sie, dass sie sich tatsächlich von Rene befreien konnte. In dieser Welt hatte sie andere Kräfte. „Das ist meine Welt. Mein Innerstes. Du bist nicht willkommen. Ich zeige dir gar nichts, bis Kim in Sicherheit ist. Nur wenn ihr nichts geschieht, wirst du bekommen, was du möchtest."

Rene legte den Kopf schief. Das dünne Lächeln verschwand gänzlich. „Du willst dich geistig mit mir anlegen? So weit bist du noch lange nicht, Seelenblut. Sieh an dir hinab."

Renes Stimme war so zwingend, dass Amalia gehorchte. Sie stand nackt vor Rene. Ihre Kleidung war verschwunden. Wie hatte Rene das gemacht? Ein leichter Wind kam auf und strich über ihre Haut.

Rene trat näher. „Knie gefälligst, wenn ich mit dir spreche, Seelenblut. Wo bleibt dein Respekt?"

Amalia kämpfte gegen den Befehl an – und verlor. Langsam sank sie auf das Gras des Hügels und beugte den Oberkörper vor, bis ihr Gesicht den Boden berührte. Rene stellte ihren schlanken Fuß auf Amalias Rücken.

„Du siehst, Seelenblut, dass ich dir gebieten kann. Ich könnte dir einen Stier imaginieren, der dich besteigt, wie es in den frühen Zeiten üblich war, als die Herrscher noch hofften, Mischwesen erschaffen zu können. Einigen soll es sogar gelungen sein."

„Ich bin nicht deine Sklavin", brachte Amalia hervor. Jedes Wort strengte sie an. Renes zierlicher Fuß schien Tonnen zu wiegen. „Und ich zeige dir meine Erinnerungen nicht. Lieber sterbe ich."

Renes Stimme war scharf wie der gezackte Rand einer Glasscherbe. „Genau darum geht es. Du wirst gehorchen oder sterben. Bist du dazu wahrhaft bereit?"

„Schmetterling", sagte Amalia leise. „Ich brauche dich."

„Was redest du da?" Rene klang verärgert, aber auch unsicher.

Amalia stellte sich den goldenen Schmetterling vor, der die Mauer bewacht hatte. Er sollte kommen und Rene vernichten.

Wind kam auf. Sie blickte in die Höhe und sah den schwarzen Falter, der auf Rene zuschoss. Im Flug veränderte er seine Gestalt in einen Adler, der groß wie ein Löwe war. Er packte die überrascht aufschreiende Rene am Hals und zerrte sie mit sich. Das große Gewicht war plötzlich von ihrem Rücken verschwunden. Amalia richtete sich langsam auf.

„Danke", flüsterte sie.

Das Bild verschwamm. Sie blinzelte und sah in Renes schmerzverzerrtes Gesicht. Sie saßen wieder im Flugzeug und waren auf dem Weg nach Berlin. Eben beschleunigte die Maschine, um abzuheben.

Renes Gesichtsausdruck war nachdenklich. „Eure Bindung ist einmalig. Ein Seelenschutz, wie ich ihn seit Jahrtausenden nicht gesehen habe. Hast du ihn geflochten?"

Amalia schwieg. Sie wusste nicht, wovon Rene sprach, und sie wollte sich diese Unwissenheit nicht anmerken lassen.

Rene seufzte und lehnte sich zurück. „Also gut. Ich warte, bis wir in Berlin sind und deine Kim in Sicherheit ist. Danach gibst du mir das Wissen. Und nun schlaf."

Amalia wollte sich gegen diesen Befehl wehren, aber sie hatte keine Kraft mehr. Eine tiefe Erschöpfung kam über sie. Ihre Augen fielen zu. Sie dachte an den goldenen Adler, der sie gerettet hatte. Woher war er gekommen? Was war der Schmetterling?

Obwohl ihre Lage verzweifelt war, schenkte ihr das Wunder, das sie eben in ihrem Garten erlebt hatte, einen Funken Hoffnung.

ROM

Aurelius wartete in Rom am Flughafen. Die Kette mit dem Steinanhänger hing schwer um seinen Hals. Er fragte sich immer wieder, was es zu bedeuten hatte, dass er sie gefunden hatte. Wem hatte sie gehört? Würde er in Frankfurt in Tatjenas Aufzeichnungen tatsächlich Antworten finden?

Sein Handy klingelte. Gracia. Gedankenschnell hob er ab. „Ja?"

„Wir haben sie verloren."

Aurelius schwankte. Die Wartehalle drehte sich um ihn, die Gesichter der Menschen verschwammen. Er hatte keinen Zweifel daran, dass Gracia von Amalia sprach. „Wo? Und wie?"

„Rene hat sie entführt. Sie sind in einem Flugzeug auf dem Weg nach Berlin, zu ihrem Hauptsitz."

„Wie konnte euch das passieren?"

„Jemand hat uns verraten. Vermutlich war es Sybell. Sie ist seit dem Vorfall verschwunden. Sobald wir sie aufgespürt haben, wissen wir mehr."

„Ich hole sie da raus."

Gracias Stimme war ein scharfes Zischen. „Gar nichts wirst du. Du kommst nach Frankfurt und hilfst mir, Sybell aufzuspüren. Sie muss noch in der Stadt sein und sich irgendwo verkrochen haben. Sie ist die Verräterin, da bin ich mir sicher. Wir müssen sie zur Strecke bringen."

„Ich lasse Amalia nicht bei Rene."

„Wenn du in Renes Hauptsitz einbrichst, verstößt du gegen das Abkommen. Ich will keinen offenen Krieg mit Rene. Das kann viele Tote geben. Wir warten, bis Rene die Informationen hat, und folgen ihr dann. Ich habe bereits Späher in Berlin positioniert. Sie werden uns über jede Bewegung von Rene unterrichten. Wir werden uns an ihre Fersen heften und Laira finden."

Aurelius schwieg. Es ging ihm nicht um Laira, nur um Amalia. Er konnte den Gedanken nicht ertragen, dass sie sich in Renes Gewalt befand. Mit welchen Mitteln würde die Vampirfürstin die Erinnerungen aus ihr herauspressen?

„Aurelius?"

Er atmete tief ein. Langsam zog er den Siegelring seines Klans vom Finger, der eine Rose und einen Greif zeigte. „Das Bündnis ist nur gebrochen, wenn ein Klanmitglied Rene angreift. Und ich bin ab diesem Moment keines mehr. Verstoß mich."

„Was?" Gracias Stimme drohte, sich zu überschlagen. „Bist du wahnsinnig geworden?"

„Ich habe keine Zeit. Der nächste Flug nach Berlin geht in zwanzig Minuten, und ich werde an Bord sein."

„Du kannst nicht ..."

„Verstoß mich oder lebe mit den Konsequenzen. Amalia und ich gehören zusammen. Wenn sie stirbt, stirbt auch ein Teil von mir."

Gracia schwieg einen Augenblick. „Es wird nichts nutzen. Rene wird deine Verstoßung nicht anerkennen. Sie wird den Anlass zum Krieg mit Freude begrüßen."

„Das ändert nichts an meiner Entscheidung."

Als Gracia antwortete, war ihre Stimme hasserfüllt. „Also gut. Ich verstoße dich. Du bist aus dem Klan verbannt und sollst getötet werden, sobald einer der unseren dich ergreift. Du hast dich in eine Menschenfrau verliebt, in ein Stück Vieh, das nicht mal deine Anwärterin ist, denn selbst das war nur gespielt, nicht wahr? Nicht einmal das Ritual hättest du bis zum Ende durchgezogen! Du liebst dieses Weib und missachtest ihretwegen meine Befehle. Sie ist dein Untergang, und ich werde ihn besiegeln."

Aurelius lächelte. Das war Gracia, wie er sie kannte: emotional und aufbrausend. „Wünschst du mir trotzdem Glück, ihr Leben zu retten?"

„Fahr zur Hölle!" Gracia legte auf.

Er steckte das Handy weg, drehte sich um und verließ die Halle.

Hoffentlich tat Rene, was sie immer tat, und spielte eine Weile mit ihrem Opfer. Er musste Amalias Leben retten. Alles andere hatte keine Bedeutung mehr.

BERLIN

Amalia erwachte, als das Flugzeug zur Landung ansetzte. Von Rene, Marut und Kamira eskortiert betrat sie das Flughafengebäude. Dort kamen sechs weitere Verbündete von Rene auf sie zu und brachten sie zu einer wartenden Limousine.

Die Fahrt verlief schweigend. Wie das Anwesen des Klans in Frankfurt, lag auch der Hauptsitz von Rene ein Stück von der Stadt entfernt. Er befand sich an einem großen See und war von außen als Hotelanlage getarnt. Sie vermutete, dass es in diesem

Komplex keine Hotelgäste gab, nur Vampire und Werwölfe. Hinter dem See schloss sich ein Wald an.

Rene wirkte wie die Ruhe selbst. Sie öffnete Amalia zuvorkommend die Tür der Limousine und wartete, bis sie ausgestiegen war. Was hatte Rene vor? Warum gab sie sich freundlich? Hatte der goldene Adler sie beeindruckt, oder steckte etwas anderes dahinter?

Sie betraten ein hübsches, weißes Haupthaus, gingen zu einem Fahrstuhl und fuhren beängstigend tief hinab. Amalia hatte einen unangenehmen Druck auf den Ohren. Als sich die Fahrstuhltüren öffneten, wurde eine Halle sichtbar, die sie in dieser Größe niemals unter der Erde erwartet hätte. Es war ein mächtiger Empfangsraum mit eigener Rezeption.

Eine langhaarige Blondine sah zu ihnen und winkte herüber.

Rene führte Amalia an der Rezeption vorbei, in einen Prunkraum, der drei Fenster hatte. Hinter den Fenstern lagen riesige Aquarien, die beleuchtet waren, und in denen sich farbenprächtige Meerwasserfische und Kraken tummelten. Im Gegensatz zum Prunksaal des Tribunals in Frankfurt war an diesem Ort alles modern eingerichtet. Futuristische Stühle, die nur aus Metall zu bestehen schienen, sahen unangenehm hart aus.

Amalia starrte fasziniert auf eine der Scheiben, hinter der ein Blauring-Krake im Wasser trieb. Zahlreiche Korallen wuchsen an einem künstlichen Riff.

„Faszinierend, nicht?" Rene lächelte. „Ich tauche gern, und wenn ich es gerade nicht ans Meer schaffe, gehe ich in die Becken. Ich gehöre zu den Vampiren, die sehr lange ohne Sauerstoff auskommen."

Amalia drehte sich zu ihr um. „Kann ich Kim sehen?"

„Ich lasse sie holen. Setz dich." Es war keine Bitte, sondern ein Befehl. Rene zeigte auf einen der unbequem wirkenden Stühle, und Amalia nahm Platz.

Kamira und Marut verließen den Raum. Amalia starrte auf den weißen Marmorboden, der nur an ausgewählten Stellen von schwarzen Blumenornamenten bedeckt wurde.

Sie atmete tief ein und nahm all ihren Mut zusammen. „Ich möchte, dass Kim aus dieser Sache herausgehalten wird."

Rene seufzte. „Das wird schwer möglich sein."

„Ich weiß, dass du es möglich machen kannst."

Die Augen der Vampirfürstin verengten sich. „Du bist für mich lediglich ein Mittel zum Zweck. Warum sollte ich auf deine Gefühle Rücksicht nehmen?"

„Weil du meine Hilfe brauchst."

Rene stand auf und trat an das Fenster an der Längsseite des Raumes. „Du erinnerst dich nicht an sonderlich viel, oder? Du hast keinen Zugriff auf all deine Erinnerungen. Noch beherrschen sie dich, und nicht du sie."

Amalias Hals wurde eng. Rene klang, als wolle sie auf etwas Bestimmtes hinaus. „Ich ..."

„Leugne es nicht. Du hast Erinnerungen an mich, aber nicht alle." Sie drehte sich zu Amalia um. „Eine deiner Vorfahrinnen hat mich fast getötet. Ich habe einen persönlichen Hass auf die Priesterinnen, und ich werde Kim nicht gehen lassen."

„Aber ..." Amalia wusste nicht, was sie sagen sollte. Die Kälte in ihrem Inneren breitete sich aus. Es war, als sei die Angst in ihr zu Eis gefroren.

„Du fragst dich, warum ich Kim holen lasse?" Ein verschlagenes Lächeln erschien auf Renes Lippen. „Das wirst du gleich sehen. Sie ist schon auf dem Weg."

Die Tür des Raumes öffnete sich und eine kahl rasierte Frau mit leeren Augen trat ein. Ihr Blick traf Amalia, aber auf ihrem Gesicht zeigte sich kein Erkennen. Sie trug die Tätowierung einer Orchidee auf dem Kopf und starrte ins Nirgendwo wie ein Zombie.

„Kim!" Amalia sprang auf und nahm die Freundin in die Arme. Sie rührte sich nicht.

Sie sah zu Rene. „Was hast du mit ihr gemacht?", fragte sie verzweifelt. Die Kälte raubte ihr den Verstand. Sie spürte ein Zittern, das sie nicht länger zurückhalten konnte. Was hatte dieses Monster Kim angetan?

Rene trat näher. „Sie ist nur noch eine Larve. Eine Hülle. Ihr Geist gehört mir. Alles von ihr gehört mir. Ich kann ihr befehlen, und sie wird gehorchen. Möchtest du eine Kostprobe?"

Amalia stand starr vor Entsetzen. Es war zu spät. Sie konnte ihrer Freundin nicht mehr helfen.

Renes Stimme durchschnitt den Raum. „Sklavin, sei so gut und würg unseren Gast, bis er bewusstlos wird."

Amalia wollte zurückweichen, aber ihr Körper gehorchte ihr nicht. Mit großen Augen sah sie zu, wie Kim sich umdrehte und einer Untoten gleich beide Arme ausstreckte. Zu spät versuchte Amalia, die Hände abzuwehren, die sich um ihren Hals legten. Kim drückte erbarmungslos zu.

„Nicht ...", röchelte Amalia und bemühte sich, die Hände der Freundin von ihrem Hals zu schieben. Punkte tanzten vor ihren

Augen. Sie trat gegen Kims Schienbein. Ihre Freundin schien es nicht einmal zu bemerken. Die Panik in ihr wuchs. Sie keuchte und versuchte zu atmen. Kim drückte immer fester zu, wie ein Python, der jedes Mal nachzog, wenn das Opfer ausatmete.

Es war vorbei. Sie würde durch die Hände ihrer besten Freundin sterben, und Rene sah dabei zu. Konnte sie ihr die Erinnerung an Laira auch entreißen, wenn sie bewusstlos war?

Sie schloss die Augen. Vor ihr erschien der goldene Adler, der sich zurück in einen Schmetterling verwandelte. Eine Stimme erklang, die wie eine bronzene Glocke tönte.

„Du musst kämpfen. Wehre dich."

Amalia hatte in ihrem ganzen Leben nicht zu kämpfen gelernt. Sie mochte Kunst, Musik und Spaziergänge. Wie man einen Angreifer außer Gefecht setzt, hatte ihr niemand beigebracht. Trotzdem begriff sie in diesem Augenblick, was der Schmetterling meinte: Sie war nicht nur eine Frau. Sie war tausend Frauen. Sie hatte ein Leben nach dem anderen gelebt und die Erinnerungen weitervererbt an sich selbst. Es musste in ihrem Erbe zumindest eine Frau geben, die kämpfen konnte. Eine Frau, die in der Lage war, sie zu retten.

Jara! Der Name war plötzlich da, und er erschien ihr vertraut.

„Jara", krächzte sie mit letzter Kraft und griff an. Ihr Tritt kam so heftig, dass Kims Kniescheibe hässlich knirschte. Der Griff um ihren Hals lockerte sich. Sie schlug zu, verpasste Kim einen Hieb mit dem Rücken ihrer Faust und setzte nach, als habe sie nie etwas anderes getan.

Ihre Freundin wehrte sich, aber plötzlich wusste Amalia genau, was sie zu tun hatte, um die Attacken abzuwehren. Sie tauchte weg und stieß Kim von sich, sodass sie seitlich zu Boden fiel.

„Genug!" Rene packte Amalia an der Schulter und riss sie fort. Sie knallte gegen die Scheibe des Salzwasserbeckens und sah verschwommen, wie Kaiser- und Doktorfische auseinanderschossen. Ihre Nase schmerzte und begann zu bluten.

Rene deutete auf Kim. „Du darfst gehen. Ich sage dir, wenn ich etwas von dir brauche."

Ihre Freundin kam auf die Beine, wandte sich widerspruchslos ab und humpelte aus dem Raum.

„Du Ungeheuer!" Amalia stieß sich von der Wand ab und griff Rene an. Sie wusste, wohin sie treten und wie sie zuschlagen musste, aber sie war ein Mensch. Ihr Angriff ging ins Leere. Die Vampirfürstin stand lässig an die gegenüberliegende Wand gelehnt, weit außerhalb ihrer Reichweite.

„Du hast Mut. Doch das wird dir nicht helfen Deine letzte Stunde ist angebrochen, und niemand kann dich mehr retten."

Mit einem gewaltigen Satz sprang Rene auf Amalia zu. Ehe sie noch die Hände hochreißen konnte, spürte Amalia die Zähne in ihrem Hals. Schmerz durchfuhr sie. Die Wunde war viel größer als die, die ihr Aurelius zugefügt hatte. Sie schrie auf und spürte, wie Rene ihr Blut trank. Schluck um Schluck nahm sich die Vampirin, was sie wollte.

Amalias Knie wurden weich. Sie wollte um sich schlagen, aber ihre Arme fühlten sich kraftlos an und ließen sich nicht bewegen. Sie schrie verzweifelt auf, doch es war niemand da, der ihr helfen konnte. „Aurelius!" Ohne es bewusst zu wollen, rief sie seinen Namen. Zuerst laut, dann geistig. Sie sah den Schmetterling, der davonflog und spürte, wie nah sie dem Tod war. Rene machte vor nichts Halt. Sie trank sie leer bis auf den letzten Tropfen. Trotzdem starb sie nicht. Halb besinnungslos spürte sie Renes Handgelenk an ihren Lippen. Blut quoll in ihrem Mund, und sie schluckte automatisch, solange das Blut floss. Mit dem Blutaustausch kam eine Verbindung zustande.

Wieder stand Amalia in ihrem Garten. Wieder war Rene an ihrer Seite. Die Vampirin zerrte sie über die Wiese, hin zu den ägyptischen Tempeln.

„Dieses Mal wirst du mir geben, was ich will", zischte sie in Amalias Ohr. „Keine Spielereien."

Sie zog Amalia zu einem Tempel, der ihr bekannt vorkam. Hier war sie bereits mit Aurelius gewesen und hatte auf einer der Treppenstufen mit ihm geschlafen. Rene stieß Amalia vor sich her. Sie stolperte die Stufen hinauf, betrat den Innenraum und fand die Treppe. Der geheime Gang stand noch offen. Sie ging die Stufen hinab, dicht gefolgt von Rene, die umgeben war von einem gleißenden weißen Licht, das die Umgebung erhellte.

Gemeinsam traten sie in einen Raum, in dem ein Sarkophag mit prächtigem Goldschmuck stand. Es war der Sarkophag einer Frau.

„Laira", flüsterte Rene. Sie sah Amalia an. „Wo sind wir? Wie heißt die Stadt, die über uns liegt?"

„Memphis", keuchte Amalia. „Wir sind in Memphis."

„Zeig mir ein Bild aus der Perspektive eines Vogels."

Der Befehl kam scharf, und vor Amalia baute sich sofort die Sichtweise eines Vogels auf. Sie blickte auf den Tempel, der abseits lag, auf ein Dorf in der Nähe, auf Palmen und ein Wasserloch. Höher und höher stieg sie hinauf, bis sie den Nil unter sich sah.

„Das reicht." Das Bild verschwand. Renes Stimme war fröhlich. „Du bist die letzte Erbin. Und ich werde es sein, die dich vernichtet. Dein Blut gehört mir, und dein Körper wird schon bald Geschichte sein."

Sie beugte sich vor und biss Amalia auch in der Vision in den Hals. Auf einmal war der brennende Schmerz wieder da. Amalia schrie. Sie wusste, dass sie sterben würde, wenn Rene erneut trank. Tränen liefen aus ihren Augenwinkeln. Sie hätte Aurelius gern noch einmal gesehen. Nur noch ein Mal. In Gedanken rief sie seinen Namen, bis sie nicht mehr denken konnte.

ÜBER BERLIN

„Amalia!" Aurelius schreckte aus dem Sitz des Flugzeugs. In wenigen Minuten würde die Maschine in Berlin landen. Amalia war zum Greifen nah und sie war in Gefahr. Sie rief nach ihm. Er spürte ihre geistigen Hilfeschreie in sich, als würde sein Herz versagen.

Eine Stewardess kam auf ihn zu. Sie lächelte unverbindlich. „Wir landen. Bitte setzen sie sich gerade hin und klappen sie ihren Tisch nach oben."

Aurelius starrte sie an und ließ die Maske fallen, hinter der er sich verbarg. Er sah, wie die braunhaarige Frau bleich wurde. Sie wich zurück und wandte sich rasch an einen anderen Fluggast.

Aurelius setzte sich. Am liebsten hätte er Rene in tausend Teile zerrissen. Die Angst, zu spät zu kommen, machte ihn rasend. Sein Blick fiel aus dem Fenster. Mit seiner scharfen Wahrnehmung konnte er den Vorort ausmachen, in dem Renes Hotelanlage stand. Am liebsten wäre er aus dem Fenster gesprungen, um schneller zu sein. Gequält schloss er die Augen. Er war so kurz vor dem Ziel und kam trotzdem zu spät. Sein größter Albtraum wurde gerade Wirklichkeit.

FRANKFURT

„Wie konntest du!" Perry schlug zu, und Mai wusste, dass sie gegen diesen Schlag nichts ausrichten konnte. Sie flog durch den Raum und schrie hell auf, als sie gegen die Wand krachte und ihre Rippen brachen. Auch in ihrem gebrochenen Schlüsselbein, das

Sybell zerschmettert hatte, als sie sie im Kino auf den Boden geworfen hatte, tobte der Schmerz. Tränen schossen in ihre Augen.

„Lass das!", fuhr Gracia Perry an.

Mais Sicht verschwamm. Sie versuchte erst gar nicht, an der holzgetäfelten Wand aufzustehen. Sie lag im Prunkraum des Tribunals. Um den Tisch versammelt saßen Gracia, Madlene und Tartus. Perry stand wie ein Rachegott im Raum. Seine Stimme war reine Wut.

„Warum hast du Amalia das Handy gegeben ohne es mir zu sagen?"

Mai schluckte. Sie bekam vor Angst Schluckauf und zitterte, als Perry auf sie zukam. Er würde sie umbringen. Kurz vor ihr blieb er stehen.

„Rede!"

„Ich ... ich hatte Mitleid mit ihr ...", presste sie hervor. „Sie ... ist meine Freundin ..."

Perry wollte sich nach ihr bücken, aber Gracia, die eben noch am Tisch gesessen hatte, stand plötzlich neben ihm und riss ihn in die Höhe. Seine Beine baumelten in der Luft. Die Vampirfürstin sah aus, als wäre sie ein Engel des Jüngsten Gerichts.

„Hör endlich auf, dich wie ein Wahnsinniger zu benehmen, und hör mir zu!"

Sie warf Perry in die entgegengesetzte Richtung von Mai und ging ihm hinterher. Perry schlug hart gegen die mit Samt bespannte Wand, stand aber sofort wieder auf und sah Gracia zornerfüllt an. Seine ganze Aufmerksamkeit richtete sich auf die Vampirfürstin.

Mai entschied, sich ganz leise zu verhalten. Sie atmete so flach sie konnte und beobachtete die Szene angespannt. Um diesen Tag zu überleben, brauchte es mehr als Glück. Es brauchte ein Wunder.

Gracias Stimme durchschnitt den Raum. „Mai hat das Handy von Sybell erhalten, und Sybell ist noch immer auf der Flucht. Sie ist mit Rene verbündet. Ich habe keine Ahnung, was Rene ihr geboten hat. Vielleicht Geld, vielleicht auch Macht. Zwanzig unserer besten Krieger sind unter der Führung von Darion hinter Sybell her."

Perrys Augen wurden heller, das rötliche Funkeln verschwand. Er strich sich den schwarzen Gehrock glatt. Seine Stimme vibrierte. „Also gut. Sybell ist eine Verräterin. Trotzdem hätte Mai ihr nicht gehorchen müssen."

Gracias Antwort war scharf wie die Klinge eines Katanas. „Du vergisst die suggestiven Kräfte, die Vampire auf Menschen ausüben können, besonders Vampire, die so alt sind wie wir. Deine Anwärterin trifft keine Schuld, sondern dich. Du hättest besser auf sie achten müssen, damit sie Sybell nicht allein ausgeliefert war. Aber das hast du nicht getan. Du hast dich in letzter Zeit zu häufig in irgendwelche Studien verkrochen und Mai im Anwesen allein gelassen. Eben das war ein Fehler. Ein schwerer Fehler."

Perry verstummte. Er setzte sich wieder an den Tisch. In seine Augen trat Reue. „Es ist wahr. Ich habe keinerlei Kenntnis von einem Zusammentreffen zwischen Mai und Sybell."

Mai schloss die Lider und atmete erleichtert aus. Sie kannte Perrys rasende Zornanfälle und wusste auch, dass sich seine Laune genauso schnell wieder besänftigen ließ. Gracias Worte hatten seine Wut erstickt.

„Richtig. Aber darum geht es in diesem Augenblick nicht. Ich habe euch hier versammelt", sagte Gracia, ohne Mai eines Blickes zu würdigen, „weil Darion erfolgreich war. Er ist bereits im Anwesen, und er bringt uns Sybell. Die Verräterin." Sie wandte sich zur Tür.

Wie auf Anweisung flog die Tür auf, und Darion trat ein, begleitet von zwei dunkelhaarigen Vampirkriegern, die die mit speziellen Stahlketten gefesselte Sybell hereinbrachten.

Sybells helle Augen sahen sich flehend im Raum um, blickten auf Mai und dann auf Gracia.

Gracias Lippen waren ein schmaler Strich. Ihr Gesicht wirkte verbittert. Sie taxierte Sybell feindselig. „Ich habe dich aus der Gosse geholt, Sybell, und dir alles gegeben. Warum verrätst du mich?"

„Gracia, ich ...", setzte die silberblonde Vampirin an, doch Gracia ließ sie nicht zu Wort kommen.

„Du hast dafür gesorgt, dass das Seelenblut nach Berlin gelangt und Aurelius uns verrät."

Sybell sah verwirrt aus. Sie schien benommen zu sein.

Gracia ging auf ihren Platz am Teakholztisch zu und griff nach einem länglichen, schwarzen Gegenstand.

Mai erkannte, dass es ein schwarzer Spitzenfächer war.

Die Vampirfürstin zog den Fächer auseinander und sah allen Mitgliedern des Tribunals nacheinander in die Augen. „Ihr sollt wissen, was auf Verrat steht."

Sie riss den Fächer samt seiner silbernen Spitzen in einer unmenschlich schnellen Bewegung über Sybells Hals. Die Augen der silberblonden Vampirin wurden groß. Blut quoll aus mehreren Schnittwunden. Die verborgenen Messer in den Fächerspitzen hatten ihren Hals der Länge nach aufgeschnitten.

Die Vampire neben ihr ließen sie los und traten zurück. Sybell sank auf die Knie. Ihr verzweifelter Blick wanderte durch den Raum und traf den von Mai. Eine Weile starrten die beiden Frauen einander an. Dann sank Sybell leblos zur Seite auf den Parkettboden des Raumes. Ihr hellgrauer Hosenanzug war von Blut getränkt.

Gracia trat zurück.

„Wir werden Renes Anwesen beobachten. Wie ich bereits sagte, hat Aurelius uns verraten. Er liebt Amalia und gehört von diesem Tag an zu unseren Feinden."

Alle Anwesenden nickten, selbst Mai, die Perry nicht verärgern wollte.

„Zumindest", sagte Gracia zufrieden, „ist die undichte Stelle in unserem Klan nun gestopft." Sie wandte sich an Darion. „Schaff Sybell fort. Enthaupte und verbrenn sie. Sie hat kein Grabmal verdient."

BERLIN

Rene nahm ein weißes, durchsichtiges Spitzenkleid in die Hände und legte es in eine große Reisetasche. Im obersten Stock des Anwesens gab es über zweihundert Quadratmeter, die ihr allein zur Verfügung standen.

Sie sah auf, als der Alarm erklang, und wusste gleichzeitig, dass ihre Wachen dieses Mal zu langsam gewesen waren. Ein Fenster splitterte, und Glas ergoss sich in den Raum. Interessant. Das versprach ein spannender Nachmittag zu werden.

Sie schnellte mit der Anmut und Geschwindigkeit eines übernatürlichen Wesens zum Fenster und war doch zu langsam. Sie lachte verblüfft auf, als zwei bestiefelte Füße gegen ihren Brustkorb und Magen schlugen und sie in die Luft schleuderten. Sie fing sich im Flug, stabilisierte ihren Stand und starrte den Angreifer an.

„Aurelius. Nett, dich mal wieder zu treffen. Kamira hat mir jede Menge über dich erzählt. Nur Gutes, versteht sich. Wie geht's deinem Klan?"

Aurelius schnellte auf sie zu. Er hielt zwei Schnellfeuerpistolen in den Händen und feuerte.

Rene öffnete ungläubig den Mund, aber sie vergeudete keine Zeit. Sie sprang an die Decke, rannte ein Stück daran entlang und stieß sich hinter Aurelius auf den Boden. Zwei Kugeln trafen sie, was sie zornig brüllen ließ. Hatte doch erst dieser verdammte Darion ihr eine Kugel verpasst, die sie mit eigenen Händen aus ihrem Körper geholt hatte.

Sie landete hinter Aurelius und entwaffnete ihn. Aurelius schlug ihr ins Gesicht, als habe er nur auf diesen Moment gewartet. Er umklammerte sie mit beiden Armen wie ein Ringer und drückte zu. Verblüfft merkte Rene, wie stark er war. Wie alt war Aurelius noch? Vierhundert? Fünfhundert? Seine Kräfte waren gewaltig. Sie lachte. Dieser Narr hatte keine Chance.

„Lass mich los, dann lass ich dich vielleicht fliehen."

„Wo ist Amalia?", fragte Aurelius wutentbrannt.

Rene kicherte. „Ist der kleine Junge etwa verliebt?"

Aurelius' Griff wurde fester. Renes Rückgrat knackte gefährlich. Wenn er es brach, würde sie drei Tage lang nicht laufen können.

„Schon gut", sagte sie in einem jovialen Plauderton. „Du suchst das Seelenblut? Da musst du dich aber ranhalten. Sie ist in einem Hochhaus, gute fünfzehn Minuten entfernt von hier und ... ups ... das Haus wird in vierzehn Minuten gesprengt. Das könnte knapp ..."

Aurelius hielt sich nicht mit weiteren Worten auf. Er biss in ihren Hals. Renes Wut gab ihr zusätzliche Kraft. Das Spielen war vorbei. Sie brüllte bestialisch und schleuderte Aurelius von sich. Er hatte es gewagt, ihr Blut aufzunehmen und konnte so in ihre Gedanken sehen. Er kannte nun die Adresse des Hochhauses, in dem Amalia sterben sollte.

Die Tür ihrer Apartmentwohnung flog auf. Werwölfe und Vampire drängten in den Raum. Sie trugen Gewehre und Pistolen, die sie auf Aurelius und Rene richteten, während sie Stellung bezogen.

„Nicht schießen!", schrie Rene. „Ich will, dass er sieht, wie sein gottverdammtes Seelenblut stirbt!"

Sie fuhr zu Aurelius herum. „Deine Liebe ist verloren."

Er war bereits aufgesprungen und hechtete zum Fenster. Ohne Zögern sprang er hinaus, als würde er einen Fallschirm tragen. Rene kam ihm nach. Sie sah, wie er sicher auf dem Boden landete. Auch das war unmöglich. Nur die ältesten Vampire verfügten über derartige Kräfte. Ein Vampir in Aurelius' Alter hätte sich jeden Knochen im Leib brechen müssen. Sie knirschte mit den

Zähnen. Irgendetwas musste ihr entgangen sein, und sie hasste Überraschungen.

Sie wandte sich an ihre Wachleute und Wölfe. „Raus hier! Ich will ein Bad nehmen. Ich muss nachdenken. Wehe ihr stört mich!"

Sie drehte sich noch einmal um und blickte nach unten, in den gepflegten Rosengarten vor dem See. Von Aurelius war nichts mehr zu sehen.

Amalias Augen waren geschlossen. Sie schmeckte Blut in ihrem Mund und erinnerte sich. Es war Renes Blut. Sie hatte von ihr getrunken, doch Amalia würde sich nicht verwandeln können, ehe sie starb. Rene hatte ihr ein Mittel gespritzt, das die Umwandlung verzögerte.

Sie schluckte. Der ganze entsetzliche Albtraum war real. Sie lag auf hartem Beton und hatte nicht mehr lange zu leben. Ihr Körper fühlte sich schwach an, als habe jede Kraft ihn verlassen. Blinzelnd öffnete sie die Augen.

„Warum?", flüsterte sie. Ihre Kehle war ausgedörrt, und ihr Hals schmerzte an der Stelle, wo Rene ihre Zähne in ihn geschlagen hatte. Angst wütete in ihr und machte jeden klaren Gedanken zunichte. Warum musste sie sterben?

Die raue Stimme einer Frau erklang neben ihr. Sie hatte etwas Tierisches an sich, und als Amalia den Kopf drehte, sah sie das weiße Haar von Kamira.

„Rene weiß nun, was sie wissen wollte, und sie braucht keine Mitwisser. Sieh es als Gnade an. Sie hätte dich auch foltern oder in eine lebenslange Knechtschaft zwingen können. Dieses Schicksal ist besser."

„Besser?" Amalia versagte die Stimme. Sie rang nach Luft. Die Wunde an ihrem Hals pulsierte.

Kamiras rubinrote Augen richteten sich unverwandt auf sie. „Ja. Es ist besser." Die Wölfin klang überzeugt.

„Und du?", brachte Amalia hervor. „Warum bist du bei mir?"

„Ich kontrolliere, dass du wirklich stirbst."

„Du bist ein Monster."

Kamira lächelte und zeigte scharfe Zähne. „Ich bin eine Mutation. Und ich kümmere mich in der Tat wenig um Menschen, falls es dir darum geht. Es waren Menschen, die meine Schwestern und Brüder verfolgten. Menschen, die uns nahezu ausrotteten, ehe die Vampire uns unter ihren Schutz stellten und wir gezwungen waren, ihnen zu dienen. Feige haben sie uns getötet, auch dann, wenn wir ihnen nichts taten."

„Was habe *ich* dir getan?" Amalia wusste, dass es keinen Sinn hatte, mit diesem Geschöpf zu diskutieren, aber Kamira war die Einzige, die ihr noch helfen konnte. Die Wölfin war frei. Sie konnte die Stricke zerreißen, die Amalia hielten, und sie von diesem Ort fortbringen.

Aurelius konnte das nicht. Der Gedanke an ihn ließ ihre Augen feucht werden. Sie würde sterben und ihn nie wiedersehen. Nicht ein einziges Mal. Alles, was ihr blieb, war die Erinnerung an seine grüngoldenen Augen.

„Du bist nur ein Auftrag", entgegnete Kamira gleichgültig. „Mein letzter Auftrag. In zehn Minuten ist alles überstanden."

Zehn Minuten. Zehn Minuten trennten Leben und Tod. Ihr Herz drohte sich zu überschlagen. Sie zwang sich, ruhig zu bleiben und Kamiras Blick zu begegnen. Sie wusste, dass sie sterben sollte, aber Kamiras Worte bedeuteten mehr als das.

„Warum ist es dein letzter Auftrag?"

„Ich werde mit dir sterben."

Diese gefühllose Stimme. Amalia rollte sich auf die Seite. Ihr Tonfall wurde verächtlich. „Du bist wie ein Vampir, nicht wahr? Deine Gefühle sind abgestumpft, falls du überhaupt noch welche besitzt. Du weißt nicht, was Schmerz ist."

Kamira knurrte drohend. Ihre Augen blitzten. „Vergleiche mich nicht mit ihnen. Ich warne dich, tu das nicht."

Aus Amalias Brust rang sich ein hysterisches Kichern, das sie selbst erschreckte. „Ach ja? Was willst du mir noch antun? Was?" Sie beruhigte sich und spürte eine Trauer, die sie zerreißen wollte. „Was willst du noch tun, Werwolf? Mich mehrmals töten?"

Kamira wandte den Blick ab. Sie antwortete nicht auf die Frage.

Würde die Wölfin tatsächlich an ihrer Seite sterben? War es ihre Treue zu Rene, die sie so handeln ließ? Obwohl Amalia wahnsinnige Angst hatte, spürte sie eine schwache Neugier.

„Warum willst du sterben?"

Vielleicht war der Tod tatsächlich besser als ein Leben ohne Aurelius. Sie gehörten zusammen, waren eine Einheit, und wenn sie ihn nicht haben konnte, hatte sie nichts.

Kamira sah erneut zu ihr hin. In ihren Augen lag Misstrauen. „Warum willst du das wissen?"

„Spielt das noch eine Rolle?" Langsam kehrte eine Ruhe in sie ein, die tödlich kalt war. Schon immer hatte sie mit gefährlichen Situationen und Unfällen anders umgehen können als die meisten Menschen. Auch dieses Mal half ihr diese Gabe, die Gegebenheiten zu akzeptieren, ohne wahnsinnig zu werden. Das war ihr

Ende. Ihr Tod. Niemand konnte das mehr aufhalten. Sie hatte Kim in die Verdammnis gestürzt, und nun würde sie selbst sterben. Vielleicht hatte Kamira recht. Kim ging mit Sicherheit den qualvolleren Weg von ihnen beiden. Wenn sie Kim hätte retten können, wäre ihr eigenes Schicksal vielleicht unfair gewesen. Aber sie hatte versagt. Ihre Freundin war ihretwegen zu Renes Sklavin geworden. Vielleicht hatte sie den Tod verdient.

Die Tränen, die sie bislang zurückgehalten hatte, flossen jetzt ungehemmt. Es war alles zu spät. Alles verloren. Wenn Aurelius nicht nach Italien gereist wäre, hätten sie vielleicht gemeinsam einen Weg gefunden. Nun hatte sie beide verraten, Kim und Aurelius. Ihre Freundin war verloren, und Rene wusste um die letzte Ruhestätte von Laira. Das, wogegen Aurelius gekämpft hatte, würde eintreten. Laira würde auferstehen, und Amalia konnte Aurelius nicht sagen, was sie wusste. Seit Rene ihr Blut getrunken und die Erinnerungen mit Gewalt an sich gerissen hatte, konnte sie sich an Ägypten erinnern. An alles, was damals gewesen war. An das Leben von Jara.

Diese Erinnerungen brachten neue Tränen mit sich. Aurelius hatte die Wahrheit verdient, und vor allem brauchte er, was die Priesterin Jara seit Jahrtausenden für ihn in sich bewahrt hatte. Auch das würde sie Aurelius nicht geben können. Sie würde sterben. Die letzte Erbin der Priesterin. Und mit ihr würde das Geheimnis untergehen und die Macht zerfallen.

Kamira zögerte, ehe sie antwortete. „Hast du jemals geliebt? Aus ganzem Herzen? Sodass du lieber gestorben wärst, als ohne ihn zu sein?"

„Ja", sagte sie leise. „Ja, so liebe ich."

„Ich habe versucht, ohne Gabriel zu sein. Ich habe es so lange versucht. Aber ich fühle mich, als sei ich kaum mehr vorhanden. Es gibt keine Hoffnung für mich. Ich bin der Schatten einer Frau, die vor Jahrhunderten geboren wurde, und nun wird die Sonne aufgehen, und alle Schatten werden ausgelöscht."

Obwohl sie Todfeinde waren, fühlte Amalia Mitleid.

Sie starrte an die schmutzige Betondecke. So wie es aussah, lag sie in einer Tiefgarage. Fahles Licht fiel weit von ihr entfernt in eine Auffahrt. Vermutlich stand dort ein Rolltor offen. Von Dynamit oder anderen Sprengutensilien konnte sie nichts sehen. Vielleicht waren die Sprengladungen in Löchern in die Wand geschoben worden oder einfach an anderen Stellen angebracht. Sie hatte sich nie großartig für Sprengladungen interessiert und nicht im Traum daran gedacht, einmal in einem Hochhaus zu liegen, das zum Einsturz gebracht werden sollte.

Ihre Stimme war leise. „Wenn Laira gefunden wird und überlebt hat, wird das der Untergang der Vampire und Werwölfe sein. Laira wird keine Verbündeten dulden. Nur Untergebene. Und die Wölfe werden die Ersten sein, die sie auslöscht. Das hat sie schon damals versucht." Damals, als die Wölfe und Schakale noch mächtig waren.

„Das interessiert mich nicht mehr." Kamira lächelte. Ihr schönes Gesicht wirkte glücklich. „Wenn Laira unter all den Dekadenten und Verblendeten aufräumt, die überlebt haben, soll es mir recht sein. Ich habe lange gebraucht, meine Entscheidung zu treffen. Sie ist unabänderlich, also verschwende deine letzten Minuten nicht ..." Sie hielt inne und witterte. Ihr Kopf schnellte in die Höhe.

Amalias Herz machte einen Sprung. War Hilfe im Anmarsch? Konnte das sein?

Kamira knurrte leise. „Vampir."

Im schwachen Licht der Einfahrt zeichnete sich der Umriss eines menschlichen Körpers ab. Eines Körpers, der ihr vertraut war und ihr wie die Erhörung ihrer Gebete erschien.

„Aurelius!" Amalia zerrte an ihren Stricken. Hoffnung breitete sich in ihr aus. „Ich bin hier!"

Der Vampir flog heran. Er rannte so schnell, dass seine Füße den Boden nicht zu berühren schienen. Kamira knurrte und sprang. Schüsse peitschten auf. Kamiras Knurren wurde zu einem Heulen, doch sie wurde in ihren Bewegungen nicht langsamer. Die Schüsse verstummten. Werwolf und Vampir sprangen einander entgegen. Sie prallten aufeinander, sodass es dumpf krachte und das Geräusch von den Wänden widerhallte.

Oh bitte! Amalia presste ihre Zähne fest zusammen. Aurelius musste Kamira besiegen und sie befreien. Er musste einfach.

Die beiden Feinde lösten sich voneinander. Kamiras Gestalt hatte sich verändert. Sie war zu einem weißen Wolf geworden. Aurelius' Augen glühten in den Schatten. In seinen verzerrten Gesichtszügen lag nichts Menschliches mehr. Seine Stimme war verachtend, während er die leeren Pistolen zu Boden warf.

„Du konntest mich früher nicht besiegen, Wölfchen, und du kannst es auch an diesem Tag nicht. Geh zur Seite und gib den Weg frei."

„Niemals!" Kamira sprang erneut. Wieder bewegten sich beide so schnell, dass es Amalia nicht möglich war, mit Blicken zu folgen.

Kamira musste bereits getroffen sein. Amalia merkte verblüfft, dass sie das Blut riechen konnte, das aus mehreren Wunden strömte und das weiße Fell benetzte. Ihre Umwandlung zum Vampir schritt voran. Würde sie daran sterben, falls sie nicht in diesem Hochhaus ihr Ende fand?

Aurelius trat und schlug auf Kamira ein, die ihrerseits nach ihm biss. Immer wieder wich er ihr geschickt aus, bis sich die Wölfin mit einem weiten Satz von ihm löste und über Amalia sprang.

„Du bist gekommen, um sie zu retten", knurrte die Wölfin drohend, während der Geruch ihres Blutes Amalia fast besinnungslos machte. „Aber ich werde es nicht zulassen." Sie riss den Rachen auf, ihre spitzen Zähne versprachen einen schnellen Tod.

„Nein!" Aurelius blieb wie angewurzelt stehen. „Hör zu, ich weiß, was du willst. Es geht dir doch nur um Gabriel!"

Kamira hielt inne und sah mit glühenden Augen zu ihm hin.

Amalia spürte und roch das Blut, das aus zwei Einschusslöchern aus Kamiras Brust floss und auf ihre Kleidung tropfte.

„Gabriel", knurrte die Wölfin. „Du hast ihn umgebracht."

„Er war wahnsinnig." Aurelius kam langsam näher. „Aber wenn du willst, kannst du mich töten. Alles, was ich verlange, ist, dass du Amalia in Sicherheit bringst. Bitte."

„Nein!" Amalia zerrte erneut an den Stricken. „Nein, tu das nicht! Lieber sterbe ich!" Er durfte nicht für sie sterben. Nein, nein, nein. Nicht er.

Kamira sah von Aurelius zu ihr, dann wieder zu ihm. „Du bist bereit, dich für einen Menschen zu opfern? Für ein Geschöpf wie sie?"

„Ich liebe sie", sagte Aurelius fest.

Kamiras Stimme war spöttisch, aber auch ungläubig. „Was sagt dein Klan dazu?"

„Ich habe keinen Klan mehr."

Kamiras Augen weiteten sich. Ihr Blick glitt zu der Hand, an der Aurelius keinen Siegelring mehr trug. „Du würdest es wirklich tun. Ich kann es spüren. Du meinst es tatsächlich ernst."

„Bitte", wiederholte Aurelius erneut, „wir haben wenig Zeit. In zwei Minuten geht hier alles hoch. Schaff Amalia aus der Garage raus, und ich bleibe und werde sterben. Ist es nicht das, was du wolltest? Die Antwort auf all deine Wünsche und Hoffnungen?"

„Nein!" Amalia strampelte, konnte aber auch die Beinfesseln nicht lockern. „Tu das nicht! Rene weiß, wo Laira ist! Du musst sie aufhalten."

Kamiras Gesicht war nachdenklich. „Ich dachte immer, Vampire könnten nicht lieben." Sie seufzte leise und trat von Amalia zurück. „Gabriel hat mich geliebt, bis er die Umwandlungen nicht mehr ertrug. Ja, er war wahnsinnig. Er hat so viele getötet. So viele junge Frauen. So viele Knaben." Sie sah auf, und ihr Blick traf den von Aurelius. „Bring du sie fort. Ich bin müde."

Mit diesen Worten wandte sich die Werwölfin ab und ließ ihren blutenden Körper auf den grauen Boden sinken, als wolle sie schlafen. Sie wandte den Kopf ab, der weiße Wolfsschwanz lag zwischen ihren Hinterläufen. Reglos verharrte sie.

Amalia begriff nicht, was geschah. Sie spürte den harten Ruck, als Aurelius sie nach oben riss. Er zögerte keine Sekunde, während sie noch versuchte zu ergründen, ob das alles wirklich geschah.

Ihre Fesseln wurden zerrissen. In nächsten Moment lag sie in Aurelius' Armen und flog durch die Schatten, hin zum Licht.

Ein beängstigendes Grollen erklang, ein Geräusch, als würde über ihnen die Apokalypse beginnen. Explosionen zerrissen die Stille. Plötzlich geriet die Tiefgarage um sie herum ins Wanken. Gewaltige Erschütterungen waren zu spüren. Risse zeigten sich in den Wänden.

Amalia schloss die Augen und presste sich eng an Aurelius. Sie erreichten das rettende Licht, und er rannte weiter, immer weiter fort, während die Welt hinter ihnen zusammenstürzte.

Sie schmeckte Staub, ihre Ohren waren taub. Blinzelnd sah sie zurück. Hinter ihnen stürzte das zehnstöckige Gebäude in sich zusammen. Aurelius trug sie über einen grauen Betonplatz, fort von dem einsackenden Gebäude, das mit Donnern und Grollen unterging. Er sprang über eine Mauer, setzte sicher auf der anderen Straßenseite auf und lief mehrere Hundert Meter, ehe er stehen blieb.

Sie hatten einen Park erreicht. Von dem Hochhaus war nichts mehr zu sehen und von der Explosion nichts zu hören. Vögel sangen und neben ihnen erhob sich eine Kirche aus roten Steinen zwischen den Bäumen. Es war, als hätte es die Gefahr des einstürzenden Hauses nie gegeben.

Aurelius setzte sich und legte sie neben sich ins Gras.

Amalia spürte, wie schwach sie war. Ihr Blick verschleierte sich. Sie griff nach seinem Gesicht, das über ihr aufragte. Ein Engelsgesicht, umrahmt von goldenem Haar. Warum nur tat ihre Brust so weh? Lag es an der Umwandlung? Das Reden fiel ihr schwer.

„Du bist gekommen", flüsterte sie. „Du hast mich gerettet."

Er starrte auf die Wunde an ihrem Hals. „Was hat Rene dir angetan?" Sie sah an seinem Blick, wie schlimm ihre Verletzung war. Vermutlich wäre sie schon tot, wenn Rene ihr nicht ihr Blut gegeben hätte.

„Der dritte Teil des Rituals", flüsterte sie. „Rene hat ihn vollzogen. Sie ... sie war in mir. Sie hat sich auf diese Weise die Erinnerungen geholt, und sie weiß jetzt, was sie wissen wollte. Sie weiß, wo Laira liegt."

Er streichelte über ihr Haar. „Hab keine Angst. Es wird alles gut."

Das Gefühl von Kälte, das schon die ganze Zeit über in ihr war, wurde noch intensiver. Amalias Zähne schlugen aufeinander. „Es ist so kalt. Ich bin müde." Sie dachte an Kamira, die schöne Wölfin, die in dem Hochhaus ihren Tod gefunden hatte, und vielleicht auch ihren Frieden. Auch sie war müde gewesen. „Ich will schlafen."

Sie hatte ihn noch einmal gesehen. Er war bei ihr. Sie lag in seinen Armen.

Aurelius' Stimme klang erstickt. „Nein. Noch nicht." Er zog etwas aus seiner Jacketttasche. Es war ein kleiner Beutel, den er aufriss und an ihre Lippen legte. „Trink das."

Sie war müde. Warum ließ er sie nicht in Ruhe? In ihr brannte es, als würde sie sich selbst entzünden. Diese Hitze. Sie war wie ein wütendes Fieber. Das Gefühl war vernichtender als das der Kälte, das sie kurz zuvor gequält hatte.

„Trink", forderte Aurelius herrisch und zog sie in eine sitzende Position.

War er böse auf sie? Aber warum? Es war doch alles gut. Sie blinzelte und schmiegte sich an ihn. Warum standen in seinen Augen Tränen? Seine Stimme war getränkt mit Schmerzen.

„Amalia, du musst trinken. Wenn du es nicht tust, wird das Fieber dich verzehren, und du wirst die Umwandlung nicht überleben. Die Flüssigkeit an deinem Mund ist ein Mittel, das die Umwandlung aufhalten kann. Aber das geht nur, wenn du trinkst."

Er füllte ihren Mund, und sie schmeckte eine scharfe Bitterkeit. Sie wollte die Flüssigkeit ausspucken, doch Aurelius verschloss ihr mit brutaler Gewalt den Mund. Sie sah ihn an und erkannte die Angst in seinen Augen. War das ihr Tod? Mühsam schluckte sie die bittere Medizin hinunter. Erst, als sie alles getrunken hatte, ließ Aurelius sie los und streichelte über ihr Haar.

„Ich bin so müde", murmelte sie. „Ich könnte ein paar Jahrhunderte lang schlafen."

„Dann schlaf", flüsterte er.

„Bleibst du bei mir?"

„Ich bleibe da. Ich beschütze dich."

Sie atmete seinen vertrauten Geruch tief ein und sah ein letztes Mal in diese schimmernden, grüngoldenen Augen. Dann glitt sie fort, in das Reich ihrer Träume.

Aurelius hielt Amalia in seinen Armen. Sie war eingeschlafen, und ihr Atem ging flach. Konnte das Mittel die Umwandlung noch verhindern? Wenn es nicht wirkte, würde Amalia sterben. Er sah zurück in die Richtung des gesprengten Hochhauses. Sie mussten diesen Ort verlassen. Er lag zu nah an der Einsturzstelle. Obwohl er wusste, wie wichtig es war, Abstand zu gewinnen, blieb er im Gras sitzen und starrte auf das Gesicht der Frau, die er liebte.

Wenn sie starb, verlor er alles.

Ängstlich lauschte er auf ihre Atemzüge und war unendlich erleichtert, als sie sich normalisierten. Tief und gleichmäßig erklang das Geräusch, das Aurelius wie eine Sinfonie erschien. Das Mittel schlug an. Er schloss die Augen. „Danke", murmelte er, ohne zu wissen, mit wem er sprach. Seine Brust fühlte sich frei und leicht an, und ihm war, als sei eine große Last von seinen Schultern gefallen. Sie würde überleben und kein Vampir werden. Auf der Schwelle des Todes war sie umgekehrt, um noch eine Weile an seiner Seite zu bleiben.

Es war an der Zeit, sich einen Wagen zu mieten, und Berlin zu verlassen. Mit Amalia auf den Armen machte er sich auf den Weg.

FRANKFURT

Gracia sah sich im Sitzungssaal des Tribunals um. Perry, Tartus, Madlene und Darion blickten angespannt zu ihr ans Kopfende des Tisches. Ihre Stimme drang mühelos durch den Raum mit den Ölgemälden und den beiden Standuhren.

„Ich habe soeben erfahren", setzte sie kalt an, „dass Rene das Seelenblut getötet hat und in einem Privatflugzeug auf dem Weg nach Ägypten ist. Wir behalten diese Maschine im Auge und werden ihr folgen. Ich, Darion und fünf ausgewählte Krieger werden Rene aufspüren und ihr zuvorkommen, sobald sie uns zu Laira geführt hat. Wir müssen davon ausgehen, dass Rene Lairas letzte Ruhestätte kennt und sich zielstrebig dorthin begeben wird." Sie machte eine Pause und ließ ihre Worte wirken, dann fuhr sie fort.

„Was Aurelius betrifft ... Er ist ein Verräter, und sollte er nach dem Tod des Seelenblutes wieder angekrochen kommen, wünsche ich, dass er festgesetzt wird. Widersetzt er sich dem, ist er zu töten. Darion ist ab sofort der oberste Krieger dieses Klans."

Tartus hob eine Hand. „Und wenn Aurelius ebenfalls auf dem Weg nach Ägypten ist?"

Darions Augen sprühten vor Zorn. „Dann werde ich ihm den Kopf vom Rumpf schlagen und ihn Gracia auf einem silbernen Tablett servieren."

Gracia lächelte ihm zu. Auf Darion war Verlass. Er gehörte zu ihren treusten Lakaien, und er würde sie nicht enttäuschen wie sein verräterischer Bruder. „Wir werden die Berliner Flughäfen überwachen, soweit uns das möglich ist. Sollte Aurelius eine Maschine nehmen, werden wir es erfahren." Sie stand auf und sah Darion an. „Fliegen wir nach Ägypten. Die Zeit drängt."

Sie konnte nur hoffen, Rene rechtzeitig abzufangen. Insgeheim freute sie sich auf das Aufeinandertreffen mit der blonden Hexe. Es gab alte Rechnungen zu begleichen, und es galt, den Weg frei-zumachen für neue Pläne. Lairas Blut würde ihr gehören, und wenn sie Rene dafür töten musste, war ihr das mehr als recht.

Einen Augenblick dachte sie an Tatjena zurück. Tatjena und ihre Geheimnisse. Was die Gründerin des Klans wohl dazu gesagt hätte, dass an dem alten Geheimnis um Laira gerührt wurde? Tatjena war feige gewesen und hatte verboten, nach Nach-fahrinnen der Priesterinnen zu suchen. Erst unter Gracia war es zu einem Durchbruch gekommen. Sie war die geborene Herrscherin, und ihr allein stand es zu, die Zukunft zu schmieden. Wenn sie endlich Lairas Blut hatte, würde sie ihre Gegner ver-nichten.

Sie lächelte siegessicher. Alles lief genau nach Plan.

MÜNCHEN, EIN HOTEL AM FLUGHAFEN

Amalia rekelte sich im Sessel der Suite. Sie hatte in dem Wagen geschlafen, den Aurelius sich in Berlin ausgeliehen hatte, und fühlte sich schwach, aber glücklich. Aurelius und sie lebten. Auch wenn Rene auf dem Weg nach Ägypten war, war das mehr, als sie noch vor wenigen Stunden geglaubt hatte. Außerdem konnte sie noch immer nicht fassen, dass Aurelius ihretwegen seinen Klan verlassen hatte. Konnte es einen größeren Beweis für seine Liebe geben?

Er trat mit einem silbernen Tablett zu ihr, auf dem ein erlesenes Menü aus internationalen Speisen zusammengestellt war. „Unser Flug geht erst in drei Stunden. Iss etwas, damit du zu Kräften kommst."

Sie hatten sich dagegen entschieden, von Berlin aus zu fliegen, da Aurelius sicher war, dass die Flughäfen überwacht wurden. Stattdessen hatten sie unter falschen Namen einen Flug in München gebucht. Sie wussten beide, dass sie damit Zeit verloren, aber Aurelius bestand darauf, möglichst weit fort von Berlin loszufliegen und auch darauf, dass Amalia sich erholte. Nachdem er ihr das Medikament verabreicht hatte, hatte sie die meiste Zeit geschlafen und war noch nicht dazu gekommen, mit ihm über ihre Erinnerungen zu sprechen.

Sie sah ihn an, wie er mit seiner schlanken, athletischen Gestalt vor ihr aufragte, das engelsgleiche Gesicht von bernsteinfarbenem Haar umflossen. Seine grüngoldenen Augen sahen besorgt aus und waren zugleich das Schönste, was sie je gesehen hatte. Um seinen Hals hing die Kette aus Italien.

Lächelnd berührte sie seinen flachen Bauch. „Und wenn ich eher Hunger auf etwas anderes habe? Es soll sehr gesund sein, den Kreislauf anregen und stärken."

Er stellte das Tablett auf dem Tisch der Suite ab und lächelte zurück. „Du scheinst dich erholt zu haben. Das freut mich." Er trat zu ihr, sank auf die Knie und fasste ihre Hände mit seinen. „Ich hatte irrsinnige Angst um dich. Ich dachte, es wäre zu spät."

„Ich wusste auch nicht, ob ich es schaffe. Es war ein einziges Durcheinander. Warum bist du bloß nach Italien aufgebrochen, ohne mich zu informieren?"

Er senkte den Kopf und berührte die Kette an seinem Hals. „Ich wollte Gewissheit haben. Die Mauer, die uns daran gehindert hat, Lairas Aufenthaltsort zu finden, lag nicht in dir. Sie lag in mir."

Amalia nickte zögernd. „Als Rene nach dem Blutaustausch gemeinsam mit mir in meiner Innenwelt stand, war keine Mauer da. Da war nur der Schmetterling, der versuchte, mich zu beschützen."

Aurelius runzelte die Stirn. „Was ist er, dieser Schmetterling?"

„Rene sagte, er sei ein Seelenschutz. Eine mächtige Verbindung zwischen dir und mir. Ich glaube das auch."

„Aber wie kann das sein?" Er sah ungläubig aus. „Ein Seelenschutz. Ich habe in Tatjenas Aufzeichnungen darüber gelesen und sie für Unfug gehalten. Es ist eine Art Zauber, der auf die Antike zurückgeht."

„So ist es wohl." Amalia zog ihn an sich. „Ich werde es dir sagen, aber es wird nicht einfach sein. Könntest du ..." Sie zögerte, „könntest du mit der Antwort noch eine halbe Stunde warten? Ich habe geglaubt, dich nie wiederzusehen und möchte am liebsten ganz eins mit dir werden, ehe ich es dir erzähle. Nur noch ein Mal."

Er sah sie misstrauisch an. „Das klingt, als wäre das, was du mir zu sagen hast, schlimm."

Sie schloss die Augen. „Vielleicht. Das Problem ist, dass ich selbst noch nicht weiß, wie ich es am besten sagen soll. Ich möchte es ja, aber ich brauche noch Zeit. Ich habe Angst."

Er stand auf und zog sie zu sich. Seine Arme legten sich um ihren Rücken. „Hab keine Angst. Es wird nichts geschehen, das verspreche ich dir. Und ich kann dreißig Minuten warten. In meinem Leben ist das wahrhaft keine lange Zeit, und auch ich sehne mich nach dir. Wenn wir miteinander schlafen, ist es, als wäre ich vollständig."

„Ich weiß, was du meinst, und ich fühle ebenso." Sie streifte das Oberteil ab, das sie seit fast zwei Tagen trug, und schälte sich aus der Lederhose. „Lass uns duschen gehen. Wir haben wenig Zeit und sollten jeden Raum dieser Suite nutzen."

Er grinste. „Ich habe einen Hotelangestellten zum Einkaufen geschickt. Wir haben schon bald schicke neue Kleider, die in einem hübschen Koffer liegen werden."

„Mit Geld geht einiges", sagte sie kopfschüttelnd, während sie sich an ihn schmiegte. Es hatte sich alles geändert, ihr Leben hatte sich überstürzt, aber sie war glücklich. Sie war an seiner Seite und wollte nie wieder von ihm getrennt sein.

Er hob sie auf seine Arme und trug sie zur Dusche. Sein Geruch belebte sie und ließ sie lächeln.

Es war wundervoll, gemeinsam mit ihm unter dem prickelnden Wasser zu stehen, das fein wie Nebel war. Seine Hände berührten sie mit einer Andacht, die sie verlegen machte.

Zärtlich umfasste sie die Hand, die den Siegelring nicht mehr trug. Sie gehörten einander und waren eine Einheit, bei der sie nicht mehr sagen konnte, wo er aufhörte und sie begann. Sein Körper schmiegte sich an sie, während sie den Schmutz der vergangenen Tage gegenseitig von sich wuschen. Wie schön er war.

„Ich weiß erst jetzt, was Liebe ist", flüsterte sie. „Und wozu sie fähig sein kann."

Er küsste ihren Nacken und strich über ihre Haut. „Du bist ein Wunder. Bleib bei mir."

Sie drehte sich zu ihm um und küsste ihn. In ihrem Kuss lagen Sehnsucht, Verlangen und eine tiefe Vertrautheit. Sie wollte bei ihm bleiben. Für immer. Auch wenn sie wusste, dass das nicht ging.

Er ließ sie los und stellte die Dusche ab. Vorsichtig zog er sie aus der breiten Badewanne, hin zu dem Whirlpool, der im Boden des Badezimmers eingelassen war. Über ihnen befand sich ein Spiegel und zeigte Amalia ihre nackten Körper. Sie ließ sich in den Pool sinken und genoss die sprudelnden Wasserperlen, die über ihre Haut hüpften. Aurelius ließ sich neben ihr in das Wasser gleiten.

Sie sahen einander an und küssten sich erneut. Sie glaubte, niemals solche Küsse erhalten zu haben. Wenn es einen Himmel gab, dann war er soeben herabgefallen. Seine Hände umfassten ihre Hüften, als er sie auf sich setzte, an seine Brust drückte und sein Lippen immer wieder ihre fanden.

Dampfschwaden stiegen nach oben, aber noch beschlug der Spiegel über ihnen nicht, und Amalia konnte an der Decke das glückliche Lächeln sehen, das Aurelius hinter ihr lächelte. Er begann, ihren Hals und ihre Kopfhaut zu massieren, und er tat es um so vieles geübter als Mai, dass Amalia ein Schauer überkam. Wieder war ihr, als ströme aus seinen Fingern sinnliche Energie, die sich auf ihrer Haut ausbreitete und langsam in ihr Inneres drang. Wie herrlich das war. Seufzend schmiegte sie sich an ihn und fühlte sich wie eine Katze, die verwöhnt wurde.

In ihrem Schoß spürte sie, wie seine Berührungen auch Aurelius selbst entfachten und sein Geschlecht hart wurde. Es drängte fordernd gegen sie, und sie ging ins Hohlkreuz, streckte ihre Brüste vor und rieb sich an ihm. Lust erwachte in ihr, als habe sie nur darauf gewartet, geweckt zu werden.

Aurelius griff mit einer Hand aus dem Pool zu einer weißen Ablage, auf der eine schmale Kristallvase stand. Er zog die rote Rose heraus, die auf dem weißen Marmor einen stilvollen Kontrast gebildet hatte. Aufreizend langsam strich er mit den samtigen Blütenblättern über ihren Nacken, wanderte weiter und streichelte zart wie ein sanfte Brise über ihre Brüste und Knospen.

Sie schloss die Augen und genoss die kaum wahrnehmbare Berührung, die sich anfühlte wie der zarte Hauch eines Schmetterlingsflügels. Wo die Rosenblätter sie berührten, kitzelte und prickelte es sinnlich.

„Hör nie mehr auf", flüsterte sie genießerisch.

Es war herrlich, zu leben und an seiner Seite zu sein. Ihre Ängste verflogen unter seinen Zauberhänden. Egal, was da kommen würde, sie konnten alles bestehen, solange sie zusammen waren.

Die Rose wanderte ihren Hals hinauf, und der süße Duft stieg ihr in die Nase, als die weichen Blütenblätter ihr Gesicht streiften. Eine Weile gab sich Amalia ganz diesem liebevollen Spiel hin, bis sie spürte, wie die Lust in ihr größer wurde und sie sich nach mehr sehnte. Fordernd erhob sie sich ein Stück.

Er ließ die Rose fallen. Sie trieb auf dem Wasser. Mit beiden Händen griff er nach ihrem Becken und zog sie auf sich. Sie griff nach seinem prallen Glied und ließ sich darauf sinken. Feine Blitze zuckten in ihrem Unterleib. Sie spürte seine Zunge, die ein Gedicht auf ihren Rücken zu schreiben schien. Er glitt höher und nahm ihr Ohrläppchen zwischen die Zähne. Sein Atem streifte ihre nasse Haut und ließ sie erwartungsfroh zittern.

Sie hob und senkte sich auf ihm, während er sie stützte und immer tiefer hinabdrängte. Er stieß in sie vor, erfüllte und erregte sie, und jeder Stoß weckte neues Verlangen und machte das Kribbeln zwischen ihren Beinen und in ihrem Bauch intensiver. Sie stöhnte auf, als er noch tiefer in sie eindrang und spürte, wie rasch sie einem Orgasmus entgegenjagte. Ihre Lust steigerte sich ins Unerträgliche, als ob er ihre geheimste, innerste Stelle reiben würde, von der sie bis dahin selbst nicht gewusst hatte, dass sie existierte.

Seine Haare fielen über ihre Arme, er stöhnte leise und gab sich trotz seiner hörbaren Lust große Mühe, sie sanft zu führen. Das Wasser platschte und umfloss sie so wohltuend, als säße sie in einem Quell des ewigen Lebens.

„Hör nicht auf", flüsterte sie. Sie spürte, wie nah sie ihrem Höhepunkt war, und wollte ihn gemeinsam mit ihm erleben.

Er biss erneut in ihr Ohrläppchen. Seine Stimme war zärtlich und doch konnte sie sich das spöttische Lächeln auf seinen Lippen gut vorstellen. „Genau das muss ich tun. Du genießt einfach nicht, meine Schönheit." Er schob sie aus sich. Frustriert stöhnte sie auf und bespritzte ihn mit Wasser. Er lachte leise.

„Komm." Nass wie sie war, hob er sie aus dem Becken und trug sie zurück in die Suite. Auf seinem Gesicht lag ein Grinsen. „Du hast selbst gesagt, wir sollen jeden Raum der Suite nutzen." Er trug sie an das Fenster des Wohnraumes, von dem aus sie weit über den Flugplatz und die Autobahn sehen konnten. Seine Finger streichelten und erregten sie, wo immer sie ihre Haut berührten. Er setzte sie auf die breite Fensterbank und glitt erneut in sie hinein. Es war, als würde zuckende Energie durch sie fließen. Sie stöhnte auf und warf den Kopf zurück, während er in sie stieß und sein hartes Glied in ihr rieb.

Er beugte den Kopf vor und küsste ihre Brüste. Seine Zunge glitt zwischen seine Lippen und spielte mit ihren harten Knospen. Erst vorsichtig, dann immer leidenschaftlicher, drängte er vor, während seine Hände sie hielten und sie ihre Arme um seinen Hals schlang.

Wieder raste sie einem Höhepunkt entgegen, und dieses Mal machte er keine Anstalten, sich aus ihr zurückzuziehen. Der Blick seiner goldgrünen Augen hielt ihren Blick fest, auf seinem Gesicht zeigte sich Neugier und Freude, als er sie beobachtete und ihrem lauter werdenden Stöhnen lauschte.

Sie hatte das Gefühl, sein hartes Glied in sich keine Sekunde länger ertragen zu können ohne zu kommen. Aber sie wollte warten und versuchte, ihren Orgasmus hinauszuzögern. Es war quälend schön, von ihm genommen zu werden und dabei in dieses engelsgleiche Gesicht zu sehen, das bezaubernder war als jedes Porträt. In seinen Augen sah sie seine Liebe, und sie genoss den Anblick seines leicht geöffneten Mundes, als es ihm kam und er sich zuckend in ihr ergoss. Es war, als habe ihr Körper nur auf diesen Moment gewartet, und beschenkte sie mit einer Ekstase, die sie laut hinausstöhnte. Ihr Körper war ganz Lust und Augenblick, sie zuckte in seinen Armen und fühlte ihren Orgasmus, der wie eine Welle über sie kam.

Aurelius stieß weiter in sie hinein, bis er fühlte, dass ihre Lust abklang. Sie lächelte glücklich und legte den Kopf leicht schräg. Er beugte sich vor und küsste sie erneut. In Küssen versunken trug er sie zum Bett und legte sie behutsam ab. Eine Weile sagte keiner von ihnen etwas, und sie gaben sich ganz weiteren Küssen hin, bis sie sich voneinander lösten und Seite an Seite auf der weichen Matratze lagen. Minuten verstrichen, die Amalia erschienen, als seien sie funkelnd wie Gold. Ihre Augen waren geschlossen, und sie schwelgte in Erinnerungen an die wohligen Schauer, die über sie gekommen waren.

Aurelius' Stimme durchbrach die angenehme Stille.

„Willst du es mir sagen?"

Sie öffnete die Augen und wandte ihm ihr Gesicht zu. „Ja, aber ... Ich habe Angst."

„Was hast du gesehen, als Rene dich gebissen hat?"

„Ich habe Memphis gesehen, wie es damals war. Es war eine wichtige Stadt, und es gab einen Palast, in dem Laira einst regierte.

Aber das ist es nicht, was mich beschäftigt. Nachdem Rene mich gebissen hat und ich in dem Hochhaus erwacht bin, war es wieder da. Das Leben von Jara. Ihre Geschichte."

„Erzähl mir davon."

„Sie war eine ägyptische Priesterin und diente in einem Tempel. Dort traf sie auf Lairas Sohn, der sie für sich haben wollte. Er war vergiftet durch seine Mutter. Grausam und despotisch. Aber er liebte Jara, und gemeinsam gelang es ihnen, Lairas Einfluss zu entkommen."

Seine Augen musterten sie liebevoll. „Ich verstehe nicht, was dich daran so erschreckt. Du trägst weit mehr als eine Lebenserinnerung in dir."

Sie drückte sich mit den Armen nach oben. „Setz dich bitte, damit ich meinen Kopf auf deinen Schoß legen kann. Ich will es dir zeigen."

Amalia legte ihren Kopf in seinem Schoß ab, wie sie es schon oft gemacht hatte, wenn sie in ihren Erinnerungen gereist war.

Sie sahen einander in die Augen, und umgehend baute sich eine Trance auf. Amalia glitt in ihren Garten und führte Aurelius zu einem der ägyptischen Tempel. Gemeinsam betraten sie das Innere. Vor ihnen bot sich im fahlen Licht der Deckendurchbrüche ein bizarres und erschreckendes Bild. Der Boden des Tempels war von Blut gefärbt. Auf den Steinen lag eine wunderschöne Frau mit blonden Haaren. Sie konnte keine Ägypterin sein, und doch hatte ihr Gesicht ägyptische Züge, und ihr Haupt war geschmückt mit heiligen Insignien. Das bleiche Gesicht wirkte wächsern. Ihr Hals war fast gänzlich durchtrennt, und sie atmete nicht mehr. Auf ihrem nackten, nur mit Gold geschmückten Körper, klebte Blut.

Keine zwei Meter neben ihr lag ein junger Mann auf dem Boden, den Kopf in den Schoß einer dunkelhaarigen Priesterin in einem weißen Gewand gebettet. Neben ihm lagen zwei gekrümmte Säbel und ein Schwert, sein Oberkörper war blutüberströmt. Bernsteinfarbene Haare umrahmten ein bleiches Gesicht mit goldgrünen Augen.

Amalia spürte, wie die Verbindung plötzlich abriss. Aurelius war aufgesprungen und vom Bett fortgegangen.

„Nein!", sagte er laut. „Das kann nicht sein! Du musst dich irren. Ich ... Das ist nicht wahr!"

Amalia richtete sich langsam auf. Sie wusste, dass sie stark sein musste und nicht lügen durfte. Die Wahrheit war wichtig, denn sie war der Schlüssel zu einem Sieg über Laira.

„Laira war damals schon wahnsinnig", sagte sie leise. „Sie hat gefoltert und gemordet und wollte ganz Ägypten sowie die Nachbarländer unterwerfen. Sie strebte eine Herrschaft des Schreckens an und musste aufgehalten werden. Nur ihr Sohn konnte das tun. Er war der Einzige, der die Kraft dazu hatte, sie zu töten. Doch er wurde schwer verletzt und trägt noch heute die Narben aus einer anderen Zeit auf seinem Brustkorb." Sie blickte zu seinem Oberkörper, auf dem sich deutlich zwei Narben über den Rippen zeigten, die ein Kreuz bildeten.

„Nein." Aurelius' Augen glühten. Sie sah seine Verzweiflung und wünschte sich, sie könnte ihm diesen Augenblick ersparen, aber das war nicht möglich. Er hatte seine Mutter umgebracht, und er war weit älter, als er zu sein glaubte.

Langsam ging sie auf ihn zu und fasste ihn an beiden Schultern. „Du bist Au'ree, der Sohn von Lai'raa. Du hast sie schon einmal getötet. Es waren ihre Waffen, die dich verletzten. Wenn Rene Laira erweckt, bist du der Einzige, der sie aufhalten kann, und dafür musst du akzeptieren, wer du bist. Du bist einer der wenigen gebürtigen Vampire. Sie nannten euch Blutseelen."

Er schüttelte den Kopf. „Nein. So alt bin ich nicht. Niemals. Ich bin Darions Bruder."

„Ist das so? Erinnerst du dich an deine Mutter? Kannst du mir beschreiben, wie sie aussah? Wonach sie roch?"

Er schwieg. Sein Gesichtsausdruck zeigte Verwunderung und Erkenntnis. „Nein. Es war Tatjena, die mich zu Darion brachte und behauptete, ich sei sein Bruder."

„Dann muss sie Darion und dich beeinflusst haben." Sie berührte die Kette mit dem hellgrünen Stein, die Aurelius um den Hals trug. „Diese Kette gehörte Au'ree. Sie war das Zeichen seines königlichen Geblüts und seiner Andersartigkeit. Er war der Sohn einer Göttin, denn Laira wurde wie eine Göttin verehrt."

Aurelius zog sie an sich. „Ich ... brauche Zeit. In mir ist keine Erinnerung."

„Nein." Trauer stieg in ihr auf. Sie wusste, warum das so war. Aurelius wünschte sich nichts mehr, als ein Mensch zu sein. Aber wenn er wieder zu Au'ree wurde, würde er genau diese Menschlichkeit aufgeben müssen. Nur als gebürtiger Vampir konnte er Laira besiegen. Und dafür brauchte er das, was Amalia für ihn aufbewahrte. Er brauchte all seine Erinnerungen und seine frühere Stärke, auch wenn das bedeutete, dass sie ihn für immer verlor. Aber noch war es nicht soweit, ihn damit zu konfrontieren. Sie konnten Rene aufhalten und verhindern, dass Laira erweckt wurde. Es musste nicht zu einem Kampf zwischen Laira und Aurelius kommen. Rene kannte zwar den Standort des Tempels, in dem Laira ruhte, aber sie wusste nichts über das geheime Labyrinth darunter.

Amalia verbarg ihr Gesicht an seiner Schulter. Sie liebte ihn und würde ihm helfen, ganz gleich, was geschah. Er war Au'ree, der Sohn von Lai'raa, und nur gemeinsam konnten sie eine Katastrophe verhindern.

ENDE TEIL 2

SARAH SCHWARTZ (Jahrgang 1978) wuchs in Frankfurt/M. auf, wo sie Germanistik (Magister), mit den Nebenfächern Psychologie und Kunstgeschichte, studierte. Nach dem Studium arbeitete sie in diversen Nebenjobs um sich ihrer Hauptleidenschaft widmen zu können, dem Schreiben. Sie veröffentlichte unter verschiedenen Namen mehrere Romane und Kurzgeschichten. *www.stefanie-rafflenbeul.de*

WEITE TITEL VON SARAH SCHWARTZ:

TOKYO SINS
EROTISCHER ROMAN
ISBN 9783938281277

Die schüchterne Laura besucht ihre dominante Schwester Jessica in Japan. Zu ihrem Entsetzen stellt sie fest, dass ihre Schwester Inhaberin eines exklusiven Clubs ist, der die erotischen Gelüste reicher Japanerinnen stillt. Schockiert, aber auch fasziniert beobachtet sie die schönen Frauen und Männer, die ungehemmt ihre wildesten Fantasien ausleben. Dann wird Jessica bei einem Unfall verletzt – und ausgerechnet Laura soll sie für eine Nacht bei einem Millionärspaar vertreten. Unter der Anleitung von Jessicas Mitarbeiter Takeo, in den Laura heimlich verliebt ist, beginnt für Laura eine Schule der Lust ...

TOKYO FEVER
EROTISCHER ROMAN
ISBN 9783938281406

Die Schauspielerin Kiara verliebt sich auf einer Party in den J-Rock-Star Hayato. Leider ist Hayato so gar nicht ihr Typ: arrogant, sexbesessen, dominant. Kiara dagegen ist zurückhaltend und sexuelle Ausschweifungen sind ihr fremd. Während Kiara sich gegen ihre Gefühle wehrt, schließt Hayato heimlich eine Wette ab: Hayato soll Kiara nicht nur verführen, sondern sie in den Sexclub „Palast der Wünsche" mitbringen, einem Etablissement, das die sexuellen Wünsche der Reichen und Schönen Tokios stillt. Dort soll Hayato vor laufender Kamera beweisen, wie viel Macht er über die junge Frau hat ...